MAI JIA

O criptógrafo

Tradução do chinês
Amilton Reis
Sun Lidong

Copyright © 2002 by Mai Jia
Publicado mediante acordo com Lennart Sane Agency AB.

Grafia atualizada segundo o Acordo Ortográfico da Língua Portuguesa de 1990,
que entrou em vigor no Brasil em 2009.

Título original
《解密》 Jiěmì

Capa
Bloco Gráfico

Preparação
Fábio Fujita

Revisão
Clara Diament
Marise Leal

Dados Internacionais de Catalogação na Publicação (CIP)
(Câmara Brasileira do Livro, SP, Brasil)

Jia, Mai
    O criptógrafo / Mai Jia ; tradução Amilton Reis, Sun Lidong.
— 1ª ed. — São Paulo : Companhia das Letras, 2022.

    Título original: 《解密》 Jiěmì
    ISBN 978-65-5921-214-9

    1. Ficção chinesa I. Título.

22-101427 CDD-895.13

Índice para catálogo sistemático:
1. Ficção : Literatura chinesa 895.13

Maria Alice Ferreira – Bibliotecária – CRB-8/7964

[2022]
Todos os direitos desta edição reservados à
EDITORA SCHWARCZ S.A.
Rua Bandeira Paulista, 702, cj. 32
04532-002 — São Paulo — SP
Telefone: (11) 3707-3500
www.companhiadasletras.com.br
www.blogdacompanhia.com.br
facebook.com/companhiadasletras
instagram.com/companhiadasletras
twitter.com/cialetras

PARTE I
Prelúdio

1.

O homem que, em 1873, deixou Tongzhen a bordo daquela sampana para estudar no exterior era o mais jovem membro da sétima geração do clã dos Rong, célebres mercadores de sal no Jiangnan.* Chamava-se Rong Zilai.** Depois de chegar ao Ocidente, mudou o nome para John Lillie. Mais tarde, diriam que foi a partir daquele jovem que o aroma hereditário dos Rong, úmido e salino, começou a descamar para dar lugar a uma fragrância limpa e seca de livro, com nobres pendores patrióticos. Isso, naturalmente, tinha tudo a ver com sua viagem ao estrangeiro. No entanto, o que pretendiam os parentes, ao escolhê-lo para estudar fora do país, não era mudar o cheiro da família, mas encontrar um meio de prolongar a vida da matriarca. Na juventude, tinha sido excelente procriadora — em um par de décadas, deu aos Rong nove homens e sete mulheres, todos tendo chega-

---

* Região ao sul do baixo curso do rio Yangtsé, compreende o delta desse rio e seu entorno. (N. T.)

** Em chinês, o sobrenome vem antes do nome pessoal. (N. T.)

do à idade adulta e com sucesso nos negócios. A velha senhora havia prestado uma contribuição generosa para a prosperidade dos seus e, com isso, construiu uma base sólida para exercer a supremacia entre eles. Sua vida se prolongou com o amparo dos descendentes, mas não tinha paz. Sobretudo à noite, quando era atacada por um enxame de sonhos confusos, gritava como uma garotinha e, já em plena luz do dia, o coração ainda palpitava. Os pesadelos a atormentavam, envolviam a prole numerosa e as rumas de prata luzidia, e até as velas perfumadas se arrepiavam com a estridência de seus gritos. Toda manhã, um ou dois sábios eram chamados a interpretar os sonhos; o tempo, contudo, foi pondo à mostra a real profundidade de seus conhecimentos.

Dentre os muitos intérpretes, um conquistou especial confiança da matriarca. Era um jovem estrangeiro recém-chegado a Tongzhen. Além de decifrar com precisão cada sinal do universo onírico, ele, às vezes, era capaz de prever, ou mesmo alterar, personagens e acontecimentos de sonhos futuros. Mas a aparência juvenil praticamente determinava que sua técnica seria rasa, já que, como diziam os mais velhos, nada pode uma cara sem bigode. Até podia ser bom na interpretação, mas sua arte de alterar sonhos era cheia de falhas — quando a aplicava, parecia uma garatuja sem sentido; se acertasse, muito bem, se não, paciência. Na prática, ele conseguia, bem ou mal, lidar com os sonhos da primeira metade da noite; já os da segunda metade e os sonhos dentro dos sonhos estavam fora de seu alcance. Confessou que não havia estudado a técnica com o avô. Aprendera de orelhada, e, por ter aprendido como amador, seu nível era de amador mesmo. A matriarca abriu uma parede falsa, mostrou-lhe um compartimento cheio de prata e implorou que trouxesse o avô, mas ouviu como resposta que isso era impossível. Porque o avô já era rico o bastante e havia muito tempo que perdera o interesse em mais riquezas. Além disso, pela idade avançada, a simples ideia de uma viagem transoceânica o assustava. Mas o ocidental indicou a ela uma saída viável: mandar alguém para estudar a técnica com ele.

Como o mestre não poderia vir em pessoa, essa seria a única alternativa.

A próxima tarefa era identificar o candidato ideal entre seus inúmeros filhos e netos. O escolhido deveria preencher dois requisitos: primeiro, demonstrar extraordinária piedade filial para com a avó e estar disposto a enfrentar todo tipo de adversidade; segundo, ser inteligente e estudioso, capaz de entender e dominar, em pouco tempo, a complexa arte dos sonhos. Depois de um minucioso processo de triagem, o neto Rong Zilai, de vinte anos, sobressaiu aos demais. Assim, carregando no bolso uma carta de recomendação do jovem estrangeiro e nos ombros a responsabilidade de prolongar a vida da avó, partiu para a longa jornada que daria início a seus anos de estudo no exterior. Um mês depois, quando o navio com o neto a bordo sacudia em uma tempestade no Pacífico, a matriarca sonhou que um redemoinho tragava o barco e que, no fundo do mar, o corpo do rapaz servia de alimento aos peixes. A aflição foi tamanha que, no sonho, ela sufocou. A falta de ar no plano paralelo virou parada respiratória no mundo real e fez a idosa ir ter com o Deus dos Finados. Quando, enfim, Rong Zilai, após uma jornada interminável, se apresentou, respeitoso, diante do mestre com sua carta de recomendação, recebeu dele outro envelope com a notícia do falecimento da avó. As cartas viajam por caminhos mais curtos que os homens e, inevitavelmente, chegam mais cedo.

O octogenário perscrutou o gringo com um olhar capaz de abater um pássaro no meio do céu e se mostrou bem-disposto a acolhê-lo como discípulo em seus últimos anos de vida. Só que o jovem Rong não via mais nenhum motivo para aprender nada daquilo após a morte da avó. Decidido a marcar a viagem de volta, ele declinou a oferta do professor. Enquanto esperava a data da partida, porém, Rong conheceu, na universidade do mestre, um conterrâneo que o convidou a assistir a algumas aulas. Foi então que se deu conta do muito que ainda poderia aprender ali, o que fez desaparecer sua vontade de partir. Acabou ficando e, junto com o outro chinês — e mais um eslavo e um turco —, de dia estudava geometria, aritmética e equações; de noite aprendia música com alguém que havia estudado com um discípulo de Bach. A dedicação aos estudos era tanta que não notou o passar do tempo. Quando se lembrou de voltar para casa, haviam decorrido sete anos. No início do outono de 1880, Rong Zilai embarcou com dezenas de cestos de uvas recém-colhidas. Chegou à terra natal já nos rigores do inverno, e as uvas que trazia tinham virado vinho.

Segundo contam os moradores de Tongzhen, em sete anos os Rong não haviam mudado nada: continuavam sendo os Rong, continuavam negociando sal, continuavam aumentando a família e nadando em dinheiro. A única mudança era o caçula de volta do Ocidente, o caçula que, aliás, já não era tão caçula. Agora, além de usar um sobrenome sem sentido — Lillie, John Lillie —, ainda andava cheio de esquisitices: deixara de usar a tonsura manchu,* trocara a túnica pelo colete, tomara gosto por vinho tinto e dera para salpicar as falas com palavras incompreensíveis. O mais absurdo era que ele não suportava mais o cheiro de sal, lhe dava engulhos, e vomitava amarelo toda vez

---

* A tonsura manchu, corte de cabelo imposto aos homens chineses na dinastia Qing (1644-1911), consistia em raspar a parte frontal da cabeça e deixar crescer os cabelos na parte posterior, que eram presos em uma longa trança. Nos anos finais do império, cortar a trança era um ato de rebeldia. Indicava uma ruptura com as tradições e um desejo de modernização. (N. T.)

que ia ao cais ou à loja. Um descendente de salineiros que não suporta mais o cheiro do ganha-pão da família era, para muitos, tão bizarro como gente que não gosta de gente. O próprio Rong Zilai explicou o motivo — enquanto estava no navio de volta, caiu algumas vezes no mar, engoliu aquela água que era sal puro e por pouco não morreu. Esse episódio lhe causou um trauma tão profundo que ele teve de mastigar folhas de chá para poder aguentar o resto da viagem. Explicar tudo isso é uma coisa, mas fazer os outros aceitarem é outra. Sem poder com o cheiro do sal, como iria herdar o negócio da família? Não era certo o patrão andar por aí com a boca cheia de chá!

Era um problema de difícil solução.

Felizmente para ele, antes de sua partida, a avó prometera que, quando voltasse, teria como recompensa por sua piedade filial toda a prata escondida na parede. Mais tarde, foi justamente com esses recursos que ele iniciou um negócio próprio: abriu uma conceituada escola na cidade C, a capital provincial, e a chamou de Academia Lillie.

Foi a precursora da renomada Universidade N.

2.

A excelente reputação da Universidade N começou já nos tempos da Academia Lillie.

A primeira pessoa a contribuir para a grande fama da instituição foi o próprio Lillie, quando abriu o precedente de admitir mulheres como alunas, uma afronta aos bons costumes que logo fez da escola o assunto do momento. Nos primeiros anos, a academia era vista como um espetáculo picante: quem chegava à cidade não podia deixar de passar ali para espiar e deleitar os olhos, equivalia a uma ida ao cabaré. Naqueles tempos conservadores, aceitar uma única moça já seria razão suficiente para pôr abaixo a escola. Mas por que isso não aconteceu? Há muitas versões, talvez a mais confiável seja a que consta nos registros genealógicos da família Rong. O livro dá a entender que as primeiras mulheres matriculadas na academia eram, todas, descendentes diretas dos Rong. Era o mesmo que dizer: as filhas que estamos botando a perder são nossas, o que vocês têm com isso? Em geometria, é o que se chama de círculos tangenciais: tocam-se em um único ponto sem se sobrepor. Foi como acertar com absoluta precisão a mais tênue das linhas. E essa estratégia manteve a escola de pé, apesar de toda a resistência. As críticas que corriam de boca em boca eram as dores do crescimento, sinal de que a Academia Lillie prosperava.

A segunda pessoa a contribuir para o prestígio da academia também era da família Rong, fruto do enlace entre um irmão sexagenário e uma concubina. A menina era, portanto, sobrinha de Lillie. Nasceu com uma cabeça redonda e grande, e o que tinha ali dentro definitivamente não era um tutano comum, mas um intelecto fenomenal, raras vezes visto numa mulher. Desde a infância, ela se revelou brilhante, com especial habilidade para números e cálculos. Entrou na escola aos onze anos de idade, e aos doze já era capaz de competir com abacistas profissionais. Sua rapidez nas contas era espantosa, conseguia fazer de cabeça a multiplicação ou a divisão de dois números de quatro dígitos na velocidade de uma cuspida. Resolvia instantaneamente os problemas mais espinhosos. Os desafiantes saíam desapontados, suspeitando que ela já sabia os problemas de antemão. Certa vez, um adivinho cego, que lia a sorte das pessoas pelo formato do crânio, disse que a menina tinha miolos até no nariz, que era um daqueles gênios que nascem uma vez a cada oitocentos e dez anos. Aos dezessete, a garota partiu junto com um primo para estudar em Cambridge. Quando o navio mergulhou na névoa espessa do Imperial Wharf de Londres, o primo, dado a lirismos, produziu num repente um poema inspirado no nevoeiro:

Embalado pelo oceano,
Cheguei à Grã-Bretanha.
Grã-Bretanha,
Grã-Bretanha,
A névoa não encobre seu esplendor...

Acordada pelo ímpeto poético do rapaz, ela olhou as horas no relógio dourado e, ainda sonolenta, deixou escapar: "Navegamos 39 dias e 7 horas".

Então, como se seguissem um roteiro definido, os dois começaram uma série de perguntas e respostas ritmadas.

"Trinta e nove dias e sete horas são…", pergunta o primo.

"Novecentas e quarenta e três horas", responde a prima.

"E 943 horas são…"

"Cinquenta e seis mil, quinhentos e oitenta minutos."

"E 56 580 minutos são…"

"Três milhões, trezentos e noventa e quatro mil e oitocentos segundos."

Por fazer os cálculos assim, brincando, era vista como uma máquina de calcular — na verdade, até a usavam como tal. Essa atitude contribuía para realçar seu dom extraordinário, e não demorou para lhe darem o apelido de "Ábaco". Como tinha um crânio particularmente grande, também ficou conhecida como "Cabeça de Ábaco". Sua aritmética era, sem dúvida, muito superior à de qualquer abacista. A moça parecia acumular toda a habilidade matemática desenvolvida por gerações da família Rong em seus negócios, como prova de que mudanças quantitativas levam a transformações qualitativas.

Em Cambridge, vieram se somar ao talento inato novas habilidades, como o aprendizado de línguas. Se outros despendiam muito tempo e esforço para isso, ela só precisava achar outra estrangeira para dividir o quarto que o problema estava resolvido. O método era infalível. Ela mudava a colega de quarto no início do semestre e, no final do período, já era capaz de falar um novo idioma tão bem quanto a interlocutora. O método em si não tinha nada de extraordinário — na verdade, era até bastante comum. Extraordinário era o resultado alcançado. Com isso, em poucos anos, ela falava, lia e escrevia com fluência em sete línguas. Certo dia, na universidade, uma moça de cabelos pretos lhe fez uma pergunta. Sem entender uma única palavra do que dizia, tentou se comunicar com ela em todas as sete línguas que dominava, sem sucesso. Era uma aluna recém-chegada de Milão, que só falava italiano. Ao saber disso, Rong a convidou para dividir o quarto naquele semestre. Nesse mesmo período, começou a trabalhar na Ponte Matemática de Newton.

Grande atração da cidade universitária de Cambridge, a Ponte Matemática de Newton é construída com 7177 peças de madeira de tamanhos variados, com 10 299 junções. Se cada junção fosse fixada com um prego, seriam necessários, pelo menos, 10 299 pregos. Mas Newton jogou todos os pregos no rio e construiu a ponte sem eles, daí a obra ser considerada um prodígio matemático. Por muitos anos, os melhores alunos da Faculdade de Matemática de Cambridge sonharam em decifrar o enigma da Ponte Matemática e reproduzir, no papel, uma réplica idêntica. Não tiveram sucesso. Muitos chegaram a uma estrutura que demandaria pelo menos mil pregos para imitar a obra original; alguns conseguiram reduzir esse número para menos de mil. Um islandês alcançou o melhor resultado na história, usando somente 561 pregos. O Júri da Ponte Newtoniana, então presidido pelo célebre matemático sir Joseph Larmor, prometeu que quem conseguisse reduzir o número de pregos, ainda que fosse excluindo só mais um, receberia o título de doutor em matemática pela Universidade de Cambridge. A jovem Rong apresentou um projeto que demandava 388 pregos e, assim, conseguiu o doutorado. Na cerimônia de formatura, fez um discurso de agradecimento em italiano. Havia aprendido mais um idioma.

Isso foi em seu quinto ano em Cambridge, aos vinte e dois anos de idade.

No ano seguinte, dois irmãos americanos, determinados a

fazer o homem voar, vieram visitá-la. Movida por aquele ambicioso ideal, a moça voltou com a dupla para os Estados Unidos. Dois anos mais tarde, num campo da Carolina do Norte, a humanidade conseguiu pôr seu primeiro avião no ar. Na barriga do aeroplano, gravada em letras prateadas, havia uma lista das principais pessoas envolvidas no projeto e na construção. Na quarta linha, lia-se:

Projeto das asas: RONG "ÁBACO" LILLIE, CIDADE C, CHINA.

Rong "Ábaco" Lillie foi o nome que ela adotou no Ocidente. No registro genealógico da família, aparece como Rong Youying, da oitava geração. A dupla que a levou da Universidade de Cambridge eram os pioneiros da aviação: os irmãos Wright.

O avião levou a fama da prima às alturas e, com ela, a reputação da academia. Depois da Revolução de 1911,* percebendo que o país entrava numa fase de renovação, Ábaco terminou um namoro de vários anos e voltou à China para assumir a direção do Departamento de Matemática de sua alma mater. Nessa altura, a Academia Lillie já se chamava Universidade N. No verão de 1913, o professor Joseph Larmor voltou trazendo consigo a maquete da ponte de 388 pregos projetada por Ábaco. O gesto agregou ainda mais prestígio à universidade. O célebre acadêmico foi a terceira pessoa a contribuir para o alto conceito da instituição.

Em outubro de 1943, no dia em que os japoneses trouxeram a guerra para dentro do campus, o modelo da Ponte Newtoniana em escala 250:1, presente de sir Larmor, foi destruído num incêndio estúpido. A autora do projeto havia morrido vinte e nove anos antes, no ano seguinte à visita do catedrático. Tinha menos de quarenta anos.

---

* Revolução de 1911 ou Revolução Xinhai: movimento que derrubou a dinastia Qing e instaurou a República. (N. T.)

3.

A prima, ou Rong Youying, ou Rong "Ábaco" Lillie, ou Cabeça de Ábaco, morreu na mesa de parto de um hospital.

Depois de tantos anos, poucas testemunhas oculares de seu suplício continuam entre nós, mas o parto dificílimo passou de geração em geração como uma batalha aterradora, correu de boca em boca até se tornar praticamente uma lenda. Desnecessário dizer que foi excruciante. Ela urrou, dizem, dois dias e duas noites sem parar. O cheiro de sangue transbordava do corredor do hospital e desaguava na rua. O médico recorreu a todos os meios disponíveis na época, dos mais avançados aos mais rudimentares, e ainda assim mal se via a cabeça escura do bebê. Os Rong e os Lin, do lado paterno, se reuniram na porta da sala de parto para esperar o nascimento da criança, mas, aos poucos, foram se dispersando até só restarem uma ou duas criadas. A delivrança atribulada e sem fim espantava até os mais fortes, a alegria do nascimento sendo engolida pelo terror da morte, vida e morte sendo reescritas, reviradas de forma implacável. *Lao** Lillie foi o último a chegar ao corredor, mas também o último a ir embora. Quando estava de saída, deixou escapar um comentário: "Se nascer, ou vai ser gênio, ou demônio".

"Tem poucas chances de nascer", disse o médico.

"Nasce, sim."

"Não nasce, não."

"Você não conhece Youying, ela não é uma mulher comum."

"Mas é mulher, esse bebê só sai por milagre."

"Pois ela nasceu foi pra fazer milagres!"

Dito isso, *Lao* Lillie quis se retirar.

O médico o deteve: "Isto aqui é um hospital, você precisa me ouvir. O que eu faço se ela não conseguir ter o bebê?".

Lao Lillie silenciou.

O médico insistiu: "A mãe ou o bebê, quem devo salvar?".

Lao Lillie respondeu firme: "A mãe, é óbvio!".

Mas de que valiam as palavras de *Lao* Lillie diante de um destino implacável? Ao amanhecer, exaurida depois de mais uma noite de luta, a parturiente perdeu a consciência. O médico a reanimou com água gelada e aplicou uma dose dupla de estimulantes, preparando-a para uma última tentativa. Deixou claro que, se não desse certo dessa vez, desistiria do bebê para salvar a mãe. As coisas, porém, não saíram como o esperado. E ela, no grito lancinante de um derradeiro esforço, acabou estourando o fígado. Foi então que o bebê, cuja vida esteve por um fio, chegou ao mundo.

Só depois de tirar a vida da mãe, a criança revelou o segredo de tamanha dificuldade: tinha a cabeça mais larga que os ombros. O crânio da mãe, em comparação, não parecia grande

---

* *Lao*, "velho". Tratamento respeitoso empregado diante do nome de uma pessoa mais velha. (N. T.)

coisa. Gerar um bebê tão cabeçudo num primeiro parto quase aos quarenta anos só podia acabar em morte. Certas coisas não têm explicação, uma mulher capaz de pôr um avião no céu não pôde com um pedaço de carne gerado em seu corpo.

Os Lin tentaram criar para o menino toda sorte de nomes: honoríficos, cerimoniais, familiares, de cortesia, qualquer-coisa-Lin. Mas, um dia, perceberiam que nada disso adiantava. A cabeçorra e o pavoroso processo de parto já haviam garantido a ele um apelido retumbante: Cabeção do Demo.

Cabeção do Demo!

Cabeção do Demo!

Chamavam-no assim com muito gosto e não podia haver nome mais apropriado.

Cabeção do Demo!

Cabeção do Demo!

Chamavam-no assim familiares e estranhos.

Chamavam-no assim milhares e miríades.

Mas o que não podiam imaginar era que Cabeção do Demo, de tanto o chamarem assim, acabaria por tornar-se um verdadeiro demônio, um coisa-ruim dado a todo tipo de maldade, uma alma perdida. Os Lin estavam entre as famílias mais afluentes na capital provincial, donos de uma rua inteira, de cinco quilômetros de extensão. Mas, desde que Cabeção do Demo chegara à adolescência, a extensa via começou a encurtar para pagar as dívidas ou abafar os escândalos do rapaz. Não fosse uma rameira desalmada ter mandado matá-lo, os Lin provavelmente acabariam sem teto. Cabeção do Demo caiu na vida aos doze anos e morreu aos vinte e dois — nesse intervalo de dez anos, envolveu-se em nada menos que dez homicídios, seduziu e abandonou centenas de mulheres. O dinheiro que a família gastou com ele daria para formar um morro ou pavimentar uma estrada. Como pôde uma mulher tão brilhante, capaz de incontáveis proezas, uma mulher cujo nome seria lembrado por várias gerações, legar ao mundo um rebento que, em vez de puxar à mãe, era um poço de ruindade, um grandessíssimo canalha; algo difícil de entender.

Depois que o Cabeção do Demo se tornou, efetivamente, um coisa-ruim do outro mundo, os Lin puderam, afinal, respirar aliviados. Mas logo uma desconhecida viria tirar sua tranquilidade. Chegou de outra província e, assim que viu o dono da casa, caiu de joelhos, apontou a barriga levemente inchada e informou chorosa: "Este aqui tem o sangue dos Lin!". As mulheres com quem o Cabeção do Demo se deitou lotariam várias barcaças, pensaram os Lin, e nenhuma jamais havia batido à porta deles com a barriga saliente. Essa daí, além do mais, vinha de longe, era mais suspeita ainda, e o sangue lhes ferveu. Sem piedade, chutaram-na porta afora. A moça pensou que os golpes destruiriam a coisa em seu ventre e até achou que não seria má solução. Mas, enquanto lhe doíam todas as carnes e costelas, a parte que deveria doer estava quieta como água parada. Esmurrou-se com violência, e nada. Em desespero, abriu o berreiro sentada no chão. Curiosos foram se juntando ao seu redor até que alguém de bom coração sugeriu que tentasse a sorte na Universidade N, porque lá também havia parentes do Cabeção. A moça, cambaleante em todas as suas dores, foi até lá, onde encontrou *Lao* Lillie e se ajoelhou diante dele. Com uma vida inteira dedicada aos estudos e ao conhecimento, *Lao* Lillie era um homem da mais absoluta retidão. Deixou-a ficar e, quando julgou oportuno, pediu ao filho Rong Xiaolai — conhecido como *Xiao** Lillie — que a levasse com discrição para Tongzhen, sua aldeia natal.

A casa dos Rong, um solar de muitos pátios que ocupava

---

* *Xiao*, "pequeno". Tratamento respeitoso empregado diante do nome de uma pessoa mais jovem (N. T.)

metade de Tongzhen, guardava a antiga imponência, mas a tinta descascada nos pórticos e beirais denunciava os anos e o declínio. De certo modo, a partir do momento em que *Lao* Lillie inaugurou a academia na capital provincial e os descendentes da família começaram a lotar as salas de aula, os dias de glória daquele lugar estavam contados. Primeiro porque poucos dos que saíam voltavam para tocar os negócios dos pais. Depois, porque os tempos já eram outros: ao centralizar a administração do comércio de sal, o governo cortou os rios de dinheiro que alimentavam a riqueza do clã. Pois que cortem, pensaram os Rong que ficavam sob a asa de *Lao* Lillie. Esses Rong veneravam a ciência e a busca do conhecimento, não idolatravam bens materiais nem andavam obcecados com uma vida aristocrática. Também pareciam pouco preocupados com a ascensão e a queda dos negócios ancestrais, ou com os altos e baixos da fortuna familiar. Nos últimos dez anos, a decadência só aumentava, o motivo era algo de que não se falava abertamente, mas pendia à vista de todos sobre o portão de entrada. Estava numa placa em graúdas letras douradas: **Patrono da Expedição do Norte.*** A história foi a seguinte: quando o Exército Nacionalista chegou à cidade C, os estudantes saíram às ruas para levantar doações para a expedição. Comovido, *Lao* Lillie voltou a Tongzhen naquela mesma noite, vendeu o cais e metade das propriedades da rua do comércio, comprou um barco carregado de armas e munições e o doou ao Exército. Em troca, ganhou a placa. Daí a gloriosa aura de patriotismo que, por um tempo, cercou os Rong. Pouco depois, o autor da caligrafia passou de general ilustre a criminoso procurado, e isso, inevitavelmente, lançou uma sombra sobre o prestígio da placa. Mais tarde, o governo mandou confeccionar

---

* "Expedição do Norte", campanha militar do Exército Nacionalista Chinês (1926-8). (N. T.)

uma nova peça, com o mesmo texto e o mesmo revestimento a ouro, mas em caligrafia diferente, e pediu que os Rong a colocassem no lugar da antiga. *Lao* Lillie recusou-se, categórico. Foi o começo de uma divergência sem fim que acabou condenando os negócios à ruína. Que viesse, pois, a ruína, mas a placa continuaria lá, intocada. *Lao* Lillie deixou claro que jamais seria retirada enquanto ele vivesse.

Daí em diante, foi um revés atrás do outro.

Assim, o solar dos Rong, outrora animado pela azáfama incessante de homens e mulheres, velhos e moços, patrões e empregados, se transformou em um lugar só habitado por vultos e sussurros ocasionais, onde os velhos formavam clara maioria; havia mais mulheres que homens e mais serviçais que senhores, como num desajuste patológico entre yin e yang, um desequilíbrio entre homem e natureza. As pessoas rareavam, sobretudo as mais ruidosas, os pátios pareciam maiores, mais intermináveis, mais vazios. Pássaros construíam ninhos nos galhos, aranhas fiavam teias nas portas, as trilhas sinuosas se perdiam na grama alta. Os caminhos levavam a lugar nenhum, as aves domésticas ganharam o céu, as pedras que imitavam montanhas em miniatura viraram entulho, os jardins, um matagal, e o pátio, um labirinto. Se a propriedade, um dia, fora comparada a uma prosa de fina trama, talvez um tanto dispersa na forma, mas não no conteúdo, agora não passava de um manuscrito ilegível, e, salvo alguns trechos de maior inspiração, a maior parte mereceria uma revisão minuciosa. Esse era o lugar ideal para esconder uma desconhecida sem nome nem status.

Xiao Lillie pensou num jeito de fazer o irmão mais velho e a cunhada aceitarem a estranha. Como todos os descendentes da sétima geração já haviam falecido — com exceção de *Lao* Lillie, que morava longe na capital provincial —, o irmão mais velho e sua esposa se tornaram os chefes incontestes do clã Rong em Tongzhen. O irmão, em idade avançada, surdo e com os movimentos comprometidos depois de um derrame, constituía, na melhor das hipóteses, um acessório falante. O poder real estava, havia muito tempo, nas mãos da mulher. Se o Cabeção do Demo fosse mesmo o pai da criança, os dois seriam os tios-avós do menino bastardo. Mas explicar dessa forma só complicaria as coisas. Equivaleria, em grau de inutilidade, a tirar as calças para peidar. Ciente de que a cunhada havia se transformado em uma budista devota, *Xiao* Lillie estava praticamente certo da vitória. Levou a gestante ao oratório, a fumaça do incenso subindo em volutas, as batidas ressoando metódicas no *muyu*,* e ali entabulou com a cunhada a seguinte conversa.

"Quem é ela?", quis saber a cunhada.

"Uma moça sem nome."

"Me diz logo o que quer, não vê que estou rezando?"

"Ela está grávida."

"E o que eu tenho com isso? Não sou médica."

"Ela é uma budista devota, cresceu num mosteiro e nunca se casou. No ano passado, foi numa peregrinação ao solo sagrado de Putuoshan e voltou grávida. Não sei se a senhora acredita nela…"

"E se acreditar?"

"Se acreditar, deixe a moça ficar aqui."

"E se não acreditar?"

"Aí só me resta mandá-la pra rua."

A cunhada passou a noite em claro para decidir se acreditava ou não, mas Buda não a ajudou nessa tarefa. Foi só ao meio-dia, quando *Xiao* Lillie fingia levar a jovem embora, que ela, por fim, decretou: "Ela pode ficar, e que Buda olhe por nós!".

---

* *Muyu*, "peixe de madeira". Pequeno instrumento de percussão que acompanha as orações budistas. (N. T.)

PARTE II

Desdobramento

1.

Por dois anos, passei as férias percorrendo a malha ferroviária do Sul, entrevistei cinquenta e uma testemunhas — a maioria de idade avançada e saúde comprometida —, consultei extensa documentação, e só depois disso juntei a confiança necessária para me sentar e escrever este livro. As andanças pela região me fizeram entender o que é, de fato, o Sul. Chegando lá, senti cada poro do meu corpo sorrir, respirar com doçura, fruir com paixão, desabrochar como flor. Até os pelos em desordem começaram a ganhar vigor, fio por fio, e pareciam ficar mais escuros. Por isso, não foi difícil entender por que acabei escolhendo um lugar por ali para escrever o livro; difícil foi entender por que a mudança de local de trabalho alterou meu modo de escrever. Tive a nítida sensação de que o clima ameno me dava extraordinária coragem e paciência para a escrita, coisa que sempre achei trabalhosa. Além disso, minha narrativa incorporou o viço da vegetação sulista. O protagonista do meu livro, na verdade, ainda não apareceu, mas está prestes a chegar. De certa forma, já se encontra aqui, só não o vimos ainda, como não vemos as sementes que germinam no seio da terra úmida.

Na verdade, o episódio ocorrido vinte e três anos antes, quando a genial Rong Youying deu à luz o Cabeção do Demo, foi de um terror tão inaudito, em todos os sentidos, que ninguém acreditava que aconteceria de novo. No entanto, meses após a chegada da mulher sem nome ao solar dos Rong, a cena se repetiu com ela. Por ser mais jovem, seus gritos alcançavam agudos mais estridentes e ricocheteavam pelos pátios, fazendo tremer a luz das lanternas. Até o irmão Rong, surdo, estremeceu de assombro. Parteiras iam e vinham, em revezamento. Todas saíam recendendo a sangue, roupas enxovalhadas, sapatos empapados de sangue, como carrascos. Do leito de parto, o sangue pingava no chão, escorria para fora do quarto, e do lado de fora continuava, tenaz, abrindo caminho por entre as lajotas do pátio até chegar a um canteiro abandonado onde vegetavam ameixeiras. Em meio ao capim abundante, as árvores moribundas deram flores pela segunda vez naquele inverno — dizem que por causa do sangue humano que beberam. Quando as flores desabrocharam, a mulher sem nome já estava no além fazia tempo, e de sua alma ninguém nunca quis saber.

Todas as testemunhas afirmaram que foi um milagre aquela anônima parir o bebê. Disseram também que milagre mesmo, o milagre dos milagres, seria se ambos sobrevivessem. Mas o tal milagre dos milagres, afinal, não aconteceu… Depois de o bebê nascer, a mãe não resistiu à hemorragia. Não é fácil produzir um milagre dos milagres, pois a vida é feita de carne e sangue. Mas o problema não era esse. O problema apareceu quando limparam o rosto da criança e descobriram, atônitos, que a pequena criatura era, inteirinha, uma réplica exata do Cabeção do Demo: os mesmos cabelos desgrenhados, a mesma cabeça descomunal, a mesma marca roxa de nascença em forma de crescente no bumbum. Nessa altura, o truque de *Xiao* Lillie caiu por terra. A criança cercada de mistério, meio humana, meio divina, que inspirava veneração e temor, virou, num piscar de olhos, um bastardo indesejado. Não fosse pelo fato de madame Rong encontrar alguma semelhança entre o bebê e a finada cunhada, Cabeça de Ábaco, nem o mais misericordioso dos corações pouparia o bebê de ser abandonado num ermo qualquer. Em outras palavras, quando decidiam sua sina, foi a conexão com a avó que salvou a criança e assegurou sua permanência no solar dos Rong.

Deixaram-no viver, e foi só. Não ganhou nem o renome, nem o nome dos Rong. Não ganhou, aliás, nome nenhum. Por muito tempo, era chamado apenas de Capeta. Até que um dia Mr. Auslander passou pela porta do casal de criados que cuidava do menino. Convidaram-no a entrar e, polidamente, pediram que pensasse em outro nome para ele. Já velhos e com medo da morte, achavam esse apelido, "Capeta", tenebroso. Parecia que estavam batendo às portas do inferno. Por isso, sempre quiseram alterar. Até tentaram, eles mesmos, achar outros apelidos: Cãozinho, Gatinho, mas nenhum vingou. E os vizinhos todos continuaram preferindo Capeta, e era Capeta para lá e para cá. Até que os velhos desataram a ter pesadelos toda hora por causa disso e, ansiosos, resolveram pedir a Mr. Auslander que escolhesse um modo decente de chamar o menino, que todo mundo acatasse.

Mr. Auslander era aquele estrangeiro que, anos atrás, interpretava os sonhos da matriarca dos Rong. Havia caído nas graças dela, mas nem todos os endinheirados o apreciavam da mesma forma. Certa vez, no cais, foi interpretar o sonho de um comerciante de chá de outra província e acabou levando uma surra. Quebraram-lhe os braços e as pernas, apagaram o brilho de um de seus olhos azuis. Com os membros fraturados e uma vista furada, ele se arrastou até a porta dos Rong e ali foi bondosamente acolhido, em respeito à memória da finada matriarca. Desde então, ficou morando no solar. Com a sabedoria e o espírito recluso de um iluminado, dedicou-se a um trabalho para o qual tinha total qualificação: redigir a genealogia do clã. Anos mais tarde, já conhecia melhor do que qualquer um dos Rong os pormenores dessa grande família — passado e presente, homens e mulheres, histórias oficiais e anedotas, grandezas e misérias. Nenhum elo ou imbricação escapava ao seu conhecimento. Por isso, sabia muito bem quem era o Capeta: de que galho tinha saído esse fruto, se cheirava ou fedia, se era legítimo ou bastardo, se vinha de linhagem nobre ou plebeia, se seu passado era dignificante ou vergonhoso. Enxergava com clareza cristalina o assunto que, para outros, talvez fosse nebuloso. Por isso mesmo, encontrar aquela alcunha lhe parecia uma tarefa complicadíssima.

O estrangeiro ponderou que, antes de ganhar um nome, o menino precisava de um sobrenome; mas qual? Em tese, deveria ser Lin, mas aí seria pôr o dedo na ferida, causaria mal-estar. Quem sabe Rong? Mas achariam fora de propósito usar o sobrenome de solteira da avó, não tinha cabimento. E o sobrenome da mãe? Bem, se nem o nome sabiam, que dizer do sobrenome? E, mesmo que soubessem, jamais poderiam usá-lo. Era o mesmo que desencavar um cocô enterrado para esfregar na cara dos Rong. Seria uma afronta! Depois de muitas considerações, decidiu desistir da ideia de dar ao menino um nome, mas talvez achasse um apelido apropriado. Mr. Auslander olhava para a cabeça enorme da criança, se lembrava do infortúnio dela ao nascer sem pai nem mãe, da sina de ser entregue à própria sorte... De repente, veio-lhe uma ideia, que deixou escapar num murmúrio: Coisinha.

A notícia chegou à sala do oratório. A pessoa que ali rezava ficou pensativa enquanto inalava o aroma do incenso, até que disse: "Apesar de ambos serem agourentos, o Cabeção do Demo tirou a vida da mulher mais brilhante da família Rong, então o nome não tinha como ser mais adequado. Mas esse outro menino tirou a vida de uma sem-vergonha da pior espécie, uma pecadora que ousou profanar o Buda e merecia morrer dez mil vezes, merecia a danação eterna! Sua morte foi um mandado da justiça celestial para eliminar o mal no mundo. Chamar esse bebê de Capeta seria, sem dúvida, uma injustiça. Acho certo chamar de Coisinha. Afinal de contas, ele nunca vai ser grande coisa".

Coisinha!

Coisinha!

Nasceu parecendo um bichinho.

Coisinha!

Coisinha!

Cresceu parecendo um capim.

Naquela mansão enorme, a única pessoa que tratava o menino como outro ser humano, e sobretudo como criança, era Mr. Auslander, aquele que, tendo enfrentado todos os percalços, viera do outro lado do mundo. Depois da leitura de todas as manhãs e da sesta de todas as tardes, ele seguia uma aleia tranquila — o calçamento de seixos formando flores — e perambulava até chegar à ala na qual vivia o velho casal de criados. Sentava-se ao lado da tina de madeira onde Coisinha brincava, pitava o cachimbo e relatava, em sua língua materna, os sonhos da noite anterior: parecia que o fazia à criança, mas, na realidade, era para si mesmo, já que o menino ainda não entendia nada. Às vezes, trazia um sininho ou um bonequinho de argila ou de cera. Tudo isso gerou no pequeno um vínculo afetivo com o velho. Mais tarde, quando Coisinha já dava os primeiros passos, o primeiro lugar aonde se dirigiu sozinho foi o Jardim das Pereiras, morada de Mr. Auslander.

O Jardim das Pereiras, como o nome indica, abrigava duas

pereiras de mais de dois séculos de idade. Havia ali um galpãozinho de madeira com um desvão sob o telhado que era onde a família Rong guardava ópio e ervas medicinais. Certa vez, uma criada desapareceu. Todo mundo pensou que ela havia fugido com algum homem até encontrarem, no galpãozinho, seu corpo em decomposição. Nunca se soube a causa da morte, mas a notícia se espalhou entre senhores e serviçais. Desde então, o jardim ganhou fama de assombrado, e a mera menção ao local era suficiente para deixar qualquer um pálido de medo. Quando as crianças faziam arte, os adultos ameaçavam: "Ou você se comporta, ou vai para o Jardim das Pereiras!". Graças ao temor que o lugar inspirava, Mr. Auslander conseguia aproveitar a paz e o sossego daquele pátio isolado. Quando as pereiras davam flor, olhava para a nuvem clara que tomava os galhos, sentia o seu perfume e se convencia ainda mais de que aquele era o lugar que procurara a vida inteira. Quando as flores murchavam, recolhia as pétalas caídas, secava e guardava no desvão para perfumar a casa, como numa primavera eterna. Se não estivesse bem do estômago, tomava uma infusão de flores secas, infalível para aliviar o mal-estar.

Depois da primeira vez, Coisinha passou a vir todo dia. Não falava nada, só ficava embaixo da árvore, acompanhando com o olhar os movimentos de Mr. Auslander, calado, encolhido, arisco. Como desde muito pequeno ele ficava em pé na tina de madeira, conseguiu caminhar mais cedo do que a maioria das crianças. Mas demorou a falar. Aos dois anos de idade, quando o resto da meninada já recitava versinhos, ele só balbuciava... Essa disfunção fez todos suspeitarem que seria mudo de nascença. Mas, um dia, quando Mr. Auslander cochilava no divã de bambu, ouviu subitamente uma voz tristonha chamando:

"Dadiii..."

"Dadiii..."

"Dadiii..."

Para ele, aquilo soou como "daddy", "papai" em inglês. Abriu os olhos e viu o menininho ao seu lado, puxando-o pela roupa, com os olhos cheios de lágrimas. Foi a primeira vez que Coisinha chamou por alguém. Achava que Mr. Auslander era seu pai e que agora tinha morrido, então chorou e gritou para que voltasse à vida. A partir daquele dia, Mr. Auslander levou Coisinha para morar com ele no Jardim das Pereiras. Poucos dias depois, o velho de quase oitenta anos montou um balanço na árvore e deu ao menino como presente de três anos.

Coisinha cresceu à sombra das pereiras.

Oito anos depois, na temporada das flores, Mr. Auslander caminhava por entre as pétalas durante o dia para escolher cuidadosamente cada palavra; à noite, passava a limpo num papel o que tinha rascunhado na cabeça desde o amanhecer. Dias mais tarde, havia conseguido concluir uma carta dirigida a *Xiao* Lillie, filho de *Lao* Lillie, que morava na capital provincial. A carta permaneceu numa gaveta por mais de um ano até o velho homem pressentir que não lhe restava muito tempo de vida. Ele então apanhou a carta, datou-a e pediu a Coisinha para pô-la no correio. Por causa da guerra, *Xiao* Lillie não tinha endereço fixo e se mudava com frequência. A correspondência demorou meses até chegar a ele.

A carta dizia o seguinte:

Estimado senhor reitor,

Espero que esta carta o encontre em boa saúde.

Não sei se, ao escrever estas linhas, estarei cometendo o último erro de minha vida. Por temer que seja um erro, e pela vontade de passar o maior tempo possível com Coisinha, não enviarei esta missiva de imediato. Mas, no momento em que a enviar, estarei às vésperas da morte. Assim, ainda que se trate mesmo de um erro, terei a felicidade de ser poupado das críticas. Já me bastam as que enfrentei nesta vida. Ao mesmo tempo, terei a clarividência das almas para ver que importância dará ao conteúdo desta carta e como vai cumpri-lo. Em certo sentido, isto nada mais é do que o meu testamento. Vivo há quase um século nesta terra onde homens e fantasmas se esbarram, conheço a deferência que dispensam aos mortos e a rispidez que reservam aos vivos. Por isso, estou quase certo de que o senhor não desprezará meu último desejo.

Meu desejo é apenas um, e diz respeito a Coisinha. Por anos, tenho sido seu tutor de fato. Mas o aproximar de minhas exéquias me diz que já não poderei exercer essa tutela por muito tempo e que é necessário encontrar outra pessoa para assumir a função. Agora, eu lhe suplico que o senhor se torne o tutor em meu lugar. Levo em conta, pelo menos, três razões para isso:

1. Ele só teve a sorte de vir à luz graças à bondade e à coragem do senhor e de seu pai (*Lao* Lillie);
2. Para todos os efeitos, ele é um descendente dos Rong, sua avó paterna era a pessoa que seu pai mais amava e admirava neste mundo;
3. Trata-se de uma criança de extraordinária inteligência. Ao longo destes anos, como se descobrisse terras incógnitas, fui-me deixando surpreender e fascinar com seu intelecto incomum. À parte o seu jeito excêntrico e distante, ele em nada difere da avó, são idênticos como duas gotas d'água: a mente invulgar, a agudeza de espírito, a personalidade forte. Foi Arquimedes quem disse que, se dessem a ele um ponto de apoio, ele moveria a Terra, e tenho a convicção de que nosso menino é uma pessoa assim. Mas, neste momento, ele ainda precisa de nós, pois tem apenas doze anos incompletos.

Estimado senhor, por favor, acredite em mim e o leve daqui para viver ao seu lado. Ele precisa do senhor, precisa ser amado, precisa ser educado. Precisa até que o senhor lhe dê um nome de verdade.

Eu lhe suplico!

Eu lhe suplico!

É a súplica de um homem vivo.

Mas também a súplica de uma alma morta.

O moribundo R. J.
Tongzhen, 8 de junho de 1944

2.

O ano de 1944 trouxe uma sucessão de infortúnios para a Universidade N e a cidade C, a capital provincial. Primeiro veio o batismo da guerra, mais tarde o aviltamento do governo--fantoche instalado pelos japoneses. A cidade e seus moradores passaram por mudanças tremendas. Quando *Xiao* Lillie recebeu a carta de Mr. Auslander, as violentas batalhas tinham acabado, mas o caos gerado pela farsa que era o governo provisório chegava ao extremo. Naquela altura, *Lao* Lillie estava morto havia muito, e *Xiao* Lillie viu sua posição na Universidade N irremediavelmente abalada como consequência do desgaste no prestígio do pai, mas também, e sobretudo, por sua intransigência com relação ao governo-fantoche. Na realidade, o governo colaboracionista considerava *Xiao* Lillie uma pessoa-chave: por um lado, era famoso e poderia ser mais útil do que qualquer um; por outro, como a família Rong tinha sido tratada com frieza pelo governo nacionalista, seria mais fácil fazer uma aproximação. Por isso, logo no início do mandato, o governo-fantoche enviou uma generosa carta de nomeação ao então vice-reitor, *Xiao*

Lillie, designando-lhe o cargo de reitor. Acreditavam que isso seria suficiente para comprar sua colaboração. Não imaginavam que ele rasgaria a carta em público e proclamaria retumbante: **"Antes morrer do que trair a pátria!"**.

A consequência disso era previsível: *Xiao* Lillie ganhou a simpatia de todos, mas perdeu o cargo oficial. Ele já tinha a intenção de voltar a Tongzhen para não precisar lidar com o detestável governo-fantoche — aí incluídas as disputas por cargos e poder que grassavam dentro da universidade —, e a carta de Mr. Auslander, sem dúvida, acelerou a decisão da viagem. Desceu do barco ainda murmurando a respeito da carta do velho e logo avistou o mordomo na garoa fina. Quando este se aproximou para cumprimentá-lo, apressou-se em perguntar: "Como está Mr. Auslander?".

"Ele partiu", respondeu o mordomo, "já faz algum tempo."

Xiao Lillie sentiu o coração palpitar: "E a criança?".

"De quem o senhor está falando?"

"Coisinha."

"Continua no Jardim das Pereiras."

Não havia dúvida de que estava no Jardim das Pereiras, mas poucos sabiam o que andava fazendo porque ele quase não saía de lá, assim como ninguém entrava ali. O menino era como uma assombração, todos sabiam que ficava no jardim, mas raramente alguém o via. Além do mais, o mordomo tinha quase certeza de que o garoto era mudo.

"Até hoje, não entendo uma palavra do que ele fala", comentou o mordomo. "Quase não abre a boca e, quando abre, balbucia coisas sem sentido, ninguém entende nada."

O mordomo contou ainda que, segundo comentavam os criados do solar, Mr. Auslander, em seus últimos dias, pediu de joelhos ao chefe da família que deixasse Coisinha continuar no jardim após sua morte, que não o varresse porta afora. Contou também que o velho gringo havia deixado para o menino todas as moedas de ouro que guardara por décadas. Seriam o sustento dele agora, uma vez que a família Rong não fornecia os mantimentos necessários.

Foi no dia seguinte, depois do almoço, que *Xiao* Lillie entrou no Jardim das Pereiras. A chuva tinha parado, mas a água que caíra por dias a fio encharcava o jardim. A cada passo, os pés afundavam no solo empapado e a lama quase sujava a parte superior dos sapatos. Mas *Xiao* Lillie não encontrou nenhuma pegada no pátio. As teias nas árvores estavam vazias e as aranhas, escondidas sob os beirais para se proteger da chuva. Algumas já tinham fiado teias na porta. Não fossem a fumaça na chaminé e o barulho do cutelo na tábua, ele jamais imaginaria que alguém vivesse ali.

Coisinha estava ocupado em cortar batata-doce, a água borbulhando na panela e os poucos grãos de arroz nadando como girinos. Não se assustou com a invasão de *Xiao* Lillie, nem se irritou, só lançou um olhar em sua direção e voltou ao que estava fazendo, como se quem entrava fosse alguém que tinha acabado de sair — seu avô? Ou um cachorro. O menino era mais baixo do que *Xiao* Lillie imaginava, e a cabeça nem era tão grande como rezava a lenda. Mas o crânio dava a impressão de ser um tanto alto e pontiagudo, como se o garoto usasse uma espécie de solidéu. Talvez justamente por ser alta e pontiaguda, a cabeça não parecesse tão grande. Enfim, *Xiao* Lillie não viu nada de extraordinário nele. O que o impressionou de fato foi o jeito distante e calado, uma apatia de criança velha. Na casinha de um cômodo, um olhar bastava para apreender o cotidiano de seu morador: quem vivia ali cozinhava, comia e dormia em extrema austeridade, os únicos objetos apresentáveis eram um gaveteiro de farmácia, uma escrivaninha e uma cadeira de braços da época em que o lugar servia como depósito de ervas medicinais. Sobre a escrivaninha, abria-se um calhamaço de folhas amareladas. *Xiao* Lillie fechou o livro para examinar a capa, um volume da edição inglesa da Enciclopédia Britânica. Colocou-o de volta, olhou descrente para o menino e perguntou: "É você que está lendo isto?".

Coisinha balançou a cabeça afirmativamente.

"Consegue entender?"

Coisinha balançou a cabeça.

"Foi Mr. Auslander quem te ensinou?"

O menino continuou balançando a cabeça.

"Você nunca abre a boca, será que é mudo mesmo?", perguntou *Xiao* Lillie, em tom ligeiramente acusatório. "Se for, balance a cabeça outra vez. Se não for, fale comigo." Desconfiado de que o garoto não entendia muito bem o mandarim, repetiu em inglês o que tinha acabado de dizer.

Coisinha foi até o fogão, pôs as batatas cortadas na água fervente e respondeu, em inglês, que não era mudo.

Xiao Lillie perguntou se ele sabia falar chinês, ele respondeu que sim, em chinês.

Xiao Lillie sorriu: "O seu mandarim soa tão esquisito quanto o meu inglês. Deve ter aprendido com Mr. Auslander, não foi?".

O menino voltou a acenar com a cabeça.

"Não acene", disse *Xiao* Lillie.

"Está bem."

"Meu inglês está enferrujado, faz anos que não pratico. Por isso, é melhor falarmos em chinês."

"Está bem", respondeu o menino em chinês.

Xiao Lillie foi até a escrivaninha, sentou-se na cadeira, acendeu o cigarro e indagou: "Quantos anos você tem?".

"Doze."

"Além de te ensinar a ler esses livros, o que mais Mr. Auslander te ensinou?"

"Nada."

"Ele não te ensinou a interpretar sonhos? Ele era mestre nisso."

"Ensinou."

"Você aprendeu?"

"Aprendi."

"Tive um sonho, pode interpretar para mim?"

"Não."

"Por quê?"

"Só interpreto meus próprios sonhos."

"Então me conte, com o que você sonhou?"

"Sonhei com tudo."

"Comigo também?"

"Sim."

"Sabe quem eu sou?"

"Sei."

"Quem sou eu, então?"

"O senhor é da oitava geração da família Rong, nascido em 1883, o vigésimo primeiro da sua geração. Chama-se Rong Xiaolai; nome de cortesia, Dongqian; nome literário, Zeshi. Mas é conhecido como *Xiao* Lillie, porque é filho de *Lao* Lillie, fundador da Universidade N, onde se formou em matemática em 1906. Foi estudar nos Estados Unidos em 1912 e fez mestrado em matemática no Instituto de Tecnologia de Massachusetts. Em 1926, voltou à Universidade N, onde leciona até hoje. Atualmente, é vice-reitor e professor de matemática."

"Você sabe muita coisa sobre mim!"

"Sei tudo sobre os Rong."

"Também foi Mr. Auslander quem te ensinou?"

"Sim."

"Ele te ensinou mais alguma coisa?"

"Não."

"Já foi a escola?"

"Não."

"Quer ir?"

"Nunca pensei nisso."

A água na panela levantou fervura de novo, o vapor impregnava o ambiente com cheiro de comida. O velho se levantou com a intenção de caminhar um pouco pelo jardim. Achando que o outro estava de saída, o garoto pediu que esperasse, Mr. Auslander havia lhe deixado uma coisa. Foi até a cama, tateou embaixo do móvel e retirou um objeto embrulhado em papel. Estendeu-o a *Xiao* Lillie: "Meu pai me falou que o senhor viria e me pediu para lhe dar isto".

"Pai?", pensou um instante. "Está se referindo a Mr. Auslander?"

"Sim."

"O que é?", disse pegando o pacote.

"O senhor vai saber quando abrir."

O embrulho tinha sido feito com vários papéis amarelados, que formavam um falso volume. Depois de remover todo o papel, apareceu uma estatueta de Guanyin, a bodisatva da misericórdia, que cabia na palma da mão. Esculpida em jade branco, trazia uma safira de tom verde-escuro incrustada entre as duas sobrancelhas, como um terceiro olho. *Xiao* Lillie examinava minuciosamente a pequena imagem — de imediato, sentiu uma aura refrescante espalhar-se da palma para o corpo inteiro, indício da qualidade superior da pedra. O acabamento era primoroso, e a serenidade que permeava o objeto deixava entrever a origem remota e os longos meandros de sua história. Era quase certo que se tratava de uma peça de altíssima qualidade, e sua venda renderia uma pequena fortuna. O velho ponderou enquanto olhava para a criança e disse baixinho: "Eu nem sequer conhecia Mr. Auslander, por que será que ele me deixou um objeto tão valioso?".

"Não sei."

"Mas você sabe que isto vale muito dinheiro, era melhor ficar com você."

"Não."

"Mr. Auslander cuidou de você desde pequeno, te tratou como família, a estatueta é sua."

"Não."

"Você precisa dela muito mais do que eu."

"Não."

"Será que ele tinha receio de você não conseguir um bom preço nela e queria que eu vendesse por você?"

"Não."

Enquanto falava, passou os olhos por acaso nos papéis do embrulho e viu que estavam cheios de números, linhas e linhas de cálculos, como se fosse um complexo problema de aritmética. Abriu os papéis, estavam todos do mesmo jeito, cobertos de cálculos matemáticos. A partir daí, o assunto mudou: "Ele também te ensinou aritmética?".

"Não."

"Mas quem fez isso?"

"Fui eu."

"O que estava fazendo?"

"Calculando quantos dias meu pai viveu no mundo..."

3.

A morte de Mr. Auslander começou pela garganta, talvez
tenha sido o preço a pagar depois de uma vida inteira dedicada
a interpretar os sonhos alheios, afinal, durante toda a vida, ele se
beneficiou da fala melíflua, mas também se arruinou por causa
da boca agourenta. Antes de começar a produzir sua carta para
Xiao Lillie, já estava praticamente sem voz, e, pressentindo a
aproximação da morte, começou a fazer os arranjos para o futuro
de Coisinha. Todas as manhãs daqueles dias silentes, o menino
preparava uma infusão de flor de pereira, mais forte ou mais
suave conforme a estação, e a colocava num copo na cabeceira
da cama para que Mr. Auslander acordasse com o aroma sutil
e se acalmasse com a visão das pétalas brancas que se abriam e
ondulavam rodopiando na água. A infusão caseira foi eficaz para
aliviar o seu mal crônico, a tal ponto que chegou a acreditar que
a fonte de sua longevidade era essa singela bebida. Mas foi por
tédio que começou a colher as pétalas, ou talvez porque a bran-
cura imaculada e a delicadeza das flores tenham despertado seu
interesse. Juntava as pétalas e as colocava para secar à sombra do

beiral. Depois de secas, espalhava-as na cabeceira da cama ou na escrivaninha, de forma que o aroma da florada sempre lhe fizesse companhia.

Como tinha um único olho e andava com dificuldade, passava os dias sentado e, inevitavelmente, começou a sofrer de prisão de ventre. Nas piores crises, chegava a preferir a morte. Certa vez, no inverno, a constipação voltou a atacar, fazendo com que recorresse ao método habitual: de manhã cedo, ao acordar, virou tigelas e mais tigelas de água fria em grandes goles e esperou ansioso pela necessária dor de barriga. Mas, dessa vez, a constipação parecia mais teimosa; vários dias e muitos copos de água fria depois, a barriga continuava sem reação, plácida como água parada, o que o deixava angustiado. Certa noite, quando voltava da vila depois de colher algumas ervas medicinais, pegou, no escuro, a tigela de água que tinha preparado antes de sair e bebeu de uma vez. Bebeu tão rápido que só no final sentiu um gosto estranho e percebeu que algo mole e viscoso tinha descido direto junto com o líquido. Intrigado, acendeu o lampião e descobriu a tigela cheia de pétalas encharcadas, sem saber se tinham ido parar ali por obra do vento ou de algum rato. Nunca tinha ouvido falar que se podia ingerir a infusão de flor de pereira e ficou esperando, apreensivo, por qualquer tipo consequência, pronto para morrer. Mas, antes de começar a ferver suas ervas medicinais, sentiu no baixo-ventre uma dor indistinta que, em seguida, se revelou a tão esperada dor de barriga. Ele sabia que a boa notícia era iminente. Depois de uma série de sonoras flatulências, correu para a casinha e saiu de lá plenamente aliviado.

Normalmente, o alívio era seguido por uma diarreia que durava um ou dois dias, não havia meio-termo. Mas, desta vez, ele se livrou também desse círculo vicioso: conseguiu evacuar sem sofrer qualquer outro tipo de mal-estar. Com isso, caiu de amores pela infusão. O que começou de maneira fortuita acabou se tornando obra engenhosa do destino. A partir de então, passou a beber o chá de flor de pereira como se fosse água, e quanto mais tomava, mais achava que lhe fazia bem. A infusão se tornou uma dádiva do destino e trouxe uma nova obsessão à sua solitária rotina. A cada florada, era tomado por uma felicidade infinita. Colhia uma a uma as flores delicadas como se fossem pedaços de vida e saúde. No leito de morte, sonhava diariamente com elas desabrochando ao sol e caindo com a chuva, e desejava que, quando sua hora chegasse, Deus levasse junto com ele a florada das pereiras.

Certa manhã, o velho chamou Coisinha à cabeceira de sua cama, fez um gesto pedindo papel e caneta, e escreveu a seguinte mensagem:

Quando morrer, quero ser velado junto às flores de pereira.

Naquela noite, ele voltou a chamar Coisinha, pediu papel e caneta, e especificou:

Vivi oitenta e nove anos e gostaria de ter, no meu velório, oitenta e nove flores, uma para cada ano.

Na manhã seguinte, chamou o menino outra vez, pediu de novo papel e caneta, e foi ainda mais específico:

Calcule quantos dias há em oitenta e nove anos e me enterre com o mesmo número de flores.

Talvez o medo da morte, ou a lembrança dela, tenha deixado o velho confuso a ponto de escrever pedidos de crescente complexidade sem se dar conta de que nunca ensinara matemática ao menino.

Apesar disso, Coisinha era capaz de efetuar operações simples de adição e subtração. É um detalhe da vida, uma parte do cotidiano que qualquer criança em idade escolar aprende mesmo sem ter sido ensinada. De certa forma, Coisinha teve algum treino em contagem, adição e subtração: a cada florada, Mr. Auslander recolhia as flores caídas e pedia que o garoto as contasse bem contado e anotasse o número na parede. No dia seguinte, Mr. Auslander lhe pediria que contasse mais e anotasse a soma na parede. E assim, depois de caídas todas as flores, Coisinha havia adquirido prática nas operações simples, além do conceito de unidades, dezenas, centenas e milhares. Mas era só isso. Agora, com essa capacidade limitada, ele precisava calcular quantos dias o velho tivera em sua longa vida, com base nas inscrições que o estrangeiro tinha preparado para sua lápide, incluindo a hora e o local de nascimento. Com sua aritmética rudimentar, ele demorou mais do que o normal, um dia inteiro, para obter o resultado. Já ao anoitecer, o menino foi mostrar ao pai o resultado de seu árduo trabalho. O velho, já sem forças para mover a cabeça, só conseguiu apertar a mão da criança e fechou os olhos pela última vez. Por essa razão, Coisinha nunca soube se acertara o resultado ou não. Quando viu que *Xiao* Lillie examinava os cálculos, percebeu a importância de sua relação com o homem ali presente e começou a se sentir nervoso e vulnerável.

O rascunho tinha três páginas não numeradas, mas *Xiao* Lillie soube qual era a primeira da sequência assim que estendeu todas as folhas. Na primeira página, estava escrito:

1 ano: 365 (dias)
2 anos: 365 + 365 = 730 (dias)
3 anos: 730 + 365 = 1095 (dias)
4 anos: 1095 + 365 = 1460 (dias)
5 anos: 1460 + 365 = 1825 (dias)

Nessa altura, *Xiao* Lillie entendeu que Coisinha não sabia multiplicar. Por isso, só lhe restara o método mais difícil. Fez a conta ano a ano até somar 365 oitenta e nove vezes e obter o número de 32 485 (dias). Desse número, subtraiu 253 (dias) e chegou ao resultado final de 32 232 (dias).

"Meu resultado está certo?", perguntou Coisinha.

Xiao Lillie pensou com seus botões: na verdade, o resultado não estava correto, porque nem todos esses oitenta e nove anos tinham 365 dias. A cada quatro anos, há um ano bissexto, com 366 dias. Mas também ele considerou que o menino tinha apenas doze anos e não seria fácil para ele efetuar uma soma dessa magnitude sem cometer nenhum erro. Para não o deixar desapontado, ele disse que a resposta estava correta e fez um elogio sincero: "Você se saiu muito bem num ponto: foi inteligente em fazer os cálculos com base nos aniversários. Senão, teria de contar um a um os dias do primeiro e do último ano, que são incompletos. Pelo seu método, você só precisou contar quantos dias ele viveu depois do último aniversário. Isso te poupou muito trabalho".

"Mas agora tenho um método mais fácil", disse o garoto.

"Qual método?"

"Não sei como chama, vou te mostrar."

Enquanto falava, tirou mais folhas de rascunho da cabeceira.

Esses papéis diferiam nitidamente dos outros em tamanho, textura e até no tom da tinta, sinal de que não tinham sido produzidos no mesmo dia. Segundo Coisinha, foram escritos depois do funeral. Enquanto folheava, *Xiao* Lillie percebeu que a coluna da esquerda trazia o mesmo cálculo por adição, mas a da direita mostrava o método misterioso:

$$1 \text{ ano: } 365 \text{ (dias)} \quad \begin{array}{r} 365 \\ .1 \\ \hline = 365 \end{array}$$

$$2 \text{ anos: } \quad \begin{array}{r} 365 \\ + 365 \\ \hline = 730 \text{ (dias)} \end{array} \quad \begin{array}{r} 365 \\ .2 \\ \hline = 730 \end{array}$$

$$3 \text{ anos: } \quad \begin{array}{r} 730 \\ + 365 \\ \hline = 1095 \text{ (dias)} \end{array} \quad \begin{array}{r} 365 \\ .3 \\ \hline = 1095, [\dots] \end{array}$$

Ficou claro que seu misterioso "método do ponto" se tratava, na verdade, da multiplicação. Como não sabia que sinal usar, anotou do seu jeito. Dessa forma, os cálculos comparados se desenrolaram até o vigésimo ano. A partir do vigésimo primeiro, ele inverteu a posição das colunas para deixar o "método do ponto" na frente:

$$21 \text{ anos: } \quad \begin{array}{r} 365 \\ .21 \\ \hline = 7665 \text{ (dias)} \end{array} \quad \begin{array}{r} 7300 \\ + 365 \\ \hline = 7665 \text{ (dias)} \end{array}$$

Aqui, *Xiao* Lillie notou que o resultado de 7665, obtido pela multiplicação, havia sido corrigido, o resultado original parecendo ter indicado 6565. A partir daí, todos os anos eram calculados da mesma forma: o "método do ponto" primeiro, a adição depois. O resultado obtido por multiplicação mostrava sinais de correção, aqui e ali, para coincidir com o total obtido por adição. No entanto, os números resultantes da multiplicação nos primeiros vinte anos não tinham rasuras. Isso significava duas coisas:

1. No cálculo dos primeiros vinte anos, Coisinha usava principalmente a adição, o "método de ponto" era uma espécie de imitação e não algo independente. A partir do vigésimo primeiro ano, ele usava a multiplicação para fazer os cálculos, a coluna com as somas só servindo para verificar os resultados.

2. De início, ele ainda não entendia plenamente as regras da multiplicação e errava de vez em quando, daí as rasuras. No entanto, as correções diminuíram gradualmente à medida que foi dominando o novo método.

Ele multiplicou um ano por vez até chegar ao quadragésimo e pulou, de repente, para o octogésimo nono ano, obtendo o resultado de 32 485 (dias) com seu "método do ponto". Desse total, ele subtraiu 253 (dias) para chegar de novo ao resultado de 32 232 (dias). Circundou esse número para destacá-lo da infinidade de cifras.

Outro rascunho mostrava um emaranhado de cálculos. *Xiao* Lillie percebeu que o menino tentava entender as regras da multiplicação e, a seguir, as passou a limpo na metade inferior da folha. Enquanto olhava, Lillie sem querer começou a ler em voz alta.

Uma vez um, um
Uma vez dois, dois
Uma vez três, três...
Duas vezes dois, quatro
Duas vezes três, seis
Duas vezes quatro, oito...
Três vezes três, nove
Três vezes quatro, doze
Três vezes cinco, quinze
Três vezes seis, dezoito...

O que lia era uma inconfundível tabuada de multiplicação.

Quando terminou, *Xiao* Lillie ficou olhando para a criança sem saber o que dizer ou pensar, mergulhado em vaga incredulidade. No silêncio do quarto, ainda pareciam reverberar os ecos da tabuada, que ele ouvia absorto, enquanto ia sendo tomado por uma afeição crescente. Foi nesse momento que pressentiu que seria impossível não levar o menino consigo. Disse a si mesmo: em tempos de guerra, qualquer ação impensada, por melhor que seja a intenção, pode trazer problemas. Mas esse garoto é um gênio e, se não o levar embora comigo agora, vou me arrepender pelo resto da vida.

Antes do final das férias de verão, *Xiao* Lillie recebeu um telegrama da capital provincial avisando que as aulas na universidade tinham recomeçado e pedindo que ele voltasse o quanto antes para cuidar dos preparativos do novo semestre. Com a mensagem em mãos, *Xiao* Lillie pensou que poderia muito bem não assumir a reitoria, mas não teria como abandonar os alunos. Chamou o mordomo, lhe ordenou que providenciasse a viagem e lhe deu algum dinheiro. O mordomo agradeceu, achando que se tratava de uma gorjeta.

Xiao Lillie disse: "O dinheiro não é para você, quero que faça algo para mim".

"Em que posso ajudar, senhor?", perguntou.

"Leve Coisinha à vila e compre roupas novas para ele."

O empregado ficou imóvel, pensando ter entendido errado.

"Depois disso, volte aqui para receber sua gorjeta", orientou o patrão.

Dias depois, cumprida a tarefa, o mordomo voltou para buscar a gorjeta. *Xiao* Lillie, então, disse a ele: "Ajude o garoto a arrumar as malas, ele partirá comigo amanhã".

Mais uma vez, o mordomo achou que tinha entendido errado e permaneceu imóvel.

Xiao Lillie teve de repetir a ordem.

Na manhã seguinte, logo antes do primeiro raio da alvorada, os cães do solar começaram a latir. Primeiro um, depois outro, até que a cacofonia arrancou da cama todos os moradores da casa — patrões e empregados — e os levou até as janelas. Pela luz da lanterna que o mordomo segurava, os olhos arregalados por trás das vidraças conseguiram divisar uma cena inacreditável: Coisinha, de roupa nova, carregava a mala de couro que Mr. Auslander havia trazido consigo do outro lado do mundo e seguia calado os passos de *Xiao* Lillie. Tinha um ar assustado de um fantasminha andando pela primeira vez entre os vivos. A surpresa era tão grande que ninguém tinha certeza se aquilo estava mesmo acontecendo. Só tiveram a confirmação do mordomo quando ele voltou do cais.

Então vieram mais dúvidas. Aonde *Xiao* Lillie estava levando o menino? O que iriam fazer? Será que o garoto retornaria? Por que *Xiao* Lillie o tratava tão bem? E assim por diante. Para essas perguntas, o mordomo tinha duas respostas.

Aos patrões, dizia: "Não sei".

Aos empregados: "Quem diabos sabe!".

4.

Se o cavalo tornou o mundo menor e o barco o tornou maior, o carro tornou-o mágico. Meses mais tarde, o batalhão motorizado do Exército japonês levou poucas horas para chegar da capital provincial a Tongzhen. Foram os primeiros veículos motorizados a percorrer a estrada entre as duas localidades. A velocidade incomum os levou a pensar que Deus eliminara as montanhas do caminho. Até então, o meio de transporte mais rápido entre a capital e Tongzhen era o cavalo. Com um bom cavalo corredor e algumas chibatadas, era possível vencer o percurso em sete ou oito horas. Uma década antes, *Xiao* Lillie fazia essa viagem de charrete: apesar de não ser tão veloz quanto o cavalo, era perfeitamente possível sair de madrugada e apertar o passo para chegar ao anoitecer. Agora sexagenário, *Xiao* Lillie não aguentava mais os solavancos da estrada e só viajava de barco. Dessa vez, levou dois dias e duas noites para alcançar Tongzhen. A volta, descendo o rio, seria mais rápida, mas duraria pelo menos um dia e uma noite.

Desde que subiu a bordo, *Xiao* Lillie começou a pensar

em um nome para o menino. Quando já se aproximavam da capital provincial, ele ainda não tinha chegado a conclusão nenhuma. Só depois que a questão lhe ocorreu é que teve a real profundidade daquilo. Na verdade, ele estava diante da mesma dificuldade que Mr. Auslander enfrentara para escolher um nome para o bebê; em outras palavras: continuava na estaca zero. Depois de muito pensar, decidiu deixar de lado todas essas considerações e focar no fato de que o menino nascera e crescera em Tongzhen. Formulou duas alternativas, mas ambas lhe pareciam um tanto forçadas: Jinzhen, que significa "sinceridade de ouro", e Tongzhen, "sinceridade infantil". Pediu que o menino escolhesse um dos dois.

"Tanto faz", disse Coisinha.

"Nesse caso, vou escolher por você", disse Xiao Lillie. "Vamos te chamar de Jinzhen, tudo bem?"

"Está bem", respondeu, "pode me chamar de Jinzhen."

"Espero que, no futuro, você faça jus a esse nome."

"Está bem. Vou tentar fazer."

"*Jin* quer dizer 'ouro'. Fazer jus a esse nome significa que você reluza como ouro de verdade", desejou *Xiao* Lillie.

"Está bem, vou reluzir como ouro."

Depois de um momento, *Xiao* Lillie perguntou novamente: "Você gosta desse nome? Gosta mesmo?".

"Gosto."

"Mas estou pensando em mudar um caractere no seu nome, posso?"

"Tudo bem", disse o garoto.

"Nem falei qual caractere quero mudar e você já aceitou?"

"Qual seria?"

"Quero mudar o ideograma *zhen*, de 'sinceridade', para *zhen*, de 'pérola'. Pode ser?"

"Ideograma *zhen* de 'pérola', tudo bem."

"Mas sabe por que mudei para essa grafia?"

"Não."

"Gostaria de saber?"

"Porque... não sei..."

Na realidade, *Xiao* Lillie mudou a grafia por superstição. Em Tongzhen, assim como em todo o Jiangnan, havia um ditado popular que dizia: *Homem com um quê de mulher põe o diabo a correr.* Em outras palavras, quando um homem tem alguma qualidade feminina, ele reúne em si o yin e o yang, de forma que as duas polaridades se complementam, a rigidez acompanha a flexibilidade abrindo o caminho para que ele se transforme em uma pessoa notável e ascenda na vida. Por isso, a mente popular concebeu mil e uma maneiras de obter o equilíbrio entre yin e yang, até na hora de escolher o nome. Pais que tivessem grandes expectativas para seu filho dariam a ele, de propósito, um nome feminino, na esperança de garantir um futuro promissor. *Xiao* Lillie queria explicar tudo isso a Coisinha, mas julgou que não seria muito apropriado. Depois de hesitar um pouco, engoliu as palavras e concluiu, apressado: "Muito bem, então está decidido. Você vai se chamar Jinzhen: *jin*, de 'ouro', e *zhen*, de 'pérola'".

Naquele momento, a Cidade C despontava no horizonte.

No cais, *Xiao* Lillie chamou um riquixá, mas não voltaram para casa. Em vez disso, foram ao Colégio Shuiximen para falar com o diretor. O homem, de sobrenome Cheng, tinha sido aluno de *Xiao* Lillie no ginásio da Universidade N. Cheng era um azougue, um líder natural de quem Lillie jamais se esqueceria. Terminara o liceu com notas suficientes para entrar na faculdade, mas andava tão fascinado com as fardas e apetrechos do Exército Revolucionário que, certo dia, apareceu de rifle no ombro para se despedir de *Xiao* Lillie. No inverno do ano seguinte, voltou a visitar *Xiao* Lillie. Vestia a mesma farda, mas não trouxera o fuzil. Um olhar mais atento reparava que, além da arma, faltava também um braço: em seu lugar, a manga pendia murcha como um gato morto. Era uma visão meio incômoda. Muito sem jeito, Lillie apertou a única mão de Cheng que ainda restava, a esquerda, e notou que estava ilesa e forte. Perguntou se conseguia escrever, a resposta foi positiva. Assim, *Xiao* Lillie o indicou para o cargo de professor no recém-criado Colégio Shuiximen, dando-lhe um porto seguro nas dificuldades que sobreviriam. Quando era professor, todos o chamavam de "mão número um". Agora diretor, cabia denominá-lo efetivamente como o "número um". Meses antes, *Xiao* Lillie e sua esposa tinham vindo à escola para fugir da guerra e se abrigaram no galpão da antiga carpintaria. Quando *Xiao* Lillie reencontrou o "número um" desta vez, a primeira coisa que perguntou foi: "Aquele galpão ainda está livre?".

"Está", respondeu, "tem apenas algumas bolas de basquete e futebol."

"Ótimo, então vamos acomodá-lo ali", disse apontando para Coisinha.

"Quem é?", perguntou o diretor.

"Jinzhen, seu novo aluno", respondeu *Xiao* Lillie.

A partir desse dia, ninguém mais o chamou de Coisinha, só de Jinzhen.

"Jinzhen!"

"Jinzhen!"

Esse novo nome marcou o início da vida de Coisinha na capital da província, o princípio da série de eventos que sobreviriam e, ao mesmo tempo, o desfecho que faria de Tongzhen uma lembrança do passado.

Sobre o que aconteceu nos anos seguintes, o testemunho mais confiável é o da filha mais velha de *Xiao* Lillie, Rong Yinyi.

5.

Na Universidade N, a srta. Rong era chamada de mestra, mestra Rong, talvez em respeito à memória do pai ou, quem sabe, por sua experiência invulgar. Nunca se casou, não por falta de amor, mas por um amor demasiado sofrido. Dizem que, na juventude, namorara um rapaz do Departamento de Física, aluno brilhante, especializado em comunicações sem fio e capaz de montar um rádio de banda tripla em uma noite. No ano em que eclodiu a guerra contra a invasão japonesa e a Universidade N se tornou o centro da resistência na Cidade C, quase todos os meses hordas de alunos abandonavam os livros para se juntar ao Exército e correr para o front com o sangue a borbulhar. Entre eles, estava o namorado da mestra Rong. Nos primeiros anos depois de alistado, ele ainda manteve contato regular com ela, mas, com o tempo, a correspondência foi rareando pouco a pouco. A última carta chegou na primavera de 1941, enviada de Changsha, na província de Hunan. O remetente contava estar encarregado de uma missão secreta no Exército e precisava, por ora, interromper o contato com familiares e amigos. No texto, expressou repetidas vezes o quanto a amava e pediu que fosse paciente, que esperasse por ele. A última frase veio solene e apaixonada: "**Meu amor, espere até eu voltar. Nosso casamento acontecerá no dia em que vencermos esta guerra!**". Mestra Rong esperou pacientemente, chegou o dia da vitória, chegou a libertação do país, mas ele, não, nem a notícia de que pudesse estar morto. Em 1953, alguém voltou de Hong Kong com uma mensagem para ela, dizendo que ele havia partido para Taiwan muitos anos antes. Lá se casou, teve filhos. Pedia que ela achasse outra pessoa para formar uma família.

Foi esse o desfecho lamentável dos anos de romance da mestra Rong. Desnecessário dizer como isso a abalou e o quanto ela sofreu depois. Dez anos atrás, quando fui entrevistá-la na Universidade N, ela tinha acabado de se aposentar da diretoria do Departamento de Matemática. Nossa conversa começou com um retrato de família na parede de sua sala de estar. Mostrava cinco pessoas: à frente, o casal Lillie sentado; em pé, atrás deles, no centro, a mestra Rong aparentando uns vinte anos, de cabelo na altura dos ombros; à esquerda, o irmão mais novo, de óculos; à direita, a irmã caçula, de tranças, talvez com sete ou oito anos. A foto havia sido tirada no verão de 1936 como lembrança para o irmão, de partida para os estudos no exterior. Com o caos instaurado, ele só conseguiu retornar ao país após o fim da guerra. A essa altura, a família perdera um membro, mas ganhara outro. Perderam a irmã menor, vítima de uma epidemia no ano anterior; ganharam Jinzhen, que chegou no verão, pouco depois do falecimento da mais nova. A mestra Rong explicou:

[Transcrição da entrevista com a mestra Rong]
A minha irmã caçula morreu nas férias de verão, tinha só dezessete anos.

Antes da morte dela, a minha mãe e eu, a gente não sabia

da existência do Jinzhen. Meu pai mantinha ele em segredo aos cuidados do diretor Cheng, da Escola Shuiximen. Como o Cheng não tinha muito contato com a nossa família, meu pai nunca se preocupou em pedir claramente para ele não comentar nada conosco. Aí, um dia, ele apareceu lá em casa. Ficou sabendo não sei como da morte da minha irmã e veio dar os pêsames. Como nem meu pai nem eu estávamos em casa, minha mãe recebeu ele sozinha. E conversa vai, conversa vem, ele deixou escapar o segredo. Ela foi logo tomar satisfação do meu pai, que só então contou, assim, por alto, tudo o que sabia do menino, do quanto o menino tinha sofrido, de como o menino era inteligente, do pedido feito pelo velho estrangeiro... E quando a minha mãe, que já não se aguentava de tristeza, ouviu aquela história, desatou a chorar de tanta pena. Ela disse ao meu pai: “Agora que a Yinzhi” — Yinzhi era a minha irmã caçula — “Agora que a Yinzhi não está mais aqui, uma criança em casa vai me fazer bem. Traz esse menino para morar conosco”.

Foi assim que Zhendi veio para a nossa casa. Zhendi* é o Jinzhen.

Aqui em casa, eu e minha mãe chamávamos o menino de Zhendi, só meu pai o tratava por Jinzhen. E Zhendi chamava meu pai de “professor reitor”, minha mãe de “mãefessora”, e eu de “irmãfessora”, ele fazia uma confusão com os tratamentos. A rigor, pela genealogia, eu sou de uma geração mais velha, por isso ele devia me chamar de “tia” ou algo assim.

Para dizer a verdade, no início, eu não gostava de Zhendi. Ele não sorria, não falava e andava sem fazer barulho, parecia uma assombração. E tinha uns costumes nojentos também: arrotava na mesa, não era asseado, não lavava os pés de noite, largava os sapatos ao pé da escada enchendo a sala de jantar e o corredor com aquele chulé azedo. A gente morava na casa que o meu avô deixou

---

* *Di*, “irmão mais novo”. Zhendi, “irmãozinho Zhen”. (N. T.)

para nós, um sobrado de estilo ocidental. No andar de baixo, a gente só usava a cozinha e a sala de jantar, os outros cômodos eram de outra família. Nossos quartos todos ficavam no andar de cima. Cada vez que eu descia para comer, perdia o apetite só de ver os sapatos fedorentos e lembrar os arrotos dele na mesa. Ainda bem que o problema com os sapatos foi resolvido logo, porque minha mãe foi falar com ele. Com isso ele começou a prestar mais atenção, lavava os pés e as meias todos os dias — aliás, eram as meias mais limpas do mundo. Ele era muito prendado: sabia cozinhar, lavar roupa, acender o fogão a lenha e até costurar, era mais prendado que eu. Tudo isso tinha a ver com a criação dele, porque eram coisas que ele foi aprendendo no dia a dia. Agora, difícil mesmo era corrigir os hábitos de arrotar e, muitas vezes, soltar gases. Quer dizer, não eram hábitos corrigíveis, é que ele tinha problemas sérios de digestão, também por isso era tão magro e fraco. Segundo o meu pai, era consequência da infusão de flor de pereira que ele tomava toda hora com o Mr. Auslander, desde que era pequeno. Aquilo podia até ser um bálsamo para um idoso, mas como poderia fazer bem para uma criança? Para falar a verdade, por causa dos problemas gástricos, eu notei que ele ingeria mais remédios que comida. Ele só conseguia comer uma tigelinha de arroz por refeição, tinha um apetite de passarinho. Bastavam uma ou duas bocadas e já começava a arrotar.

Uma vez, Zhendi foi ao banheiro e esqueceu de trancar a porta. Entrei logo em seguida e levei um susto enorme. Para mim, foi a gota d'água. Reclamei com meus pais, exigi que mandassem ele de volta para a escola. Não é porque era da família que precisava morar conosco, o que mais tinha na escola era aluno em regime de internato! O meu pai não abriu a boca, esperou a minha mãe falar. Ela me lembrou que o menino mal tinha chegado, não era certo mandar ele embora assim de cara. Melhor, quem sabe, esperar o início do semestre. Aí o meu pai se manifestou: "Pois muito bem, então, quando as aulas começarem, ele volta a morar na escola". E a minha mãe pediu: "Mas deixe que venha passar os domingos conosco, ele precisa sentir que aqui é a casa dele". Meu pai concordou, e ficou decidido assim. Mas não foi nada disso que acabou acontecendo... [CONTINUA]

Certa noite, já mais para o final das férias de verão, a mestra Rong mencionou, à mesa do jantar, uma notícia que havia lido no jornal daquele dia: por causa da forte estiagem do ano anterior, algumas cidades tinham mais mendigos que soldados. A mãe suspirou e disse que aquele fora um ano duplamente bissexto, e esses anos, desde sempre, são cheios de calamidades terríveis, sendo as pessoas mais simples as que mais sofrem. Como Jinzhen não costumava abrir a boca, a sra. Rong tomava o cuidado de incluí-lo nas conversas. Fez questão de perguntar a ele se sabia o que era um ano duplamente bissexto. O menino balançou a cabeça, de forma que ela, então, explicou: "É quando um ano bissexto pelo calendário solar coincide com um ano bissexto pelo calendário lunar, ou os dois vêm juntos". Vendo que o menino ainda parecia confuso, ela perguntou: "Você sabe o que é um ano bissexto?".

Ele balançou a cabeça em completo silêncio. Era o seu jeito — sempre que era possível se expressar sem abrir a boca, não dizia uma palavra. A sra. Rong começou a falar sobre os anos bissextos, como isso funciona no calendário lunar e no calendário solar, por que acontece, e assim por diante. Depois de escutar tudo, o garoto fitou *Xiao* Lillie, perplexo. Parecia esperar dele uma confirmação sobre o que a esposa acabara de dizer.

Xiao Lillie confirmou: "Exatamente, é isso mesmo".

"Então os meus cálculos estavam errados?", Jinzhen corou, segurando o choro.

"O que estava errado?", *Xiao* Lillie não entendeu a que o menino se referia.

"A idade do meu pai. Pensei que todos os anos tivessem 365 dias."

"De fato está errado, mas…"

Antes de *Xiao* Lillie terminar a frase, Jinzhen começou a soluçar.

Nada o fazia parar de chorar, palavra nenhuma lhe servia de consolo. *Xiao* Lillie acabou perdendo a paciência, socou a mesa e lhe deu uma bronca. Só então Jinzhen se conteve. Engolido o choro, a angústia ficou mais intensa, e ele beliscava as próprias coxas com a fúria de um possuído. *Xiao* Lillie lhe ordenou que pusesse as mãos sobre a mesa e prosseguiu, num tom muito severo, mas com a óbvia intenção de confortá-lo: "Para que essa choradeira? Ainda não terminei de falar. Deixe eu terminar primeiro. Depois, se quiser, aí você chora".

E continuou: "Quando eu disse que você estava errado, eu falava do ponto de vista teórico, do conceito de ano bissexto. Mas, em termos matemáticos, ainda é cedo para dizer se você estava mesmo errado. Isso precisa ser verificado, porque todo cálculo admite uma margem de erro.

"Até onde eu sei, em números precisos, a Terra leva 365 dias, 5 horas, 48 minutos e 46 segundos para dar uma volta em torno do Sol. Por que precisamos de anos bissextos? Justamente porque, segundo o calendário solar, a cada ano, sobra um pouco mais de 5 horas; então, a cada 4 anos, é preciso acrescentar um dia, fazendo o ano virar bissexto. Só que, pensa bem, mesmo que você faça os cálculos contando 365 dias para os anos normais e 366 dias para os bissextos, ainda vai haver uma diferença. Mas isso é aceitável, até porque, se não admitíssemos nenhum erro nunca, teríamos dificuldade para definir qualquer coisa. Com tudo isso, o que eu quero dizer é: todo cálculo tem uma margem de erro, não existe precisão absoluta.

"Agora, você pode ver quantos dos 89 anos de vida de Mr.

Auslander foram bissextos e somar ao seu resultado original o número de dias que faltaram. Depois, é só comparar os dois resultados. Em cálculos que envolvem números de cinco dígitos, a margem de erro aceitável normalmente é de um milésimo. Mais que isso, o cálculo estaria errado, do contrário, estaria perfeitamente correto. Agora, você pode conferir se o seu erro está dentro dessa margem ou não."

Mr. Auslander morrera em um ano bissexto aos 89 anos de idade, tendo vivido, portanto, 22 anos bissextos. Com isso, são 22 dias a mais. Para os mais de 30 mil dias em 89 anos, a margem de erro é inferior 0,1%. *Xiao* Lillie, na verdade, se estendeu na explicação procurando uma saída para que Jinzhen parasse de se culpar. Assim, graças ao falatório, o menino finalmente se acalmou.

[Transcrição da entrevista com a mestra Rong]
Mais tarde, meu pai contou toda a história de como Mr. Auslander pediu para o garoto calcular quantos dias ele tinha vivido. Eu me lembrei daquele choro sentido que havíamos acabado de presenciar e, de repente, fiquei comovida com o amor filial que ele nutria pelo gringo. Por outro lado, eu também percebi que o temperamento do menino tinha um quê de obsessivo. E de frágil. Com o passar do tempo, fomos descobrindo o lado teimoso e intenso de Zhendi. No geral, ele era introvertido, guardava muitas coisas para si e, em muitas circunstâncias, conseguia se conter como se nada tivesse acontecido. Quer dizer, ele tinha uma capacidade de tolerância acima da média. Mas, se por acaso alguma coisa passasse desse limite de tolerância, ou tocasse algo no fundo de sua alma, ele podia perder o controle com muita facilidade. Aí, ao perder o controle, ele se expressava de um jeito intenso e extremo. Aconteceu muitas vezes. Por exemplo, ele amava muito a minha mãe, e, uma vez, escreveu com o próprio sangue um bilhete para

ela. A mensagem era a seguinte: "Meu pai já se foi. Enquanto viver, serei grato a minha mãe".

Isso foi numa época em que ele ficou muito doente e passou um bom tempo no hospital; tinha dezessete anos. A minha mãe sempre voltava ao quarto dele para buscar alguma coisa e, numa dessas idas, achou o bilhete enfiado na sobrecapa de um diário. Eram letras grandes, dava para ver claramente que haviam sido escritas com o dedo. Como não tinha data, nunca soubemos quando ele redigiu aquilo, mas, com certeza, não era recente. Deve ter sido logo nos primeiros anos depois de ele chegar à nossa família; pelo papel amarelo e pelos traços desbotados, dava para ver que estava lá fazia tempo.

Minha mãe era uma mulher muito doce, muito afetuosa, mais ainda na velhice. Com Zhendi, então, ela parecia ter uma conexão de vidas passadas, os dois se deram muito bem logo de início, a empatia, a afinidade deles, era coisa de parente próximo, sabe? Desde o primeiro dia em que ele veio morar conosco, a minha mãe, não sei por quê, já o chamou de Zhendi, talvez ela visse nele uma espécie de reencarnação da filha caçula. Depois da morte da minha irmã, ela ficou muito tempo sem sair de casa, passava os dias numa tristeza profunda, tinha pesadelos toda hora, até alucinações. Só foi se recuperando aos poucos, depois da chegada dele. Talvez você não saiba, mas Zhendi era capaz de interpretar sonhos. Ele explicava todo tipo de sonho como se fosse um adivinho profissional. Era cristão, lia a Bíblia todos os dias, em inglês, e sabia as histórias de cor. Acho que essas interpretações, e essas leituras, até ajudaram a minha mãe a superar o luto da melhor forma possível, e em pouco tempo. Parecia algo predestinado, difícil de explicar. Para falar a verdade, a minha mãe gostava muito de Zhendi, tratava-o como filho, respeitava, cercava de cuidados. Mas ninguém imaginava que tudo isso fosse se criar nele uma vontade tão profunda de retribuição, a ponto de escrever uma mensagem com o próprio sangue! Na minha opinião, como ele era carente de qualquer afetividade, e mais ainda de amor materno, tudo o que minha mãe fazia para ele — cozinhar, costurar, paparicar... — ganhava amplitude e ficava gravado lá no fundo. Com o passar do tempo, as coisas foram se acumulando, ele não sabia mais o que fazer com toda aquela emoção e sentiu a necessidade de expressar isso de algum jeito. Claro que o método que ele escolheu foi incomum, mas condizia com o seu temperamento, sabe? Acho que, nos termos de hoje, daria para dizer que Zhendi sofria de algum tipo de autismo.

Ainda há muitos episódios semelhantes, mas deixemos isso para depois. Vamos voltar ao que aconteceu na noite seguinte, aquela história ainda estava longe de terminar... [CONTINUA]

Na noite seguinte, novamente à hora do jantar, Jinzhen voltou a tocar no assunto. Disse que, como Mr. Auslander vivera 22 anos bissextos, aparentemente ele teria contado 22 dias a menos. Porém, depois de mais cálculos, descobriu que só errara por 21 dias. Aquilo soava uma parvoíce. Se foram 22 anos bissextos, cada um com um dia extra, logo foram 22 dias. De onde ele tirou que seriam 21 dias? De início, todos — incluindo a sra. Lillie — acharam que Jinzhen estava delirando, que devia ser algum problema mental. Mas, depois de ele explicar tudo, concluíram que o menino, de fato, tinha razão.

A explicação era a seguinte: *Xiao* Lillie havia dito que o ano bissexto fora introduzido porque, na verdade, cada ano tem 365 dias, 5 horas, 48 minutos e 46 segundos; portanto, a cada quatro anos, acumulam-se quase 24 horas, mas não 24 horas exatas (o que só seria possível se cada ano tivesse precisamente 6 horas a mais). Então qual seria essa diferença? São 11 minutos e 14 segundos por ano; em quatro anos, são 44 minutos e 56 segundos. Em outras palavras, a cada ciclo do ano bissexto, uma quantidade imaginária de tempo é acrescentada: 44 minutos e 56 segundos. Ou seja, com a introdução do ano de 366 dias, roubamos o intervalo de tempo de 44 minutos e 56 segundos. Mr. Auslander vivera 22 anos bissextos, que são 22 vezes 44 minutos e 56 minutos, somando 16 horas, 28 minutos e 32 segundos.

No entanto, Jinzhen apontou que o resultado original que obtivera, de 32 232 dias, não corresponde a 88 anos redondos, mas, sim, a 88 anos e 112 dias. Esses 112 dias extras não entraram na conta dos anos bissextos, e cada um desses dias também não tem exatamente 24 horas de duração, mas 24 horas e quase 1 minuto. Ou seja, o tempo adicional desses 112 dias totaliza 6421 segundos, ou 1 hora e 47 minutos. Então, é necessário deduzir 1 hora e 47 minutos das 16 horas, 28 minutos e 32 segundos, e esse novo total, de 14 horas, 41 minutos e 32 segundos, seria a verdadeira soma de tempo inexistente na vida de Mr. Auslander.

Jinzhen contou que, de acordo com as informações de que dispunha, Mr. Auslander nasceu ao meio-dia e faleceu por volta das nove da noite. Por isso, no início e no final de sua vida, havia pelo menos 10 horas de tempo inexistente e que deveriam ser deduzidas da conta. Somando-se a estas as outras 14 horas, 41 minutos e 32 segundos, houve, de todo modo, um dia inexistente na vida dele. Seja como for, Jinzhen estava inconformado com essa história de ano bissexto. O conceito de dia adicional criou uma diferença de 22 dias no cálculo da vida de Mr. Auslander. E ele não deu trégua à questão enquanto não conseguiu, à custa de muita minúcia e teimosia, reduzir a diferença em um dia.

A mestra Rong conta que ela e o pai ficaram espantados: o empenho do menino era admirável. Mas uma surpresa maior ainda estava por vir. Dias depois, quando chegou em casa, a mãe, que estava na cozinha, a avisou que o pai, no quarto de Zhendi, havia pedido que ela fosse até lá assim que chegasse. Quando a mestra Rong perguntou do que se tratava, a mãe respondeu que o garoto havia descoberto sei lá que fórmula matemática capaz de deixar o pai maravilhado.

Como já foi exposto, 112 dias da vida de Mr. Auslander, fora dos anos redondos, não entraram na conta de anos bissextos, portanto, se calculamos cada dia com exatas 24 horas, haverá uma sobra de 1 hora e 47 minutos, ou 6421 segundos. Considerando o conceito de tempo imaginário, seriam −6421 segundos. No primeiro ano bissexto, esse tempo imaginário se reduziu à conta de (−6421 + 2696) segundos, em que 2696 representa o tempo inexistente de 44 minutos e 56 segundos. No segundo ano bissexto, o tempo inexistente é de (−6421 + 2 × 2696) segundos, e assim por diante, até chegar ao último ano bissexto: (−6421 + 22 × 2696 segundos). Dessa maneira, Jinzhen transformou o cálculo do tempo inexistente nos 32 232 dias de vida, ou 88 anos e 112 dias, numa progressão aritmética com 23 termos, a saber:

$$-6421$$
$$-6421 + 2696$$
$$-6421 + 2 \times 2696$$
$$-6421 + 3 \times 2696$$
$$-6421 + 4 \times 2696$$
$$-6421 + 5 \times 2696$$
$$-6421 + 6 \times 2696$$
$$\ldots$$
$$-6421 + 22 \times 2696$$

Com base nisso, e sem que ninguém lhe ensinasse, ele conseguiu concluir a fórmula da soma dos termos de uma progressão aritmética, assim:

$$X = [(\text{primeiro termo} + \text{último termo}) \times \text{número de termos}] / 2^*$$

Em outras palavras, ele havia descoberto essa fórmula sozinho.

[Transcrição da entrevista com a mestra Rong]

A fórmula da soma de progressão aritmética não é de todo impossível de descobrir. Em tese, qualquer pessoa com um bom conhecimento de aritmética consegue verificar. O difícil é chegar a ela sem saber que ela existe. Imagine que você esteja num quarto totalmente escuro: se eu te explicar como é o objeto que você tem que procurar, você vai ser capaz de achar, mesmo não enxergando nada. Basta usar um pouco a cabeça e ir tateando até encontrar. Agora, se eu não te disser que coisa é essa que está no quarto e pedir para você encontrar, a probabilidade de você conseguir é muito pequena, quase nula.

Então, muito bem, se ele tivesse na frente dele uma sequência de números não tão complexos e quebrados como aqueles, mas uma coisa mais simples, como 1, 3, 5, 7, 9, 11..., ia até dar para entender se ele conseguisse elaborar a fórmula. E, para nós, ia ser bem menos impactante. É como construir um móvel do nada e sem nenhum conhecimento prévio de carpintaria. Apesar de outros já terem feito a mesma peça, ficaríamos admirados com a inteligência e a habilidade. Mas, se você só tem à sua disposição ferramentas e materiais em condições precárias — vamos supor... serras enferrujadas e um tronco de árvore sem cortar —, e com isso consegue construir aquela mesma peça, ficamos duas vezes mais impressionados. O que Zhendi fez foi exatamente isso: ele conseguiu, com um machado de pedra, transformar um tronco de

---

* Em notação matemática padrão: $S_n = [(A_1 + A_n) \times n] / 2$. (N. A.)

árvore num belo móvel; imagine o nosso assombro. Era surreal, simplesmente inacreditável!

Depois desse episódio, achamos que não fazia mais sentido ele continuar no ensino primário. Meu pai decidiu matriculá-lo na escola de aplicação da Universidade N. Como o colégio era vizinho a nossa casa, mandar o menino para o dormitório seria, para ele, pior do que o abandonar na rua. Assim, ao mesmo tempo que o meu pai decidiu matricular Zhendi no ginásio, decidiu também que ia continuar morando conosco. O fato é que, depois de chegar a nossa casa naquele verão, ele só saiu quando começou a trabalhar... [CONTINUA]

Atribuir apelidos é um passatempo para as crianças, e qualquer aluno com alguma peculiaridade recebe um dos colegas. De início, por causa da cabeça grande, Jinzhen foi chamado de Cabeção. Pouco a pouco, perceberam que ele era muito estranho. Gostava, por exemplo, de contar formigas, e quando se punha a contar se distraía completamente; no inverno, usava um cachecol esquisito que parecia um rabo de cachorro, dizem que herdado de Mr. Auslander; nas aulas, soltava gases e arrotava sem o menor controle e sempre que tivesse vontade, deixando todo mundo sem saber como reagir. E mais: entregava a lição de casa em duas versões, uma em chinês e outra em inglês. Essas e outras coisas levaram as pessoas a achar que ele tinha um parafuso a menos, que era meio biruta. Mas, ao mesmo tempo, tirava notas excelentes, melhores que a soma de notas da turma inteira. Então vieram com um novo apelido para ele: "Bobogênio". Era um título que combinava com precisão sua imagem dentro e fora da sala de aula. Como todo apelido, tinha um tom depreciativo, mas, além disso, carregava um elemento de louvor, a lisonja em meio ao desaforo, glória e ruína em iguais medidas. Todos achavam que ele era aquilo mesmo, que não havia definição mais exata, e o apelido logo pegou.

Bobogênio!

Bobogênio!

Cinquenta anos mais tarde, quando eu fazia minhas entrevistas na Universidade N, muita gente não tinha ideia de quem era Jinzhen, mas, quando eu falava do Bobogênio, a memória parecia voltar. Por aí se vê como o apelido pegara. Uma das pessoas com quem conversei, um senhor que já tinha sido conselheiro da turma de Jinzhen, recordou o seguinte:

> *Eu me lembro até hoje de um episódio interessante. Durante o recreio, um aluno notou uma fileira de formigas no corredor. Chamou Jinzhen e lhe disse assim: 'Você que gosta de contar formigas, sabe me dizer quantas há aqui?'. Eram centenas, mas eu vi, com os meus próprios olhos, ele dizer o número exato em poucos segundos. Outra vez, ele me pediu emprestado um dicionário de provérbios. Dias depois, veio me devolver, eu disse que ele podia ficar mais tempo com o livro, e ele me respondeu que não precisava mais, porque já tinha memorizado tudo. Depois, fui descobrir que ele era mesmo capaz de recitar cada verbete de cor. Olha, posso afirmar que, de todos os alunos que eu tive, nenhum chegou perto dele em termos de inteligência e de aplicação. A memória, a capacidade de imaginação e de compreensão, a habilidade de calcular, de extrapolar a partir da evidência, de sintetizar e de concluir, e ainda muitos outros aspectos, eram excepcionais. As pessoas comuns não podiam sequer imaginar o que ele era capaz de fazer. Na minha opinião, ele não precisava perder tempo no ginásio, podia ir direto para o colegial. Mas o diretor da escola não aceitava, porque, dizem, o sr. Rong não autorizava.*

O sr. Rong a que esse senhor se referia era *Xiao* Lillie.

Xiao Lillie era contra por dois motivos. Primeiro porque, como Jinzhen passara a infância num ambiente recluso, seria melhor ter mais contato com a sociedade, conviver e crescer junto a pessoas da mesma idade. Jogá-lo em meio a gente muito mais velha que ele não seria nada benéfico para sua personalidade extremamente introvertida. Em segundo lugar, *Xiao* Lillie havia percebido que Jinzhen sempre fazia algumas tolices: sem deixar que ele ou os professores soubessem, queria provar proposições já demonstradas por outras pessoas de forma conclusiva, talvez porque tivesse muita inteligência para gastar. *Xiao* Lillie acreditava que alguém com uma vontade tão forte de explorar o mundo desconhecido precisava adquirir os conhecimentos passo a passo, do contrário poderia acabar desperdiçando sua genialidade para descobrir coisas que todos já sabiam.

Mais tarde, ficou claro que, se não o deixassem pular alguns anos, os professores simplesmente não dariam conta de ensiná-lo, porque, muitas vezes, já ficavam sem jeito de não saber como responder a suas perguntas. Sem ver alternativa, *Xiao* Lillie teve de aceitar os conselhos dos professores e permitir ao menino pular um ano, e pular mais um ano, e pular outro ano. Enfim, quando seus colegas terminavam o ginásio, ele já tinha concluído o colegial. Naquele ano, ele participou dos exames de admissão da Universidade N, com nota máxima em matemática, e se classificou em sétimo lugar no ranking provincial. Com isso, tornou-se, naturalmente, estudante do Departamento de Matemática da Universidade N.

6.

O Departamento de Matemática da Universidade N gozava de vasta reputação, tanto que chegou a ser conhecido como berço de matemáticos. Dizem que, quinze anos antes, um famoso artista da Cidade C em visita ao litoral respondera às piadas que faziam sobre sua origem dizendo: "Por pior que seja a minha cidade, nós já temos a excepcional Universidade N; e por pior que seja essa universidade, temos nela um dos melhores departamentos de matemática do mundo. Vão fazer troça disso também?".

Apesar do tom de brincadeira, sua fala atestava o alto prestígio do departamento.

No dia em que Jinzhen começou seu curso, *Xiao* Lillie lhe deu um caderno e escreveu na primeira página a seguinte mensagem:

Se você quer ser matemático, já está diante da melhor porta que existe; se não quiser, nem precisa entrar. O que você sabe de matemática já basta para uma vida inteira!

Talvez ninguém tenha percebido com mais rapidez e profundidade do que *Xiao* Lillie o extraordinário dom para números oculto sob a aparência inexpressiva de Jinzhen. Por isso mesmo, foi o primeiro a se convencer de que o menino se tornaria matemático. Nem é preciso dizer que a dedicatória no caderno era prova disso. *Xiao* Lillie acreditava que, com o tempo, mais e mais pessoas concordariam com ele ao perceber a ligação inata entre o garoto e a matemática. Ele achava melhor, no entanto, esse reconhecimento não vir tão cedo: antes demorasse um pouco, quem sabe um ano ou dois. Então, com o avanço nos estudos, seu talento começaria a brilhar.

Mas os fatos mostrariam que *Xiao* Lillie havia feito uma estimativa conservadora. Ao fim da segunda semana de aulas, o professor Jan Lisiewicz, surpreso, veio lhe dizer o seguinte: "Parece que a Universidade N vai produzir mais um matemático, um grande matemático. E vai ser, no mínimo, o melhor já formado nesta instituição".

Estava se referindo, claro, a Jinzhen.

Lisiewicz tinha quase a mesma idade do século XX. Nascera em 1901 na Polônia, de família aristocrática. Da mãe, herdara as feições típicas dos judeus: testa saliente, nariz adunco, cabelos ondulados. O intelecto, dizem, também era típico: memória espantosa, inteligência aguçada, QI muito acima da média. Aos quatro anos de idade, ficou obcecado por jogos de estratégia e aprendeu quase todas as modalidades existentes. Aos seis, ninguém mais se atrevia a enfrentá-lo no xadrez. Quem o via jogar dizia sempre a mesma coisa: "É um daqueles judeus geniais que nascem uma vez a cada cem anos".

Aos catorze, Lisiewicz foi com os pais a uma festa de casamento da alta sociedade. Entre os convidados, estava a família de Michael Steinroder, um dos matemáticos mais famosos do mundo, presidente da Sociedade de Matemática da Universidade de

Cambridge e renomado mestre enxadrista. As duas famílias se encontraram casualmente, e Lisiewicz pai falou ao matemático do desejo de que, um dia, o filho pudesse estudar em Cambridge.

"Existem duas maneiras", respondeu Steinroder, não sem alguma arrogância, "ou ele passa no exame de admissão anual, ou participa de um concurso de matemática ou física da Royal Society (matemática nos anos ímpares, física nos pares). Os primeiros cinco colocados entram em Cambridge sem exames e sem taxas."

"Sei que o senhor é o maior mestre do xadrez", interveio o jovem Lisiewicz. "Gostaria de propor uma partida. Se eu ganhar, fico dispensado do exame de admissão. O que acha?"

"Posso aceitar, mas, antes, preciso esclarecer uma coisa", advertiu Steinroder. "Como esse seu prêmio vai me sair bem caro se você ganhar, preciso escolher para mim um que te saia caro se você perder. Só assim a partida será justa. Senão, serei forçado a declinar do convite."

"E o que seria?", perguntou Lisiewicz.

"Se você perder, nunca poderá estudar em Cambridge."

Steinroder achava que aquilo assustaria o jovem, mas assustou o velho. O menino hesitou por um instante enquanto ouvia o sermão do pai tentando dissuadi-lo, até que respondeu, assertivo: "De acordo!".

Cercados de olhares curiosos, os dois puseram as peças em movimento. Em menos de meia hora, Steinroder se levantou da mesa e sorriu para Lisiewicz: "Mande o seu filho a Cambridge no próximo ano".

"Mas vocês ainda não terminaram a partida", disse o pai.

"Está duvidando da minha avaliação?", retrucou o matemático, e, virando-se para o jovem, perguntou: "Você acha que pode me vencer?".

"Agora minhas chances de vitória não passam de trinta por cento, as do senhor são de setenta por cento."

"A situação atual é mesmo essa. Mas o fato de você ser capaz de perceber isso significa que existe sessenta, setenta por cento de probabilidade de o quadro se reverter. Você é muito bom. Quando estiver em Cambridge, venha jogar xadrez comigo."

Uma década mais tarde, Lisiewicz, então com vinte e quatro anos, chamaria a atenção do grande John Charles Fields ao figurar na lista dos novos talentos, publicada por uma revista austríaca especializada. Em 1924, ao presidir o VII Congresso Internacional de Matemáticos, Fields sugeriu a criação de um prêmio especial em reconhecimento às conquistas excepcionais nesse campo do conhecimento e mencionou o nome de Lisiewicz. Em 1932, durante o IX Congresso, a Medalha Fields foi criada oficialmente em homenagem ao grande mestre canadense.

Dentre as colegas de faculdade, havia uma, austríaca, de sangue nobre, perdidamente apaixonada pelo jovem ganhador da Medalha Fields, que, por sua vez, não demonstrava por ela o menor interesse. Certo dia, o pai da moça foi procurar Lisiewicz, não para casar a filha, mas para discutir meios de promover a ciência na Áustria. Perguntou se gostaria de ajudá-lo a concretizar essa ambição. Lisiewicz quis saber o que tinha em mente, e ele respondeu: "Eu providencio o dinheiro, e você encontra as pessoas adequadas. Podemos montar um instituto de pesquisas ou algo do gênero".

"Quanto o senhor pode arranjar?"

"Quanto você precisar!"

Lisiewicz pensou durante duas semanas, elaborou um modelo matemático para calcular com rigor científico as perspectivas de futuro e concluiu que ir a Viena seria muito mais proveitoso do que ficar em Cambridge ou em qualquer outro lugar.

Então se mudou para a Áustria.

Muitos acreditavam que a decisão atenderia às expectativas de duas pessoas: do pai rico e da filha apaixonada. Assim, o jovem felizardo colheria, ao mesmo tempo, as honras da carreira e ganharia o aconchego de uma nova família. No fim das contas, não conseguiu mais que a carreira. Aproveitou os recursos inesgotáveis para fundar um instituto de pesquisa, reuniu os melhores cérebros sob sua bandeira e tentou achar entre estes alguém que encantasse a jovem aristocrata ansiosa por se casar com ele. Daí os rumores de que seria homossexual, boatos que certas atitudes pareciam comprovar. Entre os talentos que empregou, por exemplo, não havia uma única mulher, e todo o pessoal administrativo do instituto era do sexo masculino. As matérias a seu respeito que saíam na imprensa eram escritas exclusivamente por jornalistas homens. As repórteres que o procuravam para entrevistas eram até mais numerosas, mas, sabe-se lá por quê, sempre voltavam de mãos vazias. Talvez por trás disso agisse **algum complexo que ele não revelava a ninguém**.

[Transcrição da entrevista com a mestra Rong]

Lisiewicz entrou para a Universidade N, se não me engano, na primavera de 1938, como professor visitante. Pode ser que ele estivesse querendo recrutar talentos. Mas quem podia prever as mudanças assombrosas que estavam por vir, não é? Sei que, uns dias depois de chegar, ouvindo pelo rádio a notícia da invasão da Áustria pelas tropas de Hitler, ele achou que o melhor, por enquanto, era ficar na Universidade N e esperar até ter uma ideia clara dos desdobramentos da guerra. Essa espera terminou quando ele recebeu a carta de um amigo dos Estados Unidos contando que a história da Europa passava por uma mudança terrível, a Áustria, a Tchecoslováquia, a Hungria e a Polônia estavam sob a bandeira nazista; os judeus que não tiveram tempo de fugir desses países estavam sendo mandados para campos de concentração. Já que não tinha para onde ir, ele decidiu ficar na Universidade como *professor do Departamento de Matemática enquanto esperava uma oportunidade de ir para os Estados Unidos. Nesse período, o emocional dele, ou talvez o físico mesmo, não sei, passou por uma mudança que não dava para explicar, uma mudança estranha. Quase da noite para o dia, brotou nele um interesse pelas **moças** do campus, tão intenso quanto desconhecido mesmo, o que nunca tinha acontecido. Ele parecia uma árvore especial que, em cada lugar diferente, abre uma flor diferente, produz uns frutos inesperados... Só sei que foi assim que essa ideia de ir para os Estados Unidos acabou ficando para trás, **as paixões da carne** tinham tomado o lugar dessa ideia. Dois anos mais tarde, aos quarenta, ele se casou com uma professora de física catorze anos mais nova que ele. O plano de ir para América acabou adiado de novo, e assim mais uma década se passou.*

Os colegas perceberam que, depois de ter chegado à Universidade N, Lisiewicz se destacava cada vez mais como marido e cada vez menos como acadêmico. Não sei se o talento impressionante que ele tinha apareceu justamente por não ser casado, mas depois que virou pai de família aquele talento misterioso sumiu. Acho que nem ele mesmo sabia dizer se aquilo foi escolha dele ou se foi ação divina... Nenhum matemático ignorava que, antes de vir para a Universidade N, ele tinha publicado 27 teses de repercussão mundial, mas, depois disso, não conseguiu mais produzir um artigo que fosse. Já os filhos, nasciam um depois do outro. O talento de Lisiewicz parecia ter esfumado, derretido nos braços da mulher, para ressurgir, remodelado, em cada um daqueles graciosos bebês mestiços. Pode ser que o destino dele tenha feito muito ocidental acreditar ainda mais nos mistérios desse Oriente, capaz de mudar um homem extraordinário de maneira tão extraordinária, tão completa, e tão inexplicável. Ninguém viu o processo da transformação, só o seu resultado, cada vez mais nítido.

Bem, mas mesmo perdendo uma parte do seu gênio nos bra-

ços femininos, Lisiewicz continuou sendo um professor excepcional. De certo modo, quanto menos se parecia com um matemático de sucesso, mais ele agia como um professor competente, dedicado. Ter sido aluno dele, nos onze anos em que lecionou na Universidade N, representava, ao mesmo tempo, uma grande honra e um maravilhoso começo para qualquer carreira. Dos poucos estudiosos formados pela Universidade N que alcançaram reconhecimento internacional na sua área, mais da metade tinha estudado com Lisiewicz. Nem é preciso dizer que não era nada fácil ser aluno dele. Primeiro de tudo, tinha que falar inglês (ele se recusava a falar alemão); segundo, não era permitido tomar notas nas aulas. Além disso, ele, muitas vezes, explicava as questões pela metade, às vezes dava explicações incorretas de propósito e só corrigia quando se lembrava de retificar, se lembrasse... Esses métodos meio barbáricos fizeram muitos alunos de intelecto mediano desistirem da faculdade ou pedirem transferência para outro departamento. Seu conceito de ensino se resumia a uma única frase: **uma ideia errada vale mais que uma nota máxima.** O que ele queria com isso era forçar os alunos a usar a cabeça e a explorar a imaginação e a criatividade. No começo de cada ano letivo, ele costumava discursar para os alunos em uma mistura de chinês e inglês: "Sou um animal selvagem e não um treinador. Meu objetivo é ir ao encalço de vocês, fazê-los correr montanha acima. Se correrem rápido, seguirei rápido. Se correrem devagar, seguirei devagar. De qualquer maneira, precisam correr sem parar, correr com coragem. Quando pararem de correr, nosso relacionamento estará desfeito. Quando entrarem na floresta e sumirem de vista, nosso relacionamento estará desfeito. No primeiro caso, porque eu me desfaço de vocês; no segundo, porque vocês se desfazem de mim. Agora, vamos começar a correr e ver quem se desfaz de quem".

Claro que se "desfazer" dele era bem difícil, mas até que não era nada complicado. Lisiewicz costumava abrir a aula inaugural *de cada semestre escrevendo uma questão complexa na parte de cima da lousa, no canto direito. Quem acertasse a resposta ao longo do curso estava automaticamente aprovado com nota máxima e nem precisava mais assistir às aulas se não quisesse. Vamos dizer que essa pessoa estaria dispensando o professor naquele semestre. Se isso acontecesse, ele deixava um novo problema no mesmo lugar da lousa e ficava esperando uma segunda pessoa dar a resposta. Quem conseguisse resolver três dessas questões recebia do professor uma questão especial, que valia como trabalho de conclusão de curso. Quem resolvesse essa também, mesmo que no início do primeiro ano letivo, se formaria com nota máxima. Quer dizer, teria dispensado o professor no bacharelado. E, por quase dez anos, ninguém nunca alcançou essa honra, raros eram os que conseguiam resolver uma ou duas questões, raros como estrelas no céu da manhã...* [CONTINUA]

Jinzhen se encontrava agora na sala de aula de Lisiewicz. Devido à baixa estatura (tinha apenas dezesseis anos), sentou-se na primeira fileira, de onde podia ver, com muito mais clareza que os colegas, o brilho incisivo dos olhos azuis do professor. O polonês era um homem alto que, sobre o estrado, parecia ficar ainda maior. Mantinha o olhar fixo na última fileira da sala, e Jinzhen só recebia os perdigotos e bafejos que o professor distribuía nos momentos de maior veemência. Ele explicava, arrebatado, as áridas abstrações matemáticas. Ora bramia agitando os braços, ora ciciava acalmando o passo. No estrado, Lisiewicz era um poeta, quiçá um general. Terminada a aula, deixava a sala sem mais. Ao se retirar da forma costumeira, reparou, por acaso, na figura franzina da primeira fila, então mergulhado em cálculos, absorto como um estudante em exame. Dois dias depois, Lisiewicz veio para a segunda aula. Mal entrou em sala, perguntou: "Quem aqui se chama Jinzhen? Levante a mão, por favor".

O professor viu levantar o braço o tal franzino da primeira fila que havia notado ao final da última aula.

Acenou com as folhas de papel que tinha na mão e perguntou: "Foi você quem passou isso por baixo da minha porta?".

Jinzhen confirmou com a cabeça.

"Fique avisado, então, que está dispensado das minhas aulas neste semestre."

A sala de aula estremeceu.

Sorrindo satisfeito, Lisiewicz esperou até que se acalmassem. Quando se acalmaram, escreveu no quadro a mesma questão, desta vez não no canto direito, mas no canto esquerdo, e disse: "Vejamos agora como Jinzhen resolveu este problema. Não por mera curiosidade, mas, sim, porque este é o tópico da aula de hoje".

Copiou no quadro-negro a resposta de Jinzhen e a explicou do início ao fim. Em seguida, apresentou três soluções alternativas com métodos diferentes, para que, na comparação, os alunos sentissem o conhecimento se expandir e saboreassem os mistérios de chegar ao mesmo ponto por vias diferentes. Todo o conteúdo da nova matéria estava embutido na explicação de cada método. Ao final, o professor escreveu uma nova questão no canto direito do quadro e disse: "Espero que, na próxima aula, alguém me faça repetir o que fizemos hoje: apresentar a solução do problema anterior e depois propor um problema novo".

Falava da boca para fora; no íntimo, sabia muito bem que a probabilidade de isso acontecer era ínfima. Na matemática, é preciso trabalhar com casas decimais, arredondar. Arredondar para baixo é desprezar, é fazer sumir o que existe; arredondar para cima é exagerar, fazer aparecer o que inexiste, é pôr a terra no lugar do céu. Em outras palavras, não há entre céu e terra um abismo tão grande: uma fração a mais faz a terra virar céu, uma fração a menos, e o céu vira terra. O que Lisiewicz não imaginava era que aquele menino calado e apático viria embaralhar seus conceitos, e quem ele via como terra se revelaria céu. Em resumo, Jinzhen conseguira solucionar em pouco tempo o segundo problema.

Resolvida a questão, uma nova foi posta, como se esperava. Mas agora, depois de escrevê-la no canto direito do quadro-negro, o professor se virou e, em vez de falar para a turma toda, se dirigiu unicamente a Jinzhen: "Se conseguir responder a mais este problema, vou ter de formular uma questão exclusiva a você".

Que, no caso, valeria como trabalho de conclusão de curso.

Era a terceira aula de Jinzhen com o professor Lisiewicz; nem uma semana havia decorrido.

Jinzhen não conseguiu resolver a terceira questão tão rápido quanto fizera em relação às duas anteriores, por isso não tinha uma resposta para apresentar ao professor na aula seguinte. Ao fim da quarta lição, o professor Lisiewicz desceu do estrado e parou diante do rapaz: "Já formulei a questão para a sua graduação e só estou esperando você vir buscar, com a resposta daquela última".

Dizendo isso, foi embora sem mais palavras.

Desde que se casara, Lisiewicz morava com a família numa casa alugada em Sanyuanxiang, próximo à universidade. Mas ainda costumava passar muito tempo no antigo alojamento de solteiro, um quarto no terceiro andar do prédio de professores. Usava-o para suas leituras e pesquisas, como um escritório particular. Naquela tarde, logo depois da sesta, o professor notou, por entre os sons do rádio, o ruído de alguém subindo a escada. Os passos se detiveram à entrada do gabinete, mas, em vez de batidas, ouviu-se um cochichar indistinto de serpente se enfiando pelo vão da porta. Lisiewicz viu que eram folhas de papel e as recolheu do chão — conhecia a letra, era de Jinzhen. Passou direto à última página para ver a resposta: estava correta. Parecia ter levado uma chicotada, sentiu o impulso de correr e chamar o rapaz de volta. No entanto, estacou à porta, hesitante, e voltou a sentar-se no sofá. Começou a ler tudo, desde a primeira página. Ao terminar, parecia ter levado outra chicotada. Foi à janela e viu Jinzhen se afastando. Abriu os vidros e gritou para o vulto cada vez mais distante. Jinzhen se virou e viu o professor gringo fazendo sinal para que ele subisse.

Jinzhen se sentou diante do professor.

"Quem é você?"

"Jinzhen."

"Não", sorriu o professor, "quero saber da sua família, de onde é... Onde estudou? O seu rosto me parece familiar. Quem são seus pais?"

Jinzhen titubeou, sem saber o que responder.

De súbito, Lisiewicz exclamou: "Ah... Já sei! Você se parece com aquela estátua na frente do prédio principal. Deve ser da família da sra. Lillie, Rong Ábaco Lillie! É parente dela, não é? Filho? Neto?".

Jinzhen apontou para os papéis no sofá e mudou de assunto: "Está correto o que eu fiz?".

"Você ainda não respondeu a minha pergunta. É descendente da sra. Lillie?"

Sem confirmar nem negar, Jinzhen se limitou a dizer indiferente: "Pergunte ao reitor Rong, ele é meu tutor. Eu não tenho pais".

Dizendo isso, Jinzhen queria evitar falar de seu parentesco com a sra. Lillie, o que era pouco claro mesmo para ele. Inesperadamente, isso despertou uma suspeita no professor, que cravou a vista no rapaz: "Já que é assim, preciso te perguntar outra coisa. Você resolveu as minhas questões sozinho ou com ajuda de alguém?".

Jinzhen respondeu com a firmeza de um prego furando o aço: "Sozinho!".

À noite, Lisiewicz fez uma visita a *Xiao* Lillie. Quando Jinzhen o viu, achou que o professor gringo ainda desconfiava dele. Na realidade, mal terminara de expressar sua suspeita, o mestre já a havia descartado. Se alguém o tivesse ajudado na solução — fosse o reitor, fosse sua filha —, o método empregado seria diferente. Depois que Jinzhen saiu, ele revisou a resposta mais uma vez e constatou que o método utilizado era mesmo único, admirável, deixava transparecer algo de pueril, mas também irradiava raciocínio e engenhosidade. A Lisiewicz, restou uma sensação difícil de expressar em palavras. Foi só durante a conversa com *Xiao* Lillie que ele encontrou algo palpável.

"A sensação que eu tenho é a seguinte", disse, enfim. "É como se pedíssemos para ele buscar alguma coisa num túnel escuro, tão escuro que não se vê um palmo à frente do nariz. E que também é cheio de encruzilhadas e armadilhas, impossível pôr o pé ali sem uma ferramenta de iluminação. Para entrar nesse túnel, é preciso ter alguma ferramenta de iluminação. Existem várias opções, pode ser uma lanterna, uma lâmpada a óleo ou uma tocha, até uma caixa de fósforos. Não sei se ele não conhece esses instrumentos, ou se sabe que eles existem, mas não consegue achar. Em todo caso, ele não possui esses instrumentos. Por isso, pega um espelho e, achando um ângulo perfeito, consegue jogar a luz da superfície para dentro do túnel escuro. Quando chega a uma curva, posiciona ali outro espelho para refletir a luz de novo. Com isso, vai avançando; graças a um feixe de luz fraco, consegue contornar as armadilhas uma a uma. O mais intrigante é que, cada vez que chega a uma bifurcação, ele sempre intui o caminho certo, como que guiado por algum poder sobrenatural."

Em quase uma década trabalhando com Lisiewicz, *Xiao* Lillie nunca o ouvira elogiar ninguém daquela maneira. Era raro o colega estrangeiro reconhecer a habilidade matemática de uma pessoa. Daí o elogio sem reservas, fervoroso até, ter deixado *Xiao* Lillie confuso e surpreso. "Fui eu que descobri o dom desse menino para a matemática", pensou ele. "Lisiewicz foi o segundo e só vem confirmar a minha teoria. E pode haver validação mais definitiva que a de Lisiewicz?" A conversa prosseguia em crescente satisfação.

No entanto, quando o assunto chegou ao futuro dos estudos de Jinzhen, ambos entraram em clara divergência. Para Lisiewicz, o menino já dominava suficientes conhecimentos matemáticos e poderia perfeitamente dispensar o curso básico, pular alguns anos e passar direto à monografia de graduação. Esse era um ponto com o qual *Xiao* Lillie **não estava de acordo.**

Como sabemos, Jinzhen tratava as pessoas com extrema frieza, preferia se isolar e era uma criança de baixa aptidão social. Esse ponto fraco no temperamento poderia se tornar uma armadilha para ele no futuro. E o tutor vinha fazendo o que podia para remediar isso. Em sua visão, a inabilidade social de Jinzhen e sua inexplicável hostilidade para com os outros reforçavam a necessidade de fazê-lo conviver mais tempo com crianças do seu tamanho, assim ficaria mais relaxado. Agora, ele era o mais novo da turma, e *Xiao* Lillie achava que o distanciamento dos meninos de sua idade havia atingido o limite. Inseri-lo em um grupo de faixa etária superior seria ruim para o desenvolvimento de sua personalidade. Mas Lillie não queria falar disso naquele dia, não convinha, era muito complicado e dizia respeito à privacidade do menino. Limitou-se a apresentar sua objeção da seguinte maneira: "Aqui na China, nós temos um ditado: 'De cem têmperas se faz o aço'. Jinzhen é dono de uma inteligência inata, mas ainda não tem muito conhecimento. Como você acabou de dizer, existem muitas ferramentas de iluminação à disposição dele, e ele, em vez de usar uma delas, pegou o caminho mais

83

longo. Não porque quisesse, mas porque não tinha alternativa, e a necessidade é a mãe da invenção. A solução do espelho pode ter sido brilhante, só que se ele gastar todo o talento dessa forma, tentando descobrir ferramentas sem valor prático, até poderá satisfazer a curiosidade das pessoas por algum tempo, mas qual será o verdadeiro sentido disso? Então, devemos educar cada um conforme sua capacidade. Acredito que, no caso de Jinzhen, sua prioridade deva ser estudar mais, entender melhor os conhecimentos já adquiridos. Só com suficiente domínio do conhecido é que ele será capaz de explorar o desconhecido em busca de coisas que realmente valham a pena. Ouvi dizer que você trouxe vários livros valiosos do seu país no ano retrasado. Até pensei em pedir emprestados um ou dois volumes, mas desisti quando li aquele aviso na estante: '**Nem se dê ao trabalho de pedir**'. Agora andei pensando: se puder abrir uma exceção, por que não fazer isso para Jinzhen? Seria de grande ajuda para ele, afinal, os livros guardam tesouros!".

Nisso chegaram a um ponto com o qual Lisiewicz **não estava de acordo**.

Naquela época, duas pessoas eram famosas por suas esquisitices no Departamento de Matemática. Uma era a professora Rong Yinyi (a mestra Rong), que cuidava de uma pilha de cartas como se fossem o próprio marido e não aceitava manifestações sentimentais de mais ninguém. O outro era o professor Lisiewicz, o gringo que vigiava sua estante de livros como se fosse a própria esposa, não permitindo que ninguém tocasse nela. *Xiao* Lillie falava sem muita esperança de que o polonês fosse mudar de ideia, **porque a probabilidade de isso acontecer era extremamente reduzida. Na matemática, é preciso trabalhar com casas decimais, arredondar. Arredondar para baixo é desprezar, é fazer sumir o que existe**.

Justamente por isso, no dia em que Jinzhen mencionou

casualmente, à mesa do jantar, que o professor Lisiewicz lhe havia emprestado dois livros e prometido lhe emprestar depois qualquer outro volume que quisesse, *Xiao* Lillie sentiu o coração pular. Ele se deu conta de que, embora acreditasse estar muito à frente de todos, na realidade já havia sido preterido pelo gringo e, com isso, entendeu, com mais clareza que nunca, a posição que Jinzhen passara a ocupar no coração de Lisiewicz: era insubstituível. A admiração e a expectativa que Lisiewicz nutria por Jinzhen já eram maiores que as que reservava a *Xiao* Lillie, já iam além do que ele imaginava ou desejava.

7.

Dos **dois esquisitos** do departamento, a história da mestra Rong tinha algo de trágico e, por isso mesmo, despertava respeito. A do professor Lisiewicz, por outro lado, era vista como tempestade em copo d'água e só gerava reprovação. E tudo o que é reprovável normalmente se propaga com maior facilidade. Assim, das duas esquisitices, a dele era mais notória, quase todo mundo sabia. Como era sabido que ele jamais emprestava livros, quando emprestou um, todos ficaram sabendo. É o efeito da fama sobre as ações individuais, o que, na ciência, se chamaria de **conversão de massa em energia**. As pessoas se perguntavam por que o professor Lisiewicz era tão gentil com Jinzhen — e somente com ele? Praticamente o deixara tocar em sua esposa. Segundo uma das muitas explicações, o professor agia imbuído de reconhecimento e admiração — essa era, por assim dizer, a versão mais amigável. E a menos aceita. A mais aceita era outra: de que ele se aproveitava do talento do aluno.

A mestra Rong também falou sobre isso em seu depoimento.

[Transcrição da entrevista com a mestra Rong]

*Lisiewicz voltou para a Europa nas primeiras férias de inverno depois do fim da Segunda Guerra. Fazia muito frio, na Europa devia estar ainda pior, por isso ele não levou ninguém da família, foi sozinho mesmo. Quando voltou, meu pai me mandou buscá-lo no cais do porto com o fordinho, que era o único automóvel da universidade. Assim que eu vi Lisiewicz, fiquei pasma: ele estava sentado em cima de um baú enorme de madeira, praticamente um caixão. E, no baú, estava escrito, em chinês e inglês: "**Lisiewicz, Universidade N**" e "**Livros**". Não tinha como levar aquilo no carro. A única saída foi achar um carrinho de carga e contratar quatro carregadores para levar o trambolho até a universidade. No caminho, perguntei por que tinha trazido tantos livros e de tão longe. Ele respondeu empolgadíssimo: "Voltei com um projeto de pesquisa, mas não dá para fazer nada sem esses livros".*

Durante a viagem para a Europa, ele se deu conta da improdutividade acadêmica dos últimos anos e caiu em uma frustração profunda. Então veio o lampejo, a inspiração para um projeto ambicioso: pesquisar a estrutura interna do cérebro humano. A inteligência artificial hoje não é mais novidade para ninguém. Mas, naquela época, o primeiro computador do mundo* mal tinha sido construído, e ele já estava a par do tema, era um homem muito à frente do seu tempo. Se você parar para pensar na magnitude do seu projeto, aqueles livros já não pareciam tantos assim, e até dava para entender a resistência dele em emprestar.

O problema foi abrir essa exceção unicamente para Zhendi. Começaram a pensar todo tipo de coisas. E ainda circulavam no Departamento de Matemática várias histórias sobre Zhendi. Por exemplo, que ele tinha completado quatro anos de estudo em duas semanas, que com isso ele tinha desmoralizado o professor

---

* ENIAC, o primeiro computador da história, foi produzido em 1946. (N. A.)

Lisiewicz, e por aí vai. Gente que não sabia a história direito dizia que o professor estrangeiro estava se aproveitando do intelecto de Zhendi para avançar com a sua pesquisa. Como você sabe, esse tipo de conversa é o que se espalha mais fácil no mundo acadêmico, porque expõe as falhas dos outros: as pessoas contam com gosto, ouvem com satisfação, a verdade é essa. Quando ouvi isso, fui perguntar diretamente a Zhendi, mas ele negou. Depois o meu pai perguntou a ele sobre o mesmo assunto, e ele voltou a negar.

"É verdade que você passa a tarde toda na casa dele?", perguntou meu pai.

"É", respondeu Zhendi.

"E vocês ficam fazendo o quê?"

"Às vezes, lemos, às vezes, jogamos xadrez."

Ele não hesitava para responder, mas, como não se faz onda sem vento, ficamos com receio de que estivesse escondendo alguma coisa. Afinal de contas, com dezesseis anos e pouco siso para as maldades do mundo, podia muito bem ser levado na conversa. Assim, criei uma série de pretextos para ir espiar os dois no escritório de Lisiewicz. Invariavelmente, jogavam xadrez. Em casa, Zhendi costumava disputar partidas de go com meu pai e se saía muito bem. O embate entre os dois era bastante equilibrado. Com a minha mãe, ele jogava damas chinesas, mas era só para distraí-la. Aquelas partidas de xadrez me fizeram pensar que Lisiewicz também jogava para distrair Zhendi, todo mundo sabia que o professor era imbatível no tabuleiro.

E era isso mesmo.

Conforme Zhendi me contou, eles jogavam todo tipo de jogo de tabuleiro: xadrez, go, xadrez chinês, e até junqi.* Ele chegou a

---

* Junqi, ou luzhanqi, jogo de estratégia de origem chinesa em que a identidade das peças, que representam unidades militares, permanece oculta para o oponente. (N. T.)

vencer algumas partidas neste último, mas nos outros, nunca. Zhendi contou que não dava para ganhar de Lisiewicz. Se de vez em quando ele perdia no junqi, era porque a vitória nesse jogo não dependia só da estratégia, mas também da sorte. Pensando bem, o jogo de damas, apesar de mais simples, requer mais estratégia do que o junqi, porque depende muito menos da sorte. Na opinião de Zhendi, o junqi, a rigor, nem deveria ser considerado um jogo de estratégia, pelo menos não para adultos. Você deve estar se perguntando se, já que Zhendi estava longe de ser páreo para Lisiewicz, por que é que o professor gostava de jogar com ele?

É o seguinte, como divertimento, nenhum jogo de tabuleiro é difícil de aprender, é mais fácil que certos ofícios, pelo menos no começo. O difícil vem depois que você pega o jeito. Ao contrário do ofício, que se torna mais fácil com a prática, o xadrez vai ficando mais complexo à medida que você se familiariza com ele. Isso porque, uma vez familiarizado, você já domina muito mais padrões, sabe mais estratégias. É como um labirinto: entrar é simples, mas, quanto mais fundo você vai, mais bifurcações encontra e mais escolhas precisa fazer. E esse é só um lado da complexidade. Não se esqueça de que são dois os oponentes percorrendo esse labirinto — você segue o seu caminho e, ao mesmo tempo, tenta bloquear o outro, mas o outro está fazendo a mesma coisa, avançando e bloqueando, a situação se torna cada vez mais complicada. E o xadrez é isso: ataque e defesa, defesa e contra-ataque, aqui às claras, ali furtivo, uma hora direto, outra, indireto, entre uma e outra cortina de fumaça. Geralmente quem dominar mais padrões estratégicos, manobrar com maior amplitude, criar cortinas de fumaça mais opacas e conseguir confundir o adversário vai ter mais chances de vitória. Quem quiser ser bom enxadrista deve estar familiarizado com esses padrões, mas esse também não é o único fator decisivo. Já que se tornaram padrões, não são exclusivos de ninguém.

E que padrões são esses?

Esses padrões parecem aquelas trilhas de chão batido no campo: por um lado, com certeza vão levar a algum lugar, mas, por outro, não são propriedade de ninguém, se você pode passar por ali, outros também vão poder passar. Os padrões são como armas convencionais. Se o seu oponente está desarmado, você consegue acabar com ele num instante. Mas, se os dois lados tiverem armas igualmente sofisticadas, você pode plantar uma mina terrestre, mas ele vai usar um detector para se desviar dela; você pode usar um avião, mas ele vai ver no radar e te interceptar em pleno voo. Nessas circunstâncias, para vencer a batalha, é fundamental ter uma arma secreta. O xadrez também tem suas armas secretas.

Lisiewicz gostava de jogar xadrez com Zhendi justamente porque o rapaz tinha essas armas secretas; ele, muitas vezes, surpreendia com movimentos arrojados, extraordinários, como se cavasse um túnel secreto para sair atrás do oponente, deixando o outro atarantado e vulnerável.

Mas, por ser principiante, Zhendi tinha pouca experiência e não conhecia muitas estratégias; por isso, era comum ele ficar aturdido com ataques de armas convencionais. Porque, veja bem, como ele não dominava muitos padrões, qualquer tática ordinária acabava se tornando para ele uma passagem secreta. Essas passagens, usadas e conhecidas por um sem-número de pessoas, são muito mais confiáveis, científicas e acessíveis que os atalhos tortuosos que ele improvisava. Então, diante disso, a derrota era inevitável.

Teve uma vez que o próprio Lisiewicz me contou que Zhendi não perdia por desvantagem intelectual, mas por falta de experiência, não conhecia certos padrões, estratégias, táticas. Ele me disse assim: "Comecei a brincar com todo tipo de jogos de tabuleiro aos quatro anos de idade, hoje eu conheço como a palma da minha mão as estratégias de todos eles; por isso, claro, é difícil Zhendi me vencer. Na verdade, ninguém que eu conheço é capaz de me derrotar no tabuleiro. Modéstia à parte, eu posso dizer que sou um gênio do xadrez. E além do mais, com o passar do tempo, eu aprimorei minhas técnicas até quase a perfeição. Então, a menos que Zhendi treine muito nos próximos anos, não vai poder ganhar de mim nunca. Só que, em nossas partidas, eu me sinto rejuvenescer com as táticas inéditas dele, gosto dessa sensação, e isso dá vontade de jogar".

E era assim mesmo.

Vamos jogar mais uma?

Vamos!

Por causa do xadrez, a amizade entre os dois se consolidou. Eles logo superaram a relação professor-aluno e viraram amigos de caminhadas e almoços. Também por causa do xadrez, Zhendi passava cada vez menos tempo em casa. Até então, durante as férias, ele raramente pisava fora de casa, e a minha mãe, às vezes, precisava forçar o menino a sair. Mas, naquele inverno, ele mal aparecia em casa durante o dia. No começo, pensávamos que estivesse jogando xadrez com Lisiewicz, só depois fomos ver que não era bem isso. Eles não estavam jogando xadrez, estavam criando um novo xadrez.

Por incrível que pareça, eles inventaram o próprio jogo de estratégia. Zhendi o chamava de "xadrez matemático". Eu os vi jogando várias vezes, era uma coisa realmente fora do comum. O tabuleiro tinha o tamanho de uma escrivaninha, dividido em dois campos, um com traçado ortogonal e o outro com linhas diagonais. Em vez de peças de xadrez, usavam pedras de majongue, que eram distribuídas em quatro rotas, duas para cada jogador. As peças eram posicionadas nos dois campos: as do campo ortogonal tinham uma formação fixa, como no xadrez chinês; já as pedras do campo diagonal tinham posições livres, *mas era o oponente que definia como arranjar. Para dispor essas peças, o adversário precisava, claro, levar em conta suas intenções estratégicas. Quer dizer, essas peças serviam ao seu adversário antes do início do jogo, e você só assumia o controle delas quando a partida começava. Era óbvio que precisava passar as pedras o quanto antes de uma posição vantajosa para o inimigo para uma posição favorável a você. No decorrer do jogo, uma peça podia se mover entre as casas ortogonais e diagonais. Em princípio, quanto menos obstáculos você enfrentasse avançando com as suas peças, mais chances de vitória teria. Só que o movimento de cada peça era regido por regras rigorosas, por isso era necessário muito cuidado no planejamento e na manobra. Sempre que uma peça passava para o outro campo, o movimento dela mudava, em forma e em alcance. A maior diferença no tipo de movimento permitido era que as peças das casas ortogonais não podiam se mover em diagonal nem pular outras peças, mas nas casas diagonais, sim. A peculiaridade desse jogo em relação ao xadrez convencional era que, enquanto você lançava ofensivas contra o adversário, precisava também lidar com as duas rotas sob o seu controle, atentando para a organização e a disposição de todas as peças para poder transferi-las, o mais rápido possível, para uma posição mais vantajosa e abrir espaço para os seus movimentos futuros. Então, você não jogava só contra o seu oponente, mas também contra você mesmo, como se fossem duas partidas ao mesmo tempo. Eram três jogos em um: os dois jogadores um contra o outro e cada jogador contra si mesmo.*

Em suma, era um jogo muito complexo e singular. É como se nós dois travássemos uma batalha em que eu comando os seus soldados e você comanda os meus. Consegue imaginar o absurdo e a complexidade disso? O absurdo é também um tipo de com-plexidade. Um jogo tão intrincado não era para qualquer um. Segundo Lisiewicz, tinha sido criado sob medida para os espe-

cialistas em matemática, daí o nome "xadrez matemático". Uma vez ele me explicou, sem modéstia nenhuma: "Esse jogo é fruto de muita pesquisa em matemática pura. A precisão estrutural, a complexidade das regras e a alta sofisticação do mecanismo de variações subjetivas talvez só se comparem ao cérebro humano. Tanto jogar quanto criar é um desafio intelectual imenso".

Assim que ele disse isso, eu pensei no tema da pesquisa dele — a estrutura do cérebro humano. Aí me acendeu um alerta, e eu desconfiei que o tal xadrez podia ser parte desse estudo. Se fosse, não havia mais dúvida de que Zhendi estava sendo usado. O professor recorria ao pretexto do entretenimento para encobrir segundas intenções. E eu, preocupada, fiz questão de perguntar para Zhendi por que foi que inventaram o jogo e como foi o processo.

Ele explicou que os dois queriam jogar xadrez, mas o polaco era tão bom que Zhendi simplesmente não tinha a menor chance de vencer. Ficou desanimado e perdeu a vontade de jogar com o professor. Os dois então decidiram desenvolver um novo jogo em que os dois pudessem começar no mesmo nível, sem a referência de estratégias preestabelecidas, e o resultado ia depender unicamente do desempenho intelectual. Segundo Zhendi, no processo de criação, ele se encarregou de projetar o tabuleiro, enquanto Lisiewicz ficou de elaborar as regras. Na opinião de Zhendi, se fosse mesmo necessário quantificar a sua participação em todo o projeto, seria alguma coisa em torno de dez por cento. Se o jogo, de fato, fizesse parte da pesquisa de Lisiewicz, já não teria sido pouca a contribuição de Zhendi, tinha dimensão suficiente para não ser desprezada. Eu perguntei sobre a tese de Lisiewicz sobre o cérebro, mas ele disse que não estava sabendo do assunto e achava que o professor não vinha trabalhando nisso.

"Por que acha que não?", perguntei.

"Ele nunca tocou nesse assunto", respondeu Zhendi.

Estranhei mais uma vez.

Lisiewicz era tão empolgado com esse seu projeto que falava da tal pesquisa cada vez que me via, mas agora que passava quase todos os dias com Zhendi não tocava no assunto? Com certeza tinha coisa ali. Na primeira oportunidade, perguntei a ele e sua resposta foi: "Não tenho condições de avançar, desisti".

Desistiu?

Desistiu mesmo ou era só conversa?

Na verdade, eu estava muito perplexa. Nem preciso dizer que, se fosse uma desistência fingida, o problema ia ser bem sério, porque só alguém metido em alguma irregularidade é que precisa criar cortina de fumaça. E pensei mais: se ele realmente tivesse algo a esconder, o que seria? Só podia ser o coitado do meu irmão. Enfim, por causa dos rumores que corriam pelo departamento, fiquei muitíssimo preocupada com a amizade dos dois, sempre com a suspeita de que Zhendi vinha sendo usado, enganado. Ele era muito imaturo, ingênuo até, no relacionamento com outras pessoas. Qualquer embusteiro veria nele o alvo perfeito: inocente, solitário, medroso, do tipo que sofre injustiças calado e guarda tudo para si.

Felizmente, pouco tempo depois, uma ação inesperada de Lisiewicz dissolveu todas as minhas preocupações. [CONTINUA]

8.

Lisiewicz e Zhendi finalizaram as regras do xadrez matemático antes do Ano-Novo Chinês de 1949. Pouco tempo depois, na véspera da Libertação* da Cidade C, Lisiewicz recebeu um convite da revista *Annals of Mathematics* para participar de um evento acadêmico na Universidade da Califórnia em Los Angeles. Por uma questão logística, foi instalado um ponto de contato em Hong Kong, onde todos os participantes da Ásia se reuniriam antes do voo. Lisiewicz não ficou muito tempo nos Estados Unidos — não mais que duas semanas, talvez —, por isso ninguém acreditava que realmente tivesse feito uma viagem transoceânica. Mas ele dispunha de várias provas: cartas com ofertas de emprego emitidas por universidades e instituições de pesquisa da Polônia, da Áustria e dos Estados Unidos; fotografias ao lado de John von Neumann, Lloyd Shapley, Irvin Cohen

---

* Entrada do Exército de Libertação Popular, braço militar do Partido Comunista Chinês. (N. T.)

e outros matemáticos famosos. Além disso, trouxe de volta a prova da Competição Matemática Putnam daquele ano.

[Transcrição da entrevista com a mestra Rong]

Putnam, William Lowell Putnam, foi um advogado e banqueiro americano bem-sucedido, formado pela Universidade Harvard em 1882. Em um artigo de 1921 publicado na revista Harvard Alumni, *ele fala do desejo de criar uma competição interuniversitária de inteligência. Em 1927, para cumprir a vontade do finado marido, a viúva dele criou o Fundo Memorial Interuniversitário William Lowell Putnam. A partir de 1938, a Associação Matemática da América passou a organizar anualmente o Concurso Putnam, com o apoio desse fundo e a parceria de várias universidades. Era um evento prestigiadíssimo que servia para revelar novos talentos das universidades e dos institutos de pesquisa. Mesmo sendo um concurso voltado para estudantes de graduação, as questões pareciam feitas para testar matemáticos profissionais. Então, apesar de reunir só os melhores alunos, a dificuldade do exame era tão incrível que a pontuação média ficava sempre perto de zero. Os trinta primeiros colocados de cada edição geralmente eram aceitos pelas melhores escolas de pós-graduação dos Estados Unidos e do mundo. Harvard, por exemplo, oferecia a maior bolsa de estudo para os três primeiros colocados, desde que eles escolhessem a universidade. A prova daquele ano tinha quinze questões e devia ser respondida em quarenta e cinco minutos, tendo como nota máxima 150. A melhor nota foi de 76,5, e a média dos dez primeiros, de 37,44.*

E Lisiewicz trouxera com ele a prova do Concurso Putnam, porque queria testar o nível de Zhendi — e só de Zhendi. Aplicar essa prova para os outros, mesmo que fossem professores, só iria causar constrangimento, por isso Lisiewicz achou melhor deixá-los em paz. Antes do teste, ele se fechou em seu quarto por quarenta e cinco minutos para responder às perguntas. Depois, ainda avaliou a sua prova. Achou que a sua nota final não seria superior à nota mais alta daquele ano, porque só respondeu a oito questões, não concluindo a última. Claro, se o tempo permitisse, ele seria capaz de responder a todas, mas o que complicou foi mesmo a duração da prova. O Concurso Putnam fazia questão de enfatizar dois princípios:

1. *A matemática é a ciência das ciências;*
2. *A matemática é a ciência do tempo.*

*Foi Robert Oppenheimer, **o pai da bomba atômica**, que disse uma vez: "**Na ciência, o tempo é o verdadeiro obstáculo. Dado um tempo ilimitado, qualquer um consegue descobrir todos os segredos do universo**". Dizem que o fato de a primeira bomba atômica ter surgido no momento em que surgiu foi determinante para solucionar o tremendo problema que o mundo enfrentava na época, que era acabar de uma vez com a Segunda Guerra Mundial. Agora imagine se fosse Hitler que tivesse desenvolvido essa arma, como o problema não teria sido muito, muito maior!*

Zhendi respondeu a seis questões nos quarenta e cinco minutos regulamentares. Em uma delas, Lisiewicz achou que ele cometera um erro de conceito, por isso não deu nenhum ponto. O último problema era de raciocínio, mas ele só tinha mais um minuto e meio. Por isso, nem pegou a caneta e só ficou pensando. Segundos antes do fim do exame, ele conseguiu dar a resposta certa. Essa atitude não fazia muito sentido, mas era mais uma prova da intuição extraordinária de Zhendi. A avaliação dessa questão era bastante flexível, uns podiam dar a pontuação cheia, outros, atribuir menos pontos. Tudo dependia da perspectiva do examinador. O mínimo que se podia receber pela resposta era 2,5. E Lisiewicz, rigoroso como era, deu exatamente essa pon-

tuação. Mesmo assim, Zhendi fez 42,5 pontos e ficou acima da média dos dez mais bem colocados do Concurso Putnam daquele ano, que era de 37,44.

Isso significava que se Zhendi tivesse participado de verdade da competição ficaria entre os dez primeiros classificados, com acesso garantido às universidades mais prestigiadas, às bolsas de estudos mais generosas e à fama instantânea nos círculos matemáticos. Mas, como não participou, tudo o que conseguiria se divulgasse o resultado seriam risadas. Ninguém acreditaria que um moleque chinês mal saído do primeiro ano da faculdade era capaz de alcançar uma nota tão alta, só podia ser uma fraude. Uma fraude que ninguém levaria a sério. Uma fraude estúpida. Quando viu o resultado da prova, o próprio Lisiewicz teve uma vaga impressão de estar sendo trapaceado, mas, claro, isso logo se desfez. Porque só o professor acreditava na autenticidade daquela pontuação, e só ele levou a sério uma coisa que tinha começado de brincadeira... [CONTINUA]

A primeira coisa que Lisiewicz fez foi procurar *Xiao* Lillie para contar, em detalhes, toda a história da simulação do Concurso Putnam feita com Jinzhen. Depois disso, sugeriu, sem rodeios, algo que tinha pensado havia algum tempo.

"Posso afirmar, com toda certeza, que Jinzhen é hoje o melhor aluno do nosso departamento e que, no futuro, poderá figurar entre os melhores em universidades de prestígio, como Harvard, MIT, Princeton ou Stanford. Por isso, ele deveria ir estudar no exterior, em Harvard, no MIT, onde quer que seja."

Xiao Lillie ficou em silêncio por um momento.

"Você precisa ter confiança nele, dê uma chance para o rapaz!", continuou Lisiewicz.

Xiao Lillie meneou a cabeça.

"Não acho que será viável", disse.

"Por quê?", quis saber Lisiewicz arregalando os olhos.

"Não temos dinheiro", resumiu Lillie.

"Só precisaria arcar um semestre. No máximo, porque, com certeza, no segundo ele já conseguiria uma bolsa."

"Nem mesmo um semestre", disse *Xiao* Lillie com um sorriso amarelo. "Não temos condições de pagar nem a viagem."

Lisiewicz saiu desiludido.

Parte de sua decepção foi por não conseguir o que esperava; outra parte decorria de uma suspeita. Ele e *Xiao* Lillie nunca chegaram a um consenso no tocante aos estudos de Jinzhen. Desta vez, não sabia se o tutor dizia a verdade ou se era um pretexto para recusar a sugestão. Acabou achando a segunda hipótese mais provável, porque era difícil acreditar que uma família como a dos Rong pudesse estar em apuros financeiros.

Mas era verdade. Lisiewicz não sabia que, poucos meses antes, a fortuna da família Rong já caíra em declínio e sofrera com as mudanças dos novos tempos, reduzindo-se à metade de uma mansão caindo aos pedaços e algumas casas. Dias antes, na cerimônia de posse do novo governo, *Xiao* Lillie — como representante das personalidades patrióticas da Cidade C — doara ao Estado o único imóvel comercial na capital provincial, em manifestação de apoio à recém-fundada República Popular. Embora, nessas circunstâncias, o gesto parecesse bajulatório, a doação fora arranjada por alguém do governo. Além do mais, Lillie queria aproveitar a situação para dar o exemplo e incentivar as elites a apoiar a República. Sem sombra de dúvida, ele fazia jus ao tradicional fervor patriótico dos Rong. Sua lealdade e generosidade para com o novo governo popular se deviam, em parte, à sua percepção da conjuntura política, mas também à sua experiência pessoal ao ter sido tratado com injustiça pelo governo nacionalista. De qualquer forma, das propriedades que chegaram às mãos dos dois Lillie, pai e filho, umas foram doadas, outras, perdidas, umas se arruinaram, outras, repartidas, de tal forma que não restava praticamente nada. Já a poupança pessoal de *Xiao* Lillie fora torrada na batalha para salvar a filha caçula. Nos últimos anos, o salário, cada vez mais minguado, era consumido por completo em despesas diversas. Assim, apesar de concordar plenamente com os estudos de Jinzhen no exterior, *Xiao* Lillie não podia fazer nada para ajudar.

Lisiewicz tomaria ciência disso mais tarde. Precisamente mais de um mês depois, quando recebeu uma correspondência da Universidade de Stanford. Na carta, o então chefe do Departamento de Matemática daquela universidade, dr. Gábor Szego, aceitava Jinzhen como bolsista e mandava cento e dez dólares para as despesas de viagem. Isso se tornara realidade graças ao entusiasmo e ao carisma de Lisiewicz. Ele havia escrito de próprio punho ao dr. Szego uma carta de três mil palavras que agora se transformava em um aceite e uma passagem para Jinzhen. Quando deu a notícia a *Xiao* Lillie, Lisiewicz notou, satisfeito, um sorriso de emoção no rosto do outro.

Àquela altura, Jinzhen já contava os dias para ir a Stanford. Antes da viagem, queria passar suas últimas férias de verão na Universidade N. Mas, ao final dessas férias, uma doença inesperada fez com que não pudesse mais deixar o solo pátrio...

[Transcrição da entrevista com a mestra Rong]
Foi nefrite!

Aquela doença quase matou Zhendi!

Já de cara, foi desenganado pelos médicos. Disseram que teria, no máximo, mais uns seis meses de vida. E, naquela altura, a morte realmente assombrava o menino dia e noite. Vimos com os próprios olhos aquele rapaz magricela ir inchando bem rápido até ficar rotundo, enquanto o peso corporal, ao invés de aumentar, só diminuía.

Era um edema. A insuficiência renal fazia dele um bolo fofo, uma massa que fermentava e crescia, como se a ponto de estourar. Os médicos disseram que Zhendi sobreviveu por milagre. Mas foi quase como ter morrido. Nos dois anos seguintes, o hospital virou a casa dele, o sal virou um veneno, a luta contra a morte virou seu projeto de pesquisa, e o subsídio da viagem para Stanford pagou parte das despesas médicas, ao passo que a bolsa, o diploma, a vida no campus estrangeiro e a carreira viraram um sonho distante, muito distante. Todo o esforço de Lisiewicz para mudar a vida do rapaz teve dois resultados muito concretos: primeiro, acrescentou cento e dez dólares às economias cada vez mais comprometidas da nossa família e, segundo, acalmou as suspeitas das pessoas, inclusive minhas, contra ele.

Fazendo isso, Lisiewicz comprovava a própria inocência e uma afeição verdadeira por Zhendi. Era óbvio que, se estivesse mesmo usando meu irmão para suas pesquisas, não se empenharia tanto em colocá-lo em Stanford. Não existem segredos eternos, com o tempo tudo se revela. O segredo de Lisiewicz era que ele tinha enxergado, com mais clareza do que ninguém, o gênio matemático raro de Zhendi. Talvez até visse nele um reflexo do próprio passado. Por isso, tinha por ele aquele amor que temos pela própria infância, sabe? Um amor sincero, extremado, sem ressalvas.

Diga-se de passagem que se o polaco foi injusto com Zhendi, isso aconteceu muito mais tarde e teve a ver com o xadrez que inventaram. O jogo acabou tendo um grande impacto nos círculos matemáticos da Europa e dos Estados Unidos, e virou o preferido de muitos profissionais. Mas, em vez de ser denominado de xadrez matemático, levou o nome de Lisiewicz, xadrez Lisiewicz. Um tempo depois, li comentários sobre o jogo em vários artigos, todos muito positivos. Alguém até o comparou à Teoria de Jogos de Von Neumann, o maior matemático do século XX, dizendo que o jogo de soma zero de Neumann era uma importante descoberta na área de economia, enquanto o xadrez Lisiewicz tinha grande significado para a estratégia militar. Apesar de as duas descobertas não demonstrarem muita aplicação prática, a importância teórica foi enorme. Alguns diziam que Lisiewicz, com o talento que tinha, podia ser ou o principal adversário, ou o principal aliado de Neumann. Só que desde que ele foi para a Universidade N praticamente não fez nenhuma contribuição digna de nota, salvo o xadrez, o único momento de brilho da segunda metade da vida dele.

Como já te disse, esse jogo, que no início se chamava xadrez matemático, foi uma invenção conjunta dos dois — de Lisiewicz e Zhendi. E Zhendi detinha pelo menos dez por cento dos direitos. Só que, mudando o nome, Lisiewicz alienou a parte do meu irmão nos direitos e tomou tudo para si. Isso pode ter sido uma injustiça, sim, mas também pode ser visto como algum tipo de compensação por todo o afeto sincero que ele um dia devotou ao meu irmão. [CONTINUA]

9.

Numa ocasião no início do verão de 1950, a chuva caía pesada e sem trégua desde a noite anterior. As gotas do tamanho de um feijão, pipocando nas telhas, ora faziam pá-pá-pá, ora tá-tá-tá. A casa parecia uma centopeia se debatendo no aguaceiro. O som mudava conforme o vento; a cada rajada mais forte, as gotas soavam pá-pá-pá, e também se ouvia o bater das janelas, prestes a ruir. Com toda essa barulheira, *Xiao* Lillie dormira mal, e as horas de insônia lhe renderam uma enxaqueca e olhos inchados. Enquanto escutava, no escuro, a insistência dos ventos e da chuva, percebeu com muita clareza que a velhice havia chegado — para ele e para a casa. Pouco antes do amanhecer, conseguiu pegar no sono, mas logo acordou de novo, aparentemente por causa de outro ruído. A sra. Lillie disse que era barulho de carro.

"Parece que parou aqui na frente", disse ela, "mas logo foi embora."

Mesmo sabendo muito bem que não conseguiria adormecer de novo, *Xiao* Lillie continuou deitado e só se levantou com a primeira luz do dia. Saiu da cama como um velho, tateando, com os movimentos leves e silentes de uma sombra. Em vez de tomar a direção do banheiro, foi direto à escada. A esposa perguntou o que ele ia fazer. Nem ele sabia, foi descendo por impulso e, lá embaixo, sem mais, abriu a porta que dava para a rua. Era uma porta dupla: a folha interna abria para dentro, a externa, de tela, abria para fora. No entanto, algo parecia emperrar a abertura. Só dava para abrir uma fresta de uns trinta graus. Como já era verão, a tela era coberta por uma cortina que impedia a visão do exterior. Sem conseguir ver o que atravancava a porta, Lillie se enfiou pela fresta e descobriu duas caixas de papelão que tomavam quase todo o alpendre. A que fora posta mais para dentro é que bloqueava a saída, a outra já estava molhada de chuva. Tentou tirar a segunda caixa da chuva, mas não conseguiu movê-la, tinha o peso de uma rocha. Voltou para dentro da casa e achou uma lona para cobrir a caixa. Foi nesse momento que notou, sobre ela, uma carta presa sob a pedra que usavam para calçar a porta.

Apanhou-a e viu que era de Lisiewicz.

Dizia o seguinte:

Estimado senhor reitor,

Estou de partida. Peço desculpas por me despedir com um bilhete, mas faço isso por não querer incomodar ninguém.

O que tenho a dizer é principalmente sobre Jinzhen, não poderia partir sem dizê-lo. Primeiro, meu desejo é que ele se recupere logo. Segundo, espero que o senhor tome as medidas mais certeiras para o futuro dele, de modo que nós (a humanidade) possamos conhecer o gênio que é e dele nos beneficiar.

Sinceramente, penso que, com o talento que ele tem, o mais apropriado seria deixá-lo se aprofundar na pesquisa das questões mais espinhosas da matemática teórica. Porém há nisso um problema, afinal, o mundo mudou, as pessoas se tornaram imediatistas, só querem benefícios concretos e não se interessam por teoria pura. É um destempero, tanto quanto cuidar só da felicidade do corpo e ignorar as alegrias do espírito. Mas não mudaremos isso, como não seremos capazes de eliminar o fantasma da guerra. Daí eu me pergunto se não seria mais realista e proveitoso encorajá-lo a pesquisar algum tópico na ciência aplicada. A vantagem desse tipo de pesquisa é que o caráter prático lhe confere força, haverá pessoas que o impelirão a seguir adiante e o compensarão ainda com toda sorte de satisfações mundanas. A desvantagem é que, uma vez concluído o projeto, o pesquisador não poderá "criar o filho" do jeito que gostaria. A criança pode trazer benefícios ao mundo ou produzir desgraças, mas a escolha não cabe ao pai. A ele, só resta assistir a tudo de mãos atadas. Dizem que Oppenheimer se arrependeu de inventar a bomba atômica e gostaria de engavetar sua criação. Se ele pudesse destruí-la de um golpe, como quem quebra uma escultura que acabou de realizar, tenho certeza de que o faria. Mas seria mesmo possível? Engavetar também é impossível.

Se o senhor decidir deixá-lo tentar a ciência aplicada, tenho um tema a propor: estudar a estrutura interna do cérebro humano. Uma vez decifrado esse mistério, poderíamos (e poderemos) replicar essa estrutura, criar um novo tipo de ser humano, que não seja de carne e osso. A ciência hoje já consegue produzir vários de nossos órgãos: olhos, nariz, orelhas e até mesmo asas artificiais. Por que não podemos criar algo parecido com o cérebro humano? Na verdade, a invenção do computador eletrônico já é uma recriação de parte dele, a parte mais engenhosa. Se já conseguimos reproduzir essa parte, certamente não estamos muito longe das outras. Então, veja bem, se tivéssemos um homem-máquina, metálico, eletrônico, quantas aplicações não teríamos para ele? Devo dizer que a nossa geração já está farta das guerras. Em menos de meio século, testemunhamos duas guerras mundiais. Mas tenho o pressentimento (e já há sinais) de que, infelizmente, ainda veremos outra. Na minha opinião, a humanidade é capaz de tornar os combates ainda mais violentos, medonhos e dolorosos, matando muito mais pessoas em uma única batalha, em um só dia, em um breve instante, com um simples estrondo. Nunca conseguiremos nos livrar da guerra, mas esse desejo jamais morrerá. A humanidade enfrenta outros dilemas dessa natureza: como o trabalho, como a aventura, como... os seres humanos estamos irremediavelmente presos a esse círculo vicioso.

Por isso, se a ciência conseguisse criar o homem artificial — esse homem de ferro sem carne nem sangue — para fazê-lo trabalhar por nós em condições desumanas (e satisfazer nossos desejos mais pervertidos), é muito provável que ninguém na humanidade se oporia. Em outras palavras, assim que viesse à luz, essa disciplina teria um valor prático incomensurável. O primeiro passo para isso, agora, seria decifrar o mistério do cérebro humano; somente a partir daí haveria a esperança de criar o cérebro artificial e, na sequência, o ser humano artificial. No passado, decidi apostar o resto da minha vida na solução desse enigma, mas mal sabia eu que seria forçado a abandonar essa empreitada logo no início. O motivo é um segredo pessoal, só posso dizer que não foi pela dificuldade nem por medo, mas por um desejo ardente do meu povo (judeu). Nos últimos anos, venho trabalhando em algo extremamente urgente e sigiloso para meus patrícios; seus problemas e anseios me comoveram tão profundamente que me fizeram renunciar a meus projetos. Se eu conseguir despertar seu interesse em explorar o assunto, minha ladainha terá surtido efeito.

No entanto, devo lembrá-lo: sem Jinzhen, o senhor não terá como lograr sucesso. O que quero dizer é que, se Jinzhen não conseguir se safar dessa doença, é melhor o senhor desistir da empreitada, porque não se trata de um assunto para sua idade. Com Jinzhen no projeto, o senhor ainda terá a chance de ver, em vida, o desvendar do maior enigma do mundo: o cérebro humano. Acredite, Jinzhen é a pessoa certa para encontrar a solução desse problema, ele nasceu para isso, foi escolhido por Deus. Sempre dizemos que os sonhos são a manifestação mais misteriosa da nossa mente, e, desde a infância, Jinzhen conviveu com isso dia e noite, e aprendeu, ao longo desse tempo, a refinada técnica de interpretar os sonhos. Ou seja, desde que ele se entende por gente, vem se preparando, sem se dar conta, para a façanha de explicar o segredo da inteligência humana. Esse é o seu destino!

Por fim, queria dizer que, se Deus e o senhor quiserem deixar Jinzhen se dedicar a essa pesquisa, acredito que estes livros serão de grande ajuda. Caso contrário, se Deus ou o senhor não lhe permitirem fazer isso, peço que os doe à biblioteca da universidade, como testemunho dos doze anos que passei nessa honrada instituição.

Despeço-me enviando a Jinzhen meus votos de pronta recuperação!

Jan Lisiewicz
Na véspera da partida

Sentado em uma das caixas de papelão, *Xiao* Lillie leu toda a carta de um só fôlego. O vento remexia os papéis e, de quando em quando, os tocava com fios de chuva como se quisesse espiar o conteúdo. Talvez por não ter dormido bem, ou porque algo na carta lhe tocara no fundo da alma, o velho permaneceu em silêncio, os olhos fixos no vazio. Só depois de um bom tempo é que voltou a si e disse à tempestade que caía sem parar: "Adeus, Lisiewicz, faça uma boa viagem...".

[Transcrição da entrevista com a mestra Rong]

Foi a repressão ao sogro que fez Lisiewicz ir embora da China. Todo mundo sabia que ele teve várias oportunidades de deixar o país, ainda mais no fim da Segunda Guerra, quando a escrivaninha dele ficou cheia de convites de universidades e institutos de pesquisa do Ocidente, cada um com seu cartão de felicitações. Mas, em muitos aspectos, ele dava mostras de não ter a menor intenção de sair daqui. Como quando ele trouxe aquele baú de livros, ou quando comprou a casa onde morava antes, de aluguel. Ele até aprimorou o chinês, até chegou a pedir a cidadania chinesa, mas não conseguiu... Dizem que tinha algo a ver com o sogro, que era de uma família influente, de letrados, e tinha sido um dos notáveis da vila. Era totalmente contra o casamento da filha com um estrangeiro. Acabou aceitando muito a contragosto, mas, ainda assim, com uma série de ressalvas: a filha jamais iria morar no exterior, eles não poderiam se divorciar, o genro teria que aprender a falar chinês, os netos usariam o sobrenome da mãe e coisas do gênero. Por aí se vê que não estamos falando de um homem de mente aberta, muito provavelmente era daqueles que se aproveitam da posição privilegiada para intimidar os outros. Gente assim sempre gera ressentimento e cria muitas inimizades. Além do mais, na época do governo-fantoche, ele chegou a ocupar um cargo importante na administração da vila e mantinha negócios escusos com os invasores japoneses. Depois da Libertação, o Governo Popular identificou esse senhor como o principal alvo de repressão. Ele foi julgado em público, condenado à morte e jogado na cadeia para esperar a data da execução.

Nesse meio-tempo, Lisiewicz saiu à cata de professores e alunos de prestígio, inclusive o meu pai e eu, com a ideia de fazer um abaixo-assinado para salvar a vida do sogro. Ninguém se dispôs a ajudar. Sabíamos que ficaria magoado, mas não podíamos fazer nada. Acredite, até queríamos ajudar, mas simplesmente não tinha como. Naquela época, de nada adiantava apelar, nenhuma ação que viesse de um punhado de gente servia para nada. O meu pai até foi conversar com o prefeito, mas voltou com a seguinte resposta: "Só o presidente Mao pode salvar esse homem". Ou seja, ninguém podia.

O fato é que, naquele tempo, tiranetes como ele invariavelmente passavam a ser os principais alvos da repressão do Governo Popular. Era esse o cenário político em que vivíamos, nenhum de nós tinha poder para mudar a situação. Lisiewicz era imaturo demais para entender isso. Então a única coisa que conseguimos fazer foi magoá-lo.

Só que ninguém imaginava que ele fosse recorrer à influência do governo de X para tirar o sogro da mira dos fuzis. Nem dava para cogitar uma coisa assim, imagine o grau de dificuldade de uma manobra dessas, ainda mais em um momento de hostilidade entre os nossos países. Dizem que o governo de X enviou um diplomata a Pequim especialmente para tratar do assunto. Resumindo, o caso acabou chamando a atenção do presidente Mao. Ou, dizem, do premiê Zhou Enlai. Enfim, de um jeito ou de outro, foi alguém da alta cúpula do Partido, do primeiro escalão do governo. Quem é que podia imaginar!

Como resultado das negociações, eles levaram o sogro de Lisiewicz e, em troca, mandaram de volta dois cientistas nossos que estavam detidos em X. Parecia que o velho maldito tinha se tornado um tesouro nacional de X. Lógico que um velho aldeão não tinha importância nenhuma para eles, tudo era por causa de Lisiewicz. E o governo de X se dispôs a fazer qualquer coisa para atender ao pedido do professor. Mas a pergunta era: por quê? Só porque se tratava de um matemático de renome mundial? Devia ter mais alguma coisa por trás disso, mas até hoje não sei dizer o que seria.

Depois que soltaram o sogro, Lisiewicz levou toda a família para X. [CONTINUA]

Quando Lisiewicz deixou o país, Jinzhen continuava hospitalizado, mas já se encontrava fora de perigo. Levando em conta as crescentes despesas, o hospital aceitou o pedido do paciente para se recuperar em casa. No dia da alta, a sra. Rong foi buscá-lo, acompanhada da filha. O médico que as atendeu presumiu que uma delas devia ser a mãe do rapaz. No entanto, a julgar pela idade, uma lhe pareceu velha e a outra, jovem demais. Tomou a liberdade de perguntar: "Qual de vocês é a mãe do paciente?".

A mestra Rong quis explicar, mas a mãe respondeu primeiro, alto e claro: "Eu!".

O médico, então, comunicou à sra. Rong que o quadro de Jinzhen estava sob controle, mas a recuperação completa levaria, pelo menos, um ano. "Nos próximos doze meses, a senhora vai ter de cuidar dele como se fosse um camarãozinho de cativeiro, como um bebê em gestação. Senão, o estado de saúde dele pode piorar de uma hora para outra."

Ao ler a minuciosa lista de instruções, a sra. Rong percebeu que o médico não estava exagerando. As principais recomendações eram:

1. Observar rigorosamente as restrições alimentares;
2. Acordá-lo nos horários prescritos para esvaziar a bexiga durante a noite;
3. Ministrar remédios e injeções nos horários e dosagens prescritos.

A sra. Rong pôs os óculos, tomou nota do que o doutor dizia, repassou tudo mais uma vez e esclareceu as dúvidas. Chegando em casa, pediu que a filha fosse à universidade buscar lousa e giz. Copiou as instruções médicas no quadro e o pendurou ao pé da escada, como um lembrete do que precisaria fazer cada vez que subisse ou descesse os degraus. Para poder acordar Jinzhen nos horários definidos, ela passou a dormir em outro quarto, separada do marido. Mantinha dois despertadores à cabeceira da cama: um tocava à meia-noite, o outro, nas primeiras horas do dia. Depois de esvaziar a bexiga pela manhã, Jinzhen voltava a dormir, e a sra. Rong começava a preparar a primeira das cinco refeições diárias. Apesar de ser boa cozinheira, fazer comida para Jinzhen era a tarefa que a deixava mais insegura. Achou mais fácil aprender a aplicar injeções, apesar do nervosismo dos primeiros dias, afinal, tinha prática no manuseio das agulhas de costura. Mas, quando o assunto era comida, a inescrutável medida do sal se tornou uma aflição constante. Acertar a quantidade exata era vital para Jinzhen nesse momento: um pouco a mais poderia pôr a perder todos os esforços anteriores, um pouco a menos não ajudaria em sua recuperação. A instrução do médico era: **durante o período de convalescença, a ingestão de sal pelo paciente deve começar quase do zero e ir aumentando dia após dia.**

É claro que se a porção diária de sal pudesse ser medida em gramas, como os cereais, a questão não seria complexa, bastaria uma balança de precisão. Mas o problema que a sra. Rong tinha diante de si evidentemente não era tão simples: na falta de um padrão claro e concreto, só lhe restavam a paciência e o afeto para ir tateando em busca de uma medida. Terminou por levar ao hospital vários pratos com diferentes graus de salinidade e pediu que o médico responsável experimentasse. Tinha anotado num papel quantos grãos de sal usara em cada prato, depois tomaria como critério o que fosse aprovado pelo médico. Cinco vezes por dia, ela colocaria os óculos maternais para vista cansada e contaria os diminutos e coruscantes grãos de sal, um por um, como se fossem grãos de vida para Jinzhen.

Fazia isso com extremo cuidado.

Fazia isso como quem realiza um experimento científico.

Assim, dia após dia, noite após noite, mês após mês, mostrava um desvelo muito maior que o de um criador de camarões e não menor que o de uma gestante. Às vezes, no intervalo desses trabalhos desgastantes, apanhava a carta de Jinzhen, aquela escrita com sangue, e a relia. Era um segredo dele, mas, desde que a descobrira por acaso, ela a guardava consigo sem saber por quê. A carta, não datada, era agora um segredo compartilhado, uma espécie de testemunho da força dos laços entre os dois. Cada vez que olhava para aquele pedaço de papel, ela renovava a certeza de que tudo o que vinha fazendo valeria a pena, e isso a encorajava a prosseguir. A recuperação decerto chegaria em algum momento.

No ano seguinte, logo depois do Festival da Primavera, Jinzhen voltou à sala de aula de onde se ausentara por tanto tempo.

10.

Lisiewicz se foi, mas deixou para trás um pedaço da alma. Enquanto Jinzhen era cercado de cuidados, o professor contatou *Xiao* Lillie três vezes. A primeira foi pouco após sua chegada ao País X — ele enviou um belo cartão-postal, com uma saudação singela e seu endereço de correspondência. Era um endereço residencial, então não dava para saber onde estava trabalhando. A segunda comunicação veio algum tempo depois, em resposta a uma carta de *Xiao* Lillie. Contou estar feliz com a melhora de Jinzhen e respondeu de forma vaga sobre seu trabalho: em um instituto de pesquisa, mas não revelou o nome nem suas funções lá. Talvez não pudesse dizer, foi o que pareceu. Pouco antes do Festival da Primavera, chegou a terceira carta, datada da véspera do Natal. O envelope trazia estampada uma festiva árvore de Natal. Nela, Lisiewicz incluiu uma notícia que o surpreendera: um amigo tinha acabado de lhe contar, por telefone, que a Universidade de Princeton reunira alguns cientistas para se dedicar ao estudo da estrutura do cérebro humano. A equipe estava sob a coordenação do matemático Paul Samuelson. Ele escreveu: "Isso basta para justificar a importância e o fascínio desse tema, não era imaginação minha... Até onde sei, é o primeiro trabalho organizado sobre o assunto no mundo".

Supondo que Jinzhen já se recuperara (e, de fato, estava quase bem), Lisiewicz esperava que o mandassem estudar lá o quanto antes. Ele deixou claro que, independentemente de haver ou não uma pesquisa sobre o tópico, Jinzhen precisava estudar no exterior. Pediu a *Xiao* Lillie que não deixasse de lado o plano de enviar o menino aos Estados Unidos por causa de nenhuma vantagem ou dificuldade momentâneas. Talvez com a preocupação de que *Xiao* Lillie insistisse em manter Jinzhen a seu lado para desenvolver com ele pesquisas sobre a inteligência humana, até recorreu a um ditado chinês como argumento: não é por amolar o machado que se atrasa o corte da lenha.

"De qualquer forma", continuou ele na carta, "tanto no passado quanto agora, a razão pela qual insisto que Jinzhen estude nos Estados Unidos se deve ao fato de ser esse país a grande incubadora das pesquisas científicas da humanidade. Lá, ele ganhará asas."

E concluiu com o seguinte parágrafo:

Como já disse, Jinzhen foi enviado por Deus para conduzir a pesquisa nesse campo. No passado, eu me preocupava quanto à nossa capacidade de proporcionar a ele o ambiente e a força de que necessita. No entanto, agora acredito que encontramos para ele o ambiente propício e uma força que paira no ar: a Universidade de Princeton. Como diz um chiste de sua terra, "o vinho que um compra, quem bebe é outro". Então, quem sabe um dia as pessoas percebam que todo aquele esforço sobre-humano da equipe de Samuelson só tenha servido para montar o palco onde o jovem chinês pudesse um dia brilhar...

Xiao Lillie abriu a carta em um intervalo de aula. Enquanto lia, o alto-falante do lado de fora tocava, no último volume, uma canção revolucionária:

**"De cabeça erguida
e espírito valente,
atravessamos o rio Yalu."**

Na mesa, ainda estava o jornal que acabara de ler, com uma manchete tão grande que parecia um slogan: **"O imperialismo americano é um tigre de papel"**. A canção tonitruante e a manchete em letras garrafais o deixavam com a sensação de estar perdido no tempo e no espaço. Não fazia ideia do que deveria dizer àquele interlocutor distante. E também tinha certo receio, um pressentimento de que alguém mais iria ler a resposta. Naquela altura, ele já era reitor titular da Universidade N e também vice-prefeito da Cidade C. Foi uma recompensa do Governo Popular à família Rong em reconhecimento a sua longa dedicação à ciência e à pátria. Em suma, Rong Xiaolai, o *Xiao* Lillie, da oitava geração dos Rong, revivia a glória que seus antepassados conheceram em diversas ocasiões.

Foi o momento mais dignificante de sua vida. Ainda que não fosse o tipo de pessoa que buscasse aplausos ou se deslumbrasse com o prestígio, ele, por instinto, valorizava essa glória perdida havia tanto tempo. Seu ar marcadamente intelectual, no entanto, fazia as pessoas pensarem que ele não dava o devido valor a tudo que tinha.

Xiao Lillie acabou não respondendo a Lisiewicz. Levou a Jinzhen a carta e dois jornais cheios de reportagens sobre as sangrentas batalhas entre os soldados americanos e o Exército dos Voluntários do Povo Chinês. Encarregou-o de responder ao professor.

"Agradeça a ele e diga que a guerra e a situação política já bloquearam seu caminho de saída", instruiu Lillie. "Ele com certeza vai ficar triste. E eu também. Mas quem deve ficar ainda mais triste é você", prosseguiu. "Acho que, neste caso, Deus não está do seu lado", acrescentou.

Mais tarde, quando Jinzhen lhe mostrou o rascunho, o velho, aparentemente tendo esquecido as próprias palavras, riscou metade das frases lamentosas que havia dito e atribuiu o restante a Jinzhen. Por fim, deu mais instruções: "É melhor recortar as matérias do jornal e mandar junto".

Isso foi antes do Festival da Primavera de 1951.

Logo depois do Ano-Novo Chinês, Jinzhen voltou às aulas. Não foi em uma sala de Stanford ou Princeton, mas da Universidade N. Quando Jinzhen depositou na caixa de correio a carta cuidadosamente passada a limpo junto com alguns recortes de jornal que cheiravam a pólvora, jogou no abismo do tempo uma alternativa para sua carreira. Como dizia a mestra Rong, algumas cartas registram a história, outras a transformam. Aquela mudou completamente a vida de uma pessoa.

[Transcrição da entrevista com a mestra Rong]

Antes de Zhendi retomar os estudos, meu pai veio me perguntar se eu achava que ele deveria voltar para a sua turma original ou repetir o ano. Eu sabia que ele tinha notas excelentes, mas tinha ficado três semestres sem estudar. Além disso, tinha acabado de se recuperar de uma doença grave, e não daria conta dos estudos pesados. Eu estava receosa de que matriculá-lo no terceiro ano significaria uma pressão grande, por isso sugeri que ele repetisse o ano. Mas, enfim, a pedido dele mesmo, ele voltou para a mesma turma. Até hoje me lembro da frase que ele disse: "Fiquei doente porque Deus queria me ajudar a me manter longe dos livros didáticos para eu não ficar refém deles e perder o meu dom de pesquisador. Senão, eu não ia conseguir nada no futuro".

Interessante, você não acha? E meio maluco também, não é? Zhendi nunca se achou grande coisa, mas parecia mudado depois da doença. Na verdade, o que o transformou foram os livros, uma grande quantidade de livros extracurriculares. Enquanto ele estava em casa se recuperando, leu todos os livros da minha coleção e da do meu pai, ou pelo menos mexeu em todos. Ele lia muito rápido e de um jeito muito estranho: alguns livros ele folheava e deixava de lado. Por isso, diziam que lia com o nariz, o que lhe rendeu o apelido de "Senhor Cheira-Livros". Era um exagero, claro, mas ele lia mesmo muito rápido, raramente deixava para terminar um livro no dia seguinte. A velocidade da leitura está relacionada com a quantidade; quanto mais você lê, mais conhece, e mais rápido lerá o próximo livro. Como ele lia muita coisa que não tinha relação com o curso, quase perdeu o interesse pelo conteúdo da sala de aula. Por isso, era comum ele matar as aulas; às vezes, matava até as minhas aulas. No fim do primeiro semestre depois de voltar a estudar, a ausência dele nas aulas saltava aos olhos tanto quanto as notas: ele liderava com folga o ranking das turmas do mesmo ano. Outra coisa em que ele ficava muito à frente dos colegas era quanto à quantidade de livros emprestados na biblioteca da universidade: mais de duzentos títulos em um só semestre, com temas que iam de filosofia a literatura, passando por economia, arte e assuntos militares; ele lia de tudo. Por isso, durante as férias de verão, meu pai o levou até o sótão, abriu o depósito e apontou para as duas caixas de livros que Lisiewicz tinha deixado: "Não são livros didáticos. Eram de Lisiewicz. Quando não tiver nada para fazer, pode ler. Só acho que você talvez não consiga entender tudo".

Passado um semestre, já em março ou abril do ano seguinte, os alunos estavam começando a preparar a monografia de gradua-

ção. *Vários dos principais professores de Zhendi me procuraram para apontar um problema no tema da monografia dele. Me pediram para falar com ele e o convencer a mudar de temática, ou eles não teriam condições de orientar o trabalho. Perguntei qual era o problema, e disseram que era de ordem política.*

*Soube que o tópico que Zhendi escolheu se baseava em uma teoria proposta pelo matemático Georg Weinacht sobre a **natureza binária de certas constantes**. Em termos acadêmicos, o trabalho se propunha a buscar uma prova matemática para essa teoria. A questão era que Georg Weinacht tinha fama de anticomunista no círculo científico da época. Dizem que tinha um aviso pregado na porta da sala dele: "**Proibida a entrada de comunistas e simpatizantes**". Ele tinha lutado na Coreia e encorajado com veemência os soldados americanos a cruzar o rio Yalu. Apesar de a ciência não ter fronteiras nem se deixar influenciar por "ismos", essa postura anticomunista de Weinacht ofuscou a sua teoria acadêmica. Naquela época, a maioria dos países socialistas, que eram liderados pela União Soviética, não reconhecia essa teoria, nem sequer mencionava as obras dele. Quando, por acaso, havia alguma menção, era para criticar. E agora Zhendi, nadando contra a corrente, queria comprovar essas teorias. Era um assunto sensível demais e politicamente arriscado.*

Mas não sei se foi por teimosia intelectual ou fascinação pelas ideias apresentadas no projeto — sei é que, em um momento em que todo mundo batia em retirada, o meu pai, em vez de atender aos pedidos e convencer Zhendi a mudar de tema, se ofereceu para ser o orientador e o incentivou a concluir a pesquisa.

O tema escolhido era "A constante π como número definível e irracional". O assunto, que não tinha absolutamente nada a ver com os estudos da graduação, caberia melhor numa tese de mestrado. Sem sombra de dúvida, ele tinha encontrado esse tema nos livros do sótão... [CONTINUA]

Quando saiu o primeiro rascunho da tese, o entusiasmo de *Xiao* Lillie só aumentou. Ficou completamente fascinado pelo raciocínio aguçado de Jinzhen. Só uma ou outra prova matemática precisaria ser revista para eliminar complicações desnecessárias. Alguns métodos elementares que tornavam a prova redundante poderiam ser substituídos por outros mais sofisticados e diretos, mas isso já extrapolava em demasia os estudos de graduação. O rascunho tinha mais de vinte mil caracteres. A versão revisada ficou com pouco mais de dez mil. Mais tarde, o texto seria publicado na revista *Matemática Popular* e teria grande repercussão entre os cientistas chineses. No entanto, ninguém parecia acreditar que Jinzhen tinha feito aquilo por conta própria. Com o aprimoramento trazido pelas revisões, o artigo parecia cada vez menos a monografia de um estudante universitário do que um ensaio inovador de um acadêmico estabelecido.

Para encurtar a história, eram muito nítidos os pontos forte e fraco do artigo de Jinzhen. O forte era que, partindo de uma constante matemática, o autor aproveitou a teoria binária de Georg Weinacht para desenvolver uma solução puramente matemática para as dificuldades e problemas que os estudiosos decerto enfrentariam nas pesquisas sobre a inteligência artificial. Isso era uma proeza. Já o ponto fraco é que tudo fora construído sobre uma suposição, de que π é uma constante. Todas as magníficas provas e conjecturas se fundamentavam nessa hipótese, e isso podia causar a sensação de ser um castelo no ar. De certo modo, para assentar esse castelo no chão e reconhecer o valor acadêmico da tese, fazia-se necessário acreditar que π é, de fato, uma constante. A questão de π ser ou não uma verdadeira constante foi levantada por cientistas muito tempo atrás, mas, até hoje, ninguém conseguiu chegar a uma prova conclusiva. Pelo menos metade dos matemáticos está convencida de que se trata de uma constante. Contudo, na ausência de verificações e provas irrefutáveis, cada um pode ter a própria convicção, mas não pode obrigar o outro a aceitá-la. Do mesmo modo, apesar de Newton observar que a maçã sempre caía em direção ao solo, todos tinham o direito de questionar a existência da gravidade.

Obviamente, se você não considerasse π uma constante, o artigo de Jinzhen cairia por terra, porque tinha sido edificado sobre esse alicerce. Por outro lado, quem aceitasse que π é uma constante ficaria impressionado com a arquitetura que ele fora capaz de erigir a partir do nada; como se tivesse moldado uma flor a partir de uma barra de ferro. Em sua tese, Jinzhen ponderava que a inteligência humana deve ser considerada como π, um número irracional que nunca chega ao fim. Partindo desse conceito, ele se baseava na teoria binária de Georg Weinacht para explicar a questão-chave no desenvolvimento da inteligência artificial: a parte indefinível da consciência humana. O indefinível é o que está obscuro, o que não pode ser conhecido por completo e que, por isso mesmo, não pode ser replicado. Disso, deduzia que, sob as condições presentes, não seria muito otimista a perspectiva de reproduzir integralmente a inteligência humana. Na melhor das hipóteses, só se alcançaria uma aproximação.

Mesmo hoje, não são poucos os acadêmicos que compartilham de um ponto de vista semelhante. Pode-se dizer que não havia nada de novo em sua conclusão, o que mais saltava aos olhos era a explicação puramente matemática com base em uma hipótese ousada sobre a natureza de π e na aplicação engenhosa da teoria binária. O propósito de Jinzhen era comprovar sua tese, mas o material que ele empregou (o alicerce da edificação) ainda não havia sido comprovado.

Dito de outra forma, sua tese só ganhará relevância no dia em que alguém provar que π é uma constante. Enquanto esse dia não chegar, seu trabalho só servirá para demonstrar a inteligência e a ousadia de Jinzhen. Por causa de sua ligação com *Xiao*

Lillie, porém, muitos duvidavam de que o rapaz tivesse feito tudo sozinho, muito menos acreditavam em seu gênio. Então, na prática, o artigo não trouxe nenhum benefício ao estudante, nem transformou uma vírgula sequer de sua vida. Mas mudou o rumo dos últimos anos de vida de *Xiao* Lillie...

[Transcrição da entrevista com a mestra Rong]
A tese tinha sido toda escrita por Zhendi. O meu pai me contou que fez sugestões, indicou livros de referência e redigiu a introdução, mas não foi além disso, tudo o mais foi Zhendi que fez sozinho. Até hoje, eu me lembro daquela introdução, dizia assim: "A melhor maneira de lidar com um demônio é desafiá-lo e mostrar-lhe nossa força. Georg Weinacht é um demônio que há muito abusa do templo sagrado da ciência, na qual já causou graves danos. É chegada a hora de acertar as contas com ele. A presente dissertação é uma denúncia das falácias de Weinacht. Sua voz pode ser rouca, mas certamente servirá de estímulo para inspirar contribuições mais valiosas".

Naquele tempo, um fraseado desses funcionava como um amuleto para defender a tese de eventuais contratempos, e também equivalia a um salvo-conduto para a publicação.

Pouco depois que a tese saiu da gráfica, meu pai foi a Pequim. Ninguém sabia quais eram os segredos por trás dessa viagem, ele partiu de repente, sem dar explicações. Um mês depois, quando alguém chegou à Universidade N com um pacote inesperado de decisões das autoridades centrais, as pessoas deduziram que aquilo tinha tudo a ver com a viagem do meu pai à capital. As decisões eram três:

1. Meu pai estava autorizado a renunciar ao cargo de reitor;
2. O Estado destinaria uma verba específica para a criação de um grupo de pesquisas em ciências da computação; e

3. *Meu pai seria o encarregado da formação desse grupo.*

Muita gente quis entrar nessa equipe, mas, com a triagem feita pelo meu pai, só Zhendi teve essa sorte. Ele foi o primeiro candidato recrutado e, como se soube depois, o único destinado à pesquisa — o outro ia cuidar de assuntos administrativos. Isso criou uma impressão muito ruim, parecia que a nossa família tinha se apropriado de um projeto nacional de pesquisa científica, os boatos corriam.

Meu pai era considerado um funcionário público exemplar. Na contratação de pessoal, evitava a todo custo qualquer favoritismo que fosse, a ponto de passar do limite do razoável. A nossa família havia fundado a Universidade N, se reuníssemos todos os Rong, velhos e novos, que trabalharam no campus, daria para compor duas mesas de jantar. Quando o meu avô (Lao Lillie) era vivo, essas pessoas sempre recebiam alguma atenção; quem era do setor administrativo tinha um cargo, quem era do acadêmico tinha oportunidade de aprimorar os conhecimentos no exterior. Ao assumir, meu pai exercia o cargo, mas não o poder. Por isso, mesmo que quisesse, não poderia ajudar os parentes. Mais tarde, quando enfim passou a acumular o cargo e o poder, meu pai parecia ter perdido o interesse em ajudar. Enquanto foi reitor, não deu um emprego sequer a nenhum membro da família Rong. Mesmo no meu caso, o departamento me recomendou várias vezes para o cargo de vice-diretora, mas ele invariavelmente riscava o meu nome, como quem risca um erro na prova. Ainda mais irritante foi o que aconteceu com o meu irmão: voltou do exterior com doutorado em física, era o candidato natural a um cargo na Universidade N. Mas o meu pai o orientou a procurar um lugar melhor. Veja bem, na Cidade C, que outra universidade podia ser melhor que a N? Ele acabou encontrando um emprego em uma faculdade de pedagogia, em condições muito inferiores. No ano seguinte, achou uma universidade melhor em Xangai e se mudou para lá. A minha mãe ficou furiosa com o meu pai, disse que ele tinha destruído a nossa família.

Mas, quando se tratou de recrutar Zhendi para o grupo de pesquisa, ele deixou de lado toda aquela prudência exagerada e os princípios antifavorecimentos. Não deu a mínima para as fofocas e fez o que lhe deu na telha, parecia enfeitiçado. Ninguém entendeu o que o tinha feito mudar de ideia — eu sabia porque, uma vez, ele me mostrou a carta de despedida de Lisiewicz e me disse o seguinte: "Foi Lisiewicz que me instigou, mas eu só fiquei tentado mesmo depois de ler a monografia de Jinzhen. Antes, eu achava impossível, agora decidi experimentar. Quando eu era jovem, tinha muita vontade de dar uma contribuição concreta para a ciência. Agora pode ser tarde demais para começar, mas Jinzhen me dá essa coragem. Ah, Lisiewicz tinha toda a razão, sem Jinzhen eu não poderia nem mesmo pensar no assunto... Hoje, com a ajuda dele, quem sabe? Sempre subestimei esse menino, agora chegou a hora de dar a ele o devido valor"... [CONTINUA]

E assim aconteceu. Nas palavras da mestra Rong, foi só por causa de Jinzhen que o pai dela decidiu trabalhar no projeto; como poderia admitir a participação de estranhos? Ela disse ainda que Jinzhen não mudou só a vida de seu pai na velhice, mas também os princípios que sempre regeram seu comportamento e até suas convicções a respeito da vida. Depois de velho, voltou a acalentar os sonhos da juventude, disposto a dar sua contribuição à ciência, mesmo que isso implicasse renegar tudo o que havia feito no passado, ao longo de quase uma vida inteira dedicada ao serviço público. Começar como pesquisador e terminar como funcionário é um dos defeitos dos intelectuais chineses. Agora o velho queria eliminar esse defeito de sua vida. Se isso lhe traria alegria ou tristeza, só o tempo poderia dizer.

Nos anos que se seguiram, os dois mergulharam no trabalho de pesquisa. O pouco contato que tinham com o mundo exterior se resumia a comparecer a congressos e a publicar artigos acadêmicos. Os seis artigos escritos em coautoria, publicados em revistas especializadas, deixavam entrever que o trabalho avançava passo a passo, e que eles certamente já haviam superado os pesquisadores nacionais e estavam no encalço da vanguarda internacional. Dois artigos foram citados com destaque em três publicações estrangeiras — sinal da indubitável magnitude do resultado que alcançaram. O então editor-chefe da revista *Time*, Roy Alexander, advertiu o governo americano: a próxima geração de computadores eletrônicos nascerá pelas mãos de um jovem chinês! O nome de Jinzhen, por algum tempo, foi notícia nos grandes veículos de imprensa.

Podia ser só sensacionalismo da mídia, afinal, lendo aqueles artigos tão aclamados, não era difícil perceber que os autores encontraram dificuldades consideráveis no caminho para a nova geração de computadores. Era perfeitamente compreensível, uma vez que criar um computador não é como gerar um cérebro humano, para isso basta um homem dormir com uma mulher e pronto, no momento certo, brotará uma cabeça humana. Em certos casos, um cérebro humano não se torna muito mais inteligente que uma planta, a isso se dá o nome de deficiência mental. De certo modo, desenvolver uma inteligência artificial é como querer transformar um deficiente mental em gênio, pode ser a tarefa mais difícil do mundo. E, em função da dificuldade, a frustração e os reveses são inevitáveis, mas, até aí, nada de estranho. Estranho seria abandonar os esforços por causa disso. Assim, quando *Xiao* Lillie decidiu deixar alguém levar Jinzhen consigo, ninguém acreditou em sua explicação.

A justificativa dele foi: "Nossa pesquisa deparou com enormes dificuldades, e, neste ponto, é difícil dizer com certeza qual será o nosso grau de sucesso se continuarmos. Não quero ver um jovem talentoso desperdiçar seu tempo com um velho nesse caminho, pondo em risco o próprio futuro. É melhor ele se dedicar a algo mais viável".

Isso foi no verão de 1956.

E, naquele verão, o homem que levara Jinzhen consigo era o assunto mais falado no campus. Diziam que era misterioso. A desculpa esfarrapada dada por *Xiao* Lillie era só uma parte desse mistério.

O homem era manco.

E isso também fazia parte do mistério.

PARTE III
Viravolta

1.

O sobrenome do homem era Zheng. Por ser manco, o nome parecia ter se tornado um artigo de luxo, como uma medalha ou joia de uso reservado para ocasiões especiais. No dia a dia, ficava guardado na gaveta e era simplesmente substituído por Zheng Coxo.

Zheng Coxo!

Zheng Coxo!

O fato de a alcunha ser usada tão abertamente significava que Zheng Coxo não ligava muito para sua deficiência. Havia duas razões para isso. A primeira é que ficara coxo de forma gloriosa, e a claudicância era uma lembrança do seu passado de armas no front. A segunda, pelo fato de a deficiência não ser tão visível. A perna esquerda era pouca coisa mais curta que a direita. Na juventude, resolvia o problema usando um sapato de sola mais grossa. Só adotou a bengala depois dos cinquenta anos. Quando o conheci, ele se apoiava em uma bengala de mogno finamente trabalhada. Passava aquela imagem de autoridade que vem com o envelhecimento. Isso foi no início dos anos 1990.

Mas, naquele verão de 1956, Zheng Coxo tinha apenas trinta anos, eram os bons tempos de sua vida. O segredo da sola vinha cumprindo sua função, fazendo-o andar quase como qualquer um. Foi por mero acaso que as pessoas na Universidade N descobriram seu truque logo no início.

O que aconteceu foi o seguinte: no dia em que Zheng Coxo chegou à universidade, todos os alunos estavam reunidos no auditório para uma palestra sobre os feitos heroicos do Exército de Voluntários do Povo Chinês. O campus estava em silêncio. Era um dia agradável, de sol ameno. A brisa que produzia um sussurrar dos plátanos potencializava a sensação de sossego. Encantado com aquela tranquilidade, Zheng, por impulso, pediu que parassem o jipe que o trazia e instruiu o motorista a voltar para buscá-lo na hospedaria da universidade três dias depois. Desceu do carro e começou a caminhar sozinho pelo campus. Cerca de quinze anos antes, ele tinha estudado ali durante os três anos do colegial e mais um da faculdade. Nessa visita, tanto tempo depois, percebeu o que havia mudado em sua alma mater — e o que permanecia igual. Memórias adormecidas começaram a despertar da escuridão, acompanhando-o a cada passo da caminhada. Sua passagem pelo edifício do auditório coincidiu com o fim da palestra. Uma multidão de alunos se aglomerava porta afora como água derramando-se na rua. Em um instante, viu-se cercado, ilhado no meio dos estudantes. Desacelerou os passos, não queria ser empurrado — afinal, por causa da sola modificada, o menor tropeço o levaria ao chão. Os alunos vinham em ondas, como cardumes no rio, alcançavam-no e deixavam-no para trás. Mais ondas vieram roçando-lhe os ombros. Caminhava em alerta máximo, tentando evitar que esbarrassem nele, mas a agilidade dos jovens jamais o ameaçou de fato. Mesmo quando parecia que seria derrubado, evitavam a colisão em um piscar de olhos. Ninguém olhou para trás ou prestou atenção naquele estranho. Seu sapato feito sob medida escondia quase perfeitamente seu defeito físico. Quem sabe imbuído da confiança proporcionada pela sola especial, ele, de súbito, começou a sentir certa afinidade por aquele grupo de alunos. Era uma correnteza de homens e mulheres que, em passos rápidos e conversas animadas, o impelia e o levava de volta a algum momento do seu passado de estudante.

Quando chegou ao campo de futebol, a multidão se desfazia como ondas quebrando na praia. Ele estava fora de perigo. Nesse momento, sentiu algo cair em sua nuca. Antes de entender o que era, alguém gritou "chuva", "chuva". Olhavam para o céu, mas ninguém se mexia. De repente, um raio violento fez o céu desabar. Parecia que haviam aberto uma mangueira de alta pressão. Imediatamente, a multidão se dispersou como uma manada em pânico, uns corriam para a frente, outros, para trás, uns na direção do prédio mais próximo, outros tentavam se abrigar sob o telhadinho do bicicletário. Ele ficou ali, parado, no meio daquela correria, sem saber se corria ou não. Se corresse, descobririam o segredo oculto na sola especial. Se não corresse, ficaria encharcado. Talvez nem mesmo tenha pensado em correr. Quem já enfrentou chuva de balas na guerra vai fugir de gotas d'água? Não era um problema para ele, mas suas pernas pareciam não compartilhar da mesma opinião e se puseram a saltar para a frente. Era seu jeito de correr, dando pulos, como se tivesse cacos de vidro na sola dos pés.

No começo, quando só estavam preocupados em fugir da chuva, ninguém prestou atenção nele. Depois que todos já tinham encontrado abrigo, ele continuava no meio do campo. Desistira de correr. Obrigado a arrastar a perna e a mala, como não ficaria para trás? E ficou muito para trás! Enfim, restara apenas seu vulto solitário no enorme campo de futebol. Ao se dar conta disso, quis sumir, mas só conseguia pular e coxear ainda mais, como um herói cômico. Assistiam calados a seu espetáculo na chuva, até que alguém começou a torcer por ele.

Força!

Força!

A gritaria da turba atraiu todos os olhares para ele. Era uma tonelada de olhares pregando-o no chão. Então, simplesmente, parou e agitou o braço no ar, acenando em resposta às pessoas. Pôs-se a dar um passo após o outro, com um sorriso no rosto, como um ator que sai de cena. Nesse momento, viram que ele caminhava a passos normais, como se os pulos tivessem sido uma pantomima. A tentativa de dissimular sua condição, porém, acabou tornando-a mais flagrante. A tempestade súbita serviu para expor sua perna estropiada. Era uma situação constrangedora, mas, pelo menos, o tornava conhecido. Um manco! Um manco engraçado. Na verdade, uma década e meia antes, ele encerrara seus quatro anos de universidade de maneira quase despercebida. Mas, naquela tarde, em questão de minutos, transformou-se no homem mais conhecido do campus. Poucos dias depois, quando levou Jinzhen em sua misteriosa missão, todos diziam: "Foi aquele aleijado que dançou na chuva que levou ele embora".

2.

Ele, de fato, tinha vindo com o propósito de levar alguém. A cada verão, a Universidade N recebia levas e levas de gente que, como ele, vinha buscar pessoas, mas algo fazia dele único entre esses seus pares. Seus motivos pareciam mais importantes, mais sigilosos. Chegou e foi direto ao gabinete do reitor. Entrou, não encontrou ninguém. Saiu e foi espiar a sala ao lado, que era o gabinete do assessor, onde encontrou os dois homens conversando. Interrompeu-os e anunciou que queria falar com o reitor. O assessor perguntou quem ele era. Respondeu, meio de brincadeira: "Sou um olheiro em busca de novos talentos".

"Então o senhor tem de ir à Seção de Alunos, que fica no primeiro andar", orientou o assessor.

"Mas primeiro eu preciso falar com o reitor."

"Por quê?"

"É algo que só posso mostrar ao reitor."

"O que é? Pode deixar comigo."

"Você é o reitor? Só posso mostrar isso ao reitor", o tom era resoluto.

O assessor olhou para o reitor, que disse: "O que é? Pode me mostrar!".

Depois de se certificar de que o reitor era de fato o reitor, abriu a maleta e apanhou uma pasta. Era uma pasta comum, de papel-cartão, cujo modelo quase todos os professores usavam. Tirou dela um documento, estendeu-o ao reitor e pediu que lesse ali mesmo.

O reitor pegou, deu dois passos para trás e começou a ler. De onde estava, o assessor só conseguia ver o verso da folha e não lhe parecia um papel particularmente grande nem grosso. Não trazia nenhum adorno especial e em nada se distinguia de uma carta de apresentação. Contudo, a julgar pela reação do reitor, a diferença devia ser excepcional. Notou que o reitor correu os olhos pelo documento — talvez tenha visto o carimbo no canto inferior direito — e assumiu, de imediato, uma expressão respeitosa e prudente.

"O diretor Zheng é o senhor?"

"Eu mesmo."

"Mil desculpas!"

Caloroso, o reitor o acompanhou até a própria sala.

Ninguém sabia que organização havia emitido aquela carta, cujo poder era tamanho a ponto de tornar o reitor tão obsequioso. O assessor acreditava que, de uma forma ou de outra, acabaria descobrindo o segredo, porque, segundo as regras da universidade, cabia a ele arquivar todas as cartas de apresentação de outras unidades de trabalho. Algum tempo depois, ao perceber que a carta não lhe fora entregue como de praxe, foi perguntar sobre ela ao reitor. Mas a resposta o pegou de surpresa: fora queimada. O reitor explicou que a primeira frase no papel era: "Queime imediatamente após a leitura". Ao que o assessor reagiu: "Tão confidencial assim?!". O reitor respondeu, muito sério: "Esqueça o que aconteceu e não comente com ninguém".

Na verdade, quando chegaram ao gabinete, Zheng já estava com uma caixa de fósforos na mão e, ao se certificar de que o reitor lera a carta até o fim, acendeu um fósforo e disse: "Posso queimar?".

"Pode."

E queimou.

Os dois não disseram mais nenhuma palavra e se limitaram a olhar, em silêncio, o papel se reduzir a cinzas.

A seguir, o reitor perguntou: "De quantos o senhor precisa?".

Ele indicou com o dedo: "Só um".

"Em que área?"

Abriu a pasta novamente e tirou mais um papel: "Listei aqui algumas ideias e requisitos sobre a pessoa que estamos procurando. Pode não estar completo, mas serve como referência".

Era uma folha igual à outra, tamanho ofício, com a diferença de não ter carimbo e estar escrita à mão. O reitor passou os olhos rapidamente e perguntou: "Preciso queimar depois de ler?".

"Não", ele riu, "acha que tem algum segredo aí?"

"Ainda não li tudo, não dá pra saber."

"Não tem", continuou o outro, "pode mostrar para quem quiser, até para os alunos. Quem achar que atende aos requisitos pode vir falar comigo. Estou no quarto 302 da hospedaria da universidade. À disposição a qualquer momento."

Naquela noite, dois excelentes alunos do Departamento de Matemática foram enviados pela universidade ao quarto 302. A partir daí, as visitas se tornaram constantes. Até a tarde do terceiro dia, 22 estudantes tinham se reunido com o misterioso manco do quarto 302: alguns tinham recomendação de professores, outros apareciam por conta própria. A maioria estudava no Departamento de Matemática, incluindo sete dos nove pós-graduados, de dois anos diferentes. Os que estudavam em outros departamentos haviam escolhido matemática como matéria optativa. Enfim, a habilidade nessa área do conhecimento era a principal exigência do manco e praticamente a única para a seleção. Mas quem ia à entrevista saía achando que aquilo tudo parecia uma farsa e questionava a seriedade daquele movimento todo. Quando falavam do próprio manco, rangiam os dentes e o chamavam de louco; manco e louco! Metade dizia que, assim que entraram no quarto, Coxo não lhes dirigiu nem uma palavra. Depois de ficarem ali em pé ou sentados por algum tempo, apalermados, ele abanava a mão e os mandava embora. Depois de ouvirem as reclamações dos estudantes, alguns professores do Departamento de Matemática foram à hospedaria cobrar uma satisfação. Como pode mandar o aluno embora sem falar nada? "Esse é o meu jeito de fazer as coisas", foi a única resposta que receberam.

Coxo explicou: "A cão e gato não se dá o mesmo trato. É pela ossatura que o treinador escolhe o atleta. Quem eu estou procurando precisa, antes de tudo, ter uma boa estrutura psicológica. Algumas pessoas, ao perceberem que eu não estou dando atenção a elas, ficam amedrontadas, incomodadas, não sabem se sentam ou se ficam em pé. Não quero gente com esse perfil".

O discurso todo soava muito bem, mas, se era verdade ou não, só ele sabia.

Na tarde do terceiro dia, Coxo chamou o reitor ao alojamento para conversar sobre a seleção. No geral, não andava muito feliz com o resultado, mas não sairia de mãos abanando. Assinalou cinco nomes na lista dos vinte e dois entrevistados e pediu para ler seus dossiês; a pessoa que procurava poderia, quem sabe, estar entre essas cinco. Quando o reitor percebeu que o trabalho estava em fase final e seu interlocutor partiria no dia seguinte, ficou para jantar com ele no restaurante da hospedaria. Durante a refeição, Coxo pareceu se lembrar de algo de repente e perguntou pelo reitor aposentado, *Xiao* Lillie. O reitor lhe contou como estava e propôs: "Se o senhor quiser vê-lo, posso pedir que venha até aqui". "Seria muita falta de respeito", sorriu. "Sou eu que preciso visitá-lo."

Assim, Coxo foi ver Lillie naquela mesma noite...

[Transcrição da entrevista com a mestra Rong]

Fui eu que desci para abrir a porta para ele. Não o conhecia e não sabia que aquele era o homem misterioso que tinha virado o assunto da faculdade nos últimos dias. Meu pai também não sabia, mas eu já tinha contado sobre o tal recrutador de alunos. Por isso, vendo que se tratava do mesmo homem misterioso, meu pai me chamou e nos apresentou. Eu, curiosa, perguntei o que o selecionado ia fazer. Ele não me deu uma resposta direta, só disse que era um trabalho muito importante. Perguntei qual o grau de importância, se era alguma coisa relacionada à existência humana, ao progresso da humanidade, e ele respondeu que se tratava de uma questão de segurança nacional. Perguntei como andava o processo de seleção, e ele, parecendo meio contrariado, disse: "É como escolher o mais alto de um grupo de anões, fazer o quê...".

Eles com certeza já tinham conversado sobre isso porque meu pai sabia exatamente de que tipo de pessoa ele precisava. Vendo-o tão desapontado, acabou dizendo, em tom de brincadeira: "Pelo que você descreveu, eu acho que conheço alguém que preenche os seus requisitos".

"Quem?", ele parecia estar levando a sério.

Meu pai continuou a brincar: "Parece tão longe, mas está tão perto".

Pensando que meu pai estava falando de mim, Zheng começou a perguntar a meu respeito. Mas o meu pai apontou para Zhendi no porta-retratos pendurado na parede: "É ele". "Quem é?", quis saber. Aí meu pai apontou para a foto da minha tia (Lillie Rong): "Repare bem, não acha que se parecem?". O Coxo chegou perto para olhar melhor e concordou que eram mesmo parecidos. "Pois então, ele é descendente dela. Neto."

Até onde eu lembro, o meu pai quase nunca apresentou Zhendi desse jeito, talvez aquela tenha sido a primeira vez. Não sei por que ele falou assim. Vai ver se sentiu mais à vontade porque estava conversando com alguém de fora, que não sabia da história toda. Mas, por outro lado, o homem tinha se formado na Universidade N, com certeza sabia quem era a minha tia. Arrebatado pelo que o meu pai contou, ele começou a perguntar sobre Zhendi. O meu pai, muito satisfeito, foi dizendo tudo sobre o meu irmão, e era só elogios. Mas, no final, ressaltou que não adiantava cogitar o nome dele. Aí o homem quis saber por que não. "Porque o meu grupo de pesquisa precisa dele", foi o que o meu pai explicou. O outro sorriu e não tocou mais no assunto naquela noite; a impressão que deu é que tinha se esquecido do meu irmão.

No dia seguinte, quando Zhendi chegou para tomar o café da manhã, contou que tinham ido procurá-lo tarde da noite. Naquela época, o escritório do projeto de pesquisa era razoavelmente bem equipado, e como Zhendi, muitas vezes, virava a noite trabalhando, ele praticamente morava lá e só aparecia em casa para comer. Assim que ouviu a notícia, meu pai já sabia de quem se tratava. Deu uma risada e comentou: "Então quer dizer que ele não desistiu".

"Quem é ele?", perguntou Zhendi.

"Deixa pra lá", disse o meu pai.

"Parece que ele quer que eu vá trabalhar com ele."

"Você quer ir?"

"O senhor é quem decide."

"Então deixa pra lá."

Ao dizer isso, ouviu alguém bater na porta: era Zheng. O meu *pai, muito cortês, o convidou para sentar à mesa. Como ele respondeu que já tinha comido na hospedaria, meu pai pediu a ele que aguardasse um instante no andar de cima enquanto acabava de comer. E, quando acabamos, meu pai mandou Zhendi embora e disse de novo: "Deixa pra lá".*

Depois que Zhendi saiu, fui com o meu pai para o andar de cima, e encontramos Zheng sentado na sala de estar, fumando. O meu pai parecia muito cortês, mas as entrelinhas diziam o contrário. Perguntou se tinha vindo se despedir ou pedir para levar alguém. "Se veio pedir, não posso recebê-lo, porque deixei claro ontem à noite que não adianta pensar nele, está fora de questão."

"Pode me receber, vim me despedir."

Então meu pai o levou ao escritório.

Como eu tinha que trabalhar naquela manhã, troquei uns cumprimentos com ele e fui pegar os materiais de aula no meu quarto. Não demorei ali, ainda queria me despedir, mas, como vi a porta do escritório fechada — coisa que nunca acontecia —, não quis incomodar e saí. Quando voltei, minha mãe veio me dizer, muito magoada, que Zhendi ia nos deixar. "Para onde ele vai?", perguntei. Minha mãe começou a soluçar:

Vai embora com aquele homem, seu pai concordou... [CONTINUA]

Ninguém sabe qual foi, afinal, a conversa que Coxo teve com *Xiao* Lillie por trás das portas — fechadas — daquele escritório. A mestra Rong conta que o pai morreu sem deixar ninguém tocar no assunto. Quando perguntavam, ele se irritava. Existem coisas que é melhor deixar apodrecer na barriga, porque pôr para fora só causaria problemas, dizia ele. Mas uma coisa certa, inquestionável, é: com aquela conversação secreta, Coxo foi capaz de mudar o imutável. Bastou pouco mais de meia hora para

Xiao Lillie sair do escritório mandando a esposa arrumar as malas de Jinzhen.

Nem é preciso dizer que, depois desse episódio, o mistério em torno do manco não tinha mais para onde crescer e foi, aos poucos, se transferindo para Jinzhen.

3.

O mistério em torno de Jinzhen, de fato, começou a despontar, coruscante, logo depois do colóquio privado entre Coxo e *Xiao* Lillie. No mesmo dia, Coxo veio buscá-lo de jipe à tarde e o trouxe de volta à noite, também de carro. Quando entrou em casa, já escondia algum segredo no olhar. Passou um bom tempo sem abrir a boca diante dos olhares curiosos da família. Até o comportamento tinha uma aura de mistério, parecia que um simples encontro com Coxo já produzira uma barreira entre ele e os seus. Depois de muito tempo e por insistência de *Xiao* Lillie, a quem chamava de reitor, suspirou pesado e começou a falar, hesitante: "Reitor, acho que o senhor me mandou para um lugar aonde eu não devia ir".

Falava manso, mas as palavras ribombavam. *Xiao* Lillie, sua esposa e a mestra Rong ficaram sem saber o que dizer.

"O que aconteceu?", perguntou *Xiao* Lillie.

"Não sei como explicar", respondeu. "Tudo o que eu gostaria de contar para vocês agora são coisas que não posso dizer."

A frase trouxe mais preocupação aos olhares já preocupados.

"Se acha que não deve ir, não vá. Você não é obrigado", consolou a sra. Lillie.

"Na verdade, sou, sim, obrigado a ir."

"Como assim? Ele é ele", apontou *Xiao* Lillie, "você é você, se ele aceitou, não significa que você precisa aceitar. Faça o que estou te falando, quem decide é você, se quiser ir, vá, se não quiser, não vá. Vou conversar com eles."

"Não vai ser possível."

"Como não?"

"Depois de ser selecionado, ninguém tem o direito de recusar."

"Mas que repartição é essa que tem tanta autoridade?", quis saber a sra. Lillie.

"Não posso dizer."

"Nem mesmo para mim?", insistiu ela.

"Não posso contar a ninguém. Já prestei juramento…"

Nisso, *Xiao* Lillie juntou as palmas produzindo um estalido, levantou-se e disse solene: "Muito bem, então não diga mais nada. Mas, afinal, vai partir quando? Já foi decidido? Precisamos arrumar suas malas".

"Preciso sair antes de amanhecer."

Ninguém dormiu naquela noite, cada um encarregado de alguma tarefa para a viagem. Às quatro da madrugada, a maior parte estava pronta, sobretudo livros e agasalhos, amarrados em duas caixas de papelão. Agora faltava juntar as miudezas para o uso no dia a dia. Apesar de Jinzhen e *Xiao* Lillie dizerem que não era necessário levar aquilo, que daria para comprar quando fosse preciso, as duas mulheres não conseguiam se controlar, corriam para cima e para baixo preocupadas em não se esquecerem de nada: uma hora era o rádio, o cigarro, depois o chá, os remédios. Com minúcia e paciência, rapidamente encheram uma mala. Perto das cinco horas, todos desceram para o térreo. Abalada, a sra. Lillie não conseguiu fazer a comida para Jinzhen sozinha e teve de pedir ajuda à filha. Mas ficou sentada na cozinha, instruindo o passo a passo. Não que a mestra Rong não soubesse cozinhar, mas aquela era uma refeição muito especial, de despedida. E, para a sra. Lillie, uma refeição de despedida devia preencher quatro requisitos especiais, a saber:

1. O prato principal tinha de ser uma tigela de macarrão, para assegurar uma vida longa e tranquila.

2. O macarrão precisava ser de trigo-sarraceno, mais maleável, para garantir flexibilidade no trato com as pessoas no mundo lá fora.

3. O tempero tinha de incluir vinagre, pimenta e amêndoa; como a amêndoa é amarga, são deixados em casa o azedo, o amargo e o picante, e a pessoa leva consigo só a doçura.

4. Em termos de quantidade, era melhor faltar do que sobrar, para garantir que Jinzhen não deixaria nem uma gota; assim, não lhe faltaria nada na vida.

Longe de ser apenas uma tigela de macarrão, era um coração de mãe, cheio das melhores esperanças.

Quando o macarrão chegou fumegante à mesa, com todos os seus significados subjacentes, a sra. Lillie gritou para Jinzhen vir logo. Tateou o bolso e tirou um pingente de jade em forma de tigre, enfiou-o na mão de Jinzhen e pediu que o amarrasse no cinto depois de comer. Era para lhe dar sorte. Nesse instante, ouviram um carro se aproximar e estacionar do lado de fora. Coxo logo entrou acompanhado do motorista, cumprimentando a todos e ordenando ao chofer pôr as bagagens no carro.

Jinzhen continuou comendo seu macarrão em silêncio. Não tinha pronunciado uma única palavra desde que começara a refeição, era um daqueles silêncios com tanto a dizer que não se sabe por onde começar. Depois de esvaziar a tigela, continuou sentado e quieto, sem fazer a menor menção de se levantar.

Coxo se aproximou e lhe deu um tapinha nos ombros, como se já se tratasse de um dos seus subordinados, e orientou: "É hora de se despedir. Espero você no carro". Virou-se, disse adeus ao casal e à mestra Rong e saiu.

Estavam em completo silêncio, até os olhares ficaram mudos, tensionados, estáticos. Jinzhen ainda segurava o jade e o acariciava com força. Era o único movimento na sala.

A sra. Lillie disse: "Amarre no cinto. Vai te dar sorte".

Jinzhen levou o jade aos lábios, o beijou e estava pronto para amarrá-lo no cinto.

Mas *Xiao* Lillie tomou a pedra de sua mão e interveio: "Só gente banal é que depende dos outros para ter sorte. Você é um gênio, para ter sorte, tudo o que você precisa é acreditar em si mesmo". Com essas palavras, pegou a caneta Waterman que o acompanhava por quase meio século e a pôs na mão do rapaz: "Isso vai ser bem mais útil para você. Anote as ideias no momento em que surgirem, não as deixe escapar. Você vai perceber, cada vez mais, que é uma pessoa imbatível".

Do mesmo modo como tinha feito havia pouco, Jinzhen beijou a caneta sem dizer nada e a colocou no bolso da camisa. A buzina do carro soou lá fora, foi um toque rápido, muito curto. Sem parecer notar, Jinzhen continuou sentado, imóvel.

Xiao Lillie disse: "Estão te chamando. Vá".

Jinzhen continuou sentado, imóvel.

Xiao Lillie prosseguiu: "Você está indo trabalhar para o país, é uma dádiva!".

Jinzhen continuou sentado, imóvel.

"Aqui dentro é seu lar, lá fora é seu país. Sem um país, você não tem lar nenhum. É melhor ir de uma vez, não os faça esperarem mais."

Jinzhen continuou sentado, imóvel, como se o desânimo da partida o tivesse colado firmemente na cadeira. Não conseguia se mexer!

O carro buzinou de novo, desta vez um pouco mais demoradamente. Vendo que Jinzhen não pretendia se mover, *Xiao* Lillie fez um sinal para a esposa, queria que ela dissesse alguma coisa. A sra. Lillie deu um passo à frente e pousou de leve as duas mãos nos ombros do rapaz: "Vá, meu filho, você tem que ir. Ficarei esperando por suas cartas".

O toque daquelas mãos pareceu despertá-lo. Levantou-se aturdido, deu um passo ainda fora de si e se encaminhou em direção à porta, calado, pisando leve como um sonâmbulo. Desnorteados, todos o seguiram, também como sonâmbulos. Na porta, Jinzhen se virou de repente, caiu sobre os joelhos e, resoluto, tocou o chão com a testa em reverência ao casal. Com lágrimas na voz, gritou: "Mãe... estou indo embora. Posso chegar até o fim do mundo, mas nunca vou deixar de ser seu fi...".

Pouco depois das cinco da manhã de 11 de junho de 1956, Jinzhen — o gênio da matemática que havia passado os últimos dez anos na Universidade N sossegado como uma árvore e estrondoso como uma lenda — partiu em uma viagem misteriosa para nunca mais voltar. Antes de sair, pediu a permissão do velho casal para mudar seu nome para Rong Jinzhen. Despediu-se de sua família com o novo nome, como se assumisse uma nova identidade. A despedida, já melancólica, se tornou mais dramática: ambos os lados pressentiam que não se tratava de uma separação comum. É possível afirmar, sem exagero, que desde então ninguém mais soube o paradeiro de Jinzhen. Ele sumiu com o jipe no escuro da madrugada, como se um pássaro gigante o tivesse levado para outro mundo. Como se aquele novo nome (ou identidade) fosse um tapume preto que o separava por completo do seu passado e do mundo conhecido. Desde então, as pessoas só sabiam que ele estava em algum lugar, e seu endereço de correspondência era: **Caixa Postal nº 36, Nesta**.

Parecia tão perto, praticamente ali do lado.

Mas que lugar era esse, afinal, ninguém era capaz de dizer.

[Transcrição da entrevista com a mestra Rong]

Eu cheguei a perguntar sobre a Caixa Postal nº 36 para uns alunos que trabalhavam nos Correios. A que instituição pertencia? Onde ficava? E ninguém sabia de nada, parecia um endereço de outro planeta. De início, pensamos que fosse na nossa cidade, mas, pelo tempo que a primeira carta de Zhendi demorou no caminho, percebemos que a tal caixa postal era só para despistar. Ele devia estar longe, provavelmente muito além do que supúnhamos.

*Essa primeira carta, escrita três dias depois da partida, nos chegou doze dias mais tarde. Não tinha endereço do remetente, no espaço para isso constava um verso de Mao, "**Um nascimento grandioso, uma morte gloriosa**", impresso em tinta vermelha com a caligrafia do presidente. O mais curioso era que a carta não tinha o carimbo da agência de onde foi enviada, só o da agência de recebimento. Todas as cartas que recebemos dele depois seguiam esse padrão: o mesmo tipo de envelope, a mesma falta do carimbo da agência de origem, mais ou menos o mesmo tempo no caminho, uns oito ou nove dias. Durante a Revolução Cultural, o verso do presidente Mao foi substituído pelo título da canção mais entoada à época: "**Para navegar no mar, dependemos do timoneiro**". Fora isso, o resto continuava igual. Mas que conversa era aquela de "segredo de Estado"? Pelas cartas enigmáticas de Zhendi, eu consegui me inteirar um pouco desse assunto.*

No inverno do ano em que Zhendi foi embora, em uma noite de dezembro, ventou muito e a temperatura despencou. Na hora do jantar, meu pai sentiu uma dor de cabeça repentina, todos achamos que era por causa do frio. Ele tomou umas aspirinas e foi se deitar bem cedo. Umas poucas horas depois, ao ir se deitar, minha mãe notou que o corpo do meu pai ainda estava quente, mas que ele tinha parado de respirar. Foi assim que o meu pai faleceu, como se o remédio que tinha tomado antes de dormir fosse um veneno, como se ele tivesse tirado a própria vida por saber que, sem Zhendi, seu projeto de pesquisa seria abortado.

Claro, não foi isso que aconteceu; foi um derrame que tirou a vida dele.

Ficamos em dúvida se devíamos ou não chamar Zhendi de volta; por um lado, ele tinha saído havia pouco tempo; por outro, o lugar onde trabalhava era tão importante, tão misterioso e tão distante...! Naquela altura, eu já tinha certeza de que ele não trabalhava na nossa cidade... Enfim, minha mãe decidiu avisá-lo: "Já que ele tem o sobrenome Rong e me chama de mãe, ele é nosso filho, e é claro que se o pai faleceu, ele precisa voltar". Foi assim que mandamos um telegrama convocando-o para o velório.

Mas quem veio foi um completo desconhecido. Ele depositou uma coroa de flores em nome de **Rong Jinzhen**. Era uma coroa enorme, a maior de todas no funeral. Só que, em vez de consolo, aquilo nos trouxe tristeza. Conhecendo Zhendi como conhecíamos, tínhamos certeza de que, se pudesse, ele teria vindo. Era uma pessoa de princípios, não media esforços para fazer o que considerava certo, sem se preocupar com os prós e contras. Sua ausência nos levou a diversas conjecturas. O homem que veio dizia coisas muito vagas, que seria pouco provável Jinzhen voltar por algum acontecimento na família; que eles eram como seus irmãos mais próximos e podiam representá-lo; que isso ele não podia responder e aquilo não podia comentar, e frases do tipo. Ouvindo isso, de repente me veio a sensação de que algo tinha acontecido a Zhendi, que ele já estava morto. Depois, suas cartas passaram a vir cada vez mais curtas e a intervalos cada vez maiores. E assim foi ano *após ano: sempre vinham as cartas, mas nunca a pessoa. Minha suspeita de que ele não estava mais neste mundo só aumentava. Dá para entender que a vida numa organização secreta ligada à segurança nacional seja grandiosa, gloriosa. Criar para a família a fantasia de que um morto continua vivo seria a maneira mais fácil de nos tornar parte dessa glória. De qualquer forma, conforme os anos passavam e ele não voltava, não o víamos, não ouvíamos sua voz, só recebíamos aquelas cartas, eu acreditava cada vez menos que ele, algum dia, pudesse voltar são e salvo.*

Depois, quando chegou o ano de 1966, a eclosão da Revolução Cultural detonou uma bomba plantada na minha vida havia décadas. Um jornal mural denunciou que eu ainda era apaixonada por aquele homem (o ex-namorado da mestra Rong), e isso deu brecha para uma série de especulações estapafúrdias e conclusões maldosas. Diziam que eu nunca me casei porque estava esperando por ele; que amá-lo era o mesmo que amar o KMT (Kuomintang, o Partido Nacionalista de Chiang Kai-shek, que disputava o poder); que eu tinha um caso com um membro do KMT; que eu era espiã do KMT. Disseram todo tipo de coisas, nada tinha fundamento, mas tudo parecia incontestável.

No mesmo dia em que a denúncia foi colada no mural, dezenas de estudantes cercaram a minha casa. Talvez graças à reputação que meu pai tinha, eles só me xingaram do lado de fora, mas não me arrastaram para a rua. O reitor veio a tempo de convencê-los a me deixar em paz. Foi a primeira vez que fizeram aquilo contra mim, foi como se mostrassem os dentes, mas sem ações extremas.

A segunda vez aconteceu mais de um mês depois, e aí vieram centenas de pessoas. À frente da multidão, vinham sendo empurrados o reitor e outras figuras importantes da diretoria. Invadiram a minha casa, me agarraram e me arrastaram para fora. Enfiaram um chapéu de papel na minha cabeça com as palavras "Prostituta do KMT" e me empurraram para o grupo de pessoas que seriam "publicamente criticadas". Fizeram uma passeata nos exibindo como criminosos. Depois disso, me trancaram no banheiro com uma professora do Departamento de Química acusada de levar uma vida imoral. De dia, nos levavam a sessões de julgamento popular; de noite, éramos devolvidas à "prisão" e forçadas a escrever autocríticas. Rasparam metade da nossa cabeça, ficamos parecendo uns demônios. Um dia, minha mãe me viu num desses atos públicos e desmaiou de tão horrorizada.

Minha mãe estava hospitalizada, eu nem sabia se estava morta ou viva. Eu mesma parecia uma morta-viva. Aquilo era pior que ser frita numa panela de óleo. Certa noite, rascunhei um telegrama para Zhendi com uma única frase: "Se ainda está vivo, venha me salvar!". Assinei com o nome da minha mãe. No dia seguinte, pedi para um aluno de confiança enviar a mensagem. Depois de despachar o telegrama, pensei nos mais diversos desdobramentos. O mais provável era que eu não tivesse nenhum retorno, ou então mandariam um desconhecido, como quando meu pai morreu. Zhendi vir em pessoa era praticamente fora de questão, jamais imaginei que ele apareceria tão rápido diante de mim... [CONTINUA]

Naquele dia, a mestra Rong e sua "correligionária" recebiam as críticas defronte à Faculdade de Química, expostas na escadaria da entrada principal do edifício com o chapéu da humilhação na cabeça e uma placa no pescoço. Nos dois lados, tremulavam bandeiras vermelhas e faixas com palavras de ordem. Diante delas, reuniam-se três turmas de estudantes de química e parte dos professores — eram cerca de duzentas pessoas sentadas no chão. Quem quisesse a palavra se levantava, tudo parecia bem organizado. Começaram pouco depois das dez da manhã e foram alternando sessões de denúncia e julgamento. Ao meio-dia, almoçaram ali mesmo (vieram trazer a comida) enquanto a mestra Rong e a colega recitavam frases do presidente Mao. Lá pelas quatro da tarde, as duas — que não sentiam mais as pernas havia muito — se ajoelharam no chão sem querer. Nesse instante, um jipe de placa militar estacionou ali perto, atraindo todas as atenções. Três pessoas desceram do carro, dois homens altos se posicionaram à esquerda e à direita de um baixinho e o escoltaram até o local do julgamento. Perto da escadaria, foram barrados por agentes da Guarda Vermelha de plantão, que perguntaram quem eram eles. O baixinho disse ríspido: "Viemos levar Rong Yinyi!".

"Mas quem é você?"

"A pessoa que vai levá-la embora!"

Irritado com a arrogância do interlocutor, um dos guardas respondeu no mesmo tom: "É uma prostituta do KMT, daqui ela não sai!".

O baixinho cravou nele uns olhos de raiva e gritou: "Imbecil! Se ela é do KMT, então eu também sou? Sabe com quem está falando? Vou levá-la hoje e ponto. Saia da minha frente!".

Enquanto falava, empurrou a pessoa no caminho e pulou para a escadaria.

Alguém na multidão gritou: "Como ele se atreve a xingar nossa Guarda Vermelha? Vamos amarrá-lo!".

No mesmo instante, levantaram-se e cercaram o homem, brandindo os punhos contra ele. Se ninguém o defendesse, teria morrido ali mesmo. Para sua sorte, os dois homens que o acompanhavam eram corpulentos e visivelmente treinados em artes marciais. Abriram com facilidade um espaço em torno do baixinho e, posicionando-se como guarda-costas ao lado dele, gritaram em uníssono: "Somos enviados do presidente Mao. Quem nos agride não está com o presidente Mao e não é um homem da Guarda Vermelha! Somos os mais próximos do presidente! Tratem de se dispersar agora!".

Com uma tenacidade que nem um exército seria capaz de frear, conseguiram tirar o baixinho da multidão. Um corria à sua frente, o outro vinha atrás. E foi este que, de súbito, se virou, sacou a arma e falou com voz de comando: "Parados! O presidente Mao me enviou!".

O estampido do tiro e o ar de autoridade paralisaram a turba. Olhavam-no espantados. Mas, lá atrás, de quando em quando, alguém gritava que um agente da Guarda Vermelha não teme a morte, que não era preciso ter medo e coisas do gênero, de forma que uma virada brusca na situação parecia iminente. Nesse momento, o homem tirou sua credencial do bolso — era uma caderneta vermelho-vivo, com um enorme brasão nacional estampado na capa. Abriu o documento e o ergueu bem alto para mostrar a todos as páginas internas: "Vejam, somos homens do presidente! Foi o próprio Mao quem nos confiou esta missão! Ele enviará soldados para prender quem causar mais problemas! Agora que esclarecemos isso, vamos conversar direito. Peço que o camarada responsável se identifique, vamos transmitir a ele as palavras do presidente Mao".

Dois líderes do movimento deram um passo à frente. O homem guardou a pistola, sussurrou algo para a dupla e eles baixaram a guarda. Viraram-se para a multidão, confirmaram que de fato se tratava de homens do presidente e pediram a todos que voltassem a seus lugares. Em pouco tempo, a calmaria foi restaurada, e os dois, que já haviam se afastado algumas dezenas de metros, começaram a retornar. Um dos líderes foi ao encontro deles e cumprimentou o baixinho com um aperto de mão. O outro líder explicou a todos que aquele era um herói do presidente Mao e pediu uma salva de palmas. Os aplausos foram minguados, ainda estavam ressentidos com o herói. Talvez por receio de mais problemas, o homem que atirou não deixou o herói se aproximar. Foi até ele e lhe disse algo ao ouvido, acompanhou-o até o carro e mandou o motorista ir embora. Ele não iria junto. Quando o motorista deu a partida, o herói pôs a cabeça para fora da janela do carro e gritou: "Irmã, não precisa ter medo. Estou indo chamar alguém para te salvar!".

Aquele homem era Jinzhen.

Rong Jinzhen.

A voz de Rong Jinzhen ainda reverberava por sobre a multidão quando outro jipe com placa militar veio rápido como o vento e parou diante do carro em que ele estava. Três homens saltaram, dois trajavam a farda de oficial do Exército Popular da Libertação. Foram direto até o homem que havia atirado para o alto, disseram-lhe algo e apresentaram o terceiro integrante do grupo: era o comandante Yang, chefe da Guarda Vermelha universitária. Depois de discutirem em voz baixa por algum tempo ao lado do carro, o comandante Yang foi, sozinho e solene, falar com os agentes da Guarda Vermelha. Antes de qualquer coisa, ergueu o punho e gritou: "Viva o presidente Mao!". Todos o seguiram num brado de sacudir o chão. Depois disso, virou-se, saltou para o topo da escadaria, tirou da mestra Rong o chapéu e a placa, e disse à multidão: "Juro pelo presidente Mao que esta não é uma meretriz do KMT, mas a irmã do nosso herói, próxima ao presidente Mao e nossa camarada revolucionária".

Dizendo isso, ergueu o punho e pôs-se a desfiar slogans: "Viva o presidente Mao! Viva a Guarda Vermelha! Vivam os nossos camaradas revolucionários!". Depois de repetir aquelas frases algumas vezes, tirou sua braçadeira vermelha e a pôs na mestra Rong. Algumas pessoas começaram a puxar palavras de ordem, aparentemente para se despedir dela. A real intenção era protegê-la, a gritaria servia para dispersar as atenções. Assim, em meio a uma torrente de slogans, a mestra Rong encerrava sua experiência de vítima da revolução...

[Transcrição da entrevista com a mestra Rong]

Para falar a verdade, não reconheci Zhendi na hora. Fazia uma década que não o via, estava mais magro do que antes e usava uns óculos fundo de garrafa antiquados, parecendo um velhinho. Só me dei conta de que era ele quando me chamou de "irmã", uma sensação que foi como a de um despertar. Mas agora não sinto mais isso, e até hoje me pergunto se não sonhei tudo aquilo.

Ele apareceu um dia depois que o telegrama foi enviado. Para chegar tão rápido, ele já devia estar na cidade. A julgar pelo ar de mistério que o cercou durante a estada, tinha se tornado alguém muito importante. Durante o tempo em que ele ficou em casa, o homem que atirou o seguia para todo canto, como se fosse sua sombra, um guarda-costas, um vigia, quem sabe... Zhendi praticamente não tinha nenhuma liberdade, quando queria nos falar qualquer coisa, o homem se intrometia: vetava dada pergunta ou assunto. À noite, um carro trouxe o jantar sob o pretexto de nos poupar o trabalho na cozinha. Mas acho que temiam que envenenássemos a comida. Assim que terminamos de comer, o guarda-costas começou a lembrar Zhendi que era hora de ir embora. Depois de muita insistência da minha mãe e do próprio Zhendi, concordou que ele passasse a noite em casa. Mas, como achava arriscado, mandou chamar dois jipes e fez um estacionar na entrada da casa e outro nos fundos. Havia, pelo menos, sete ou oito homens dentro dos carros, uns fardados, outros à paisana; ele ainda dormiu no mesmo quarto que Zhendi. Antes de ir deitar, examinou cada canto da casa. No dia seguinte, quando Zhendi pediu para visitar o túmulo do meu pai, ele se recusou categoricamente.

E assim Zhendi chegou como num sonho, pernoitou em casa como num sonho e também partiu como num sonho.

Depois desse encontro, Zhendi continuou sendo um enigma para nós, um enigma ainda maior. Tudo que conseguimos des-

cobrir foi que ele estava vivo e, além disso, casado. Fazia pouco tempo, a esposa era uma colega de trabalho — então ficamos na mesma, sem saber o que ele fazia, sem saber onde se encontrava. Só descobrimos que a moça tinha o sobrenome Di e que era do Norte. Mostrou duas fotos dela. Era alta e forte, mais do que ele — uma mulher robusta, com um olhar melancólico como o de Zhendi, e aparentava ter a mesma dificuldade de se expressar. Antes de sair, Zhendi colocou na mão da minha mãe um envelope bem grosso, disse que foi a esposa quem mandara e pediu que só abríssemos depois que ele partisse. Dentro, havia duzentos yuans e uma carta que explicava que o superior não tinha autorizado que ela acompanhasse o marido na visita, pedia desculpas por isso e tal. Diferente de Zhendi, ela chama minha mãe de mamãe. Querida mamãe.

No terceiro dia depois da partida de Zhendi, um homem que sempre aparecia em casa nas festividades para transmitir os cumprimentos da unidade de trabalho de Zhendi veio nos entregar um documento com o timbre vermelho do Comando Militar e da Comissão Revolucionária da Província. O texto dizia que Rong Jinzhen era um herói da revolução, condecorado pelo Comitê Central do Partido, pelo Conselho de Estado e pela Comissão Militar Central. Sua família era, portanto, revolucionária e gloriosa, e nenhuma unidade, organização ou indivíduo podiam entrar em sua casa sem autorização prévia, muito menos aplicar, sob qualquer pretexto, sanções revolucionárias equivocadas contra os familiares do herói. E tinha ainda uma observação escrita à mão: "Quem descumprir esta ordem será punido como contrarrevolucionário!". Quem assinava era o próprio comandante da Região Militar Provincial. Era um verdadeiro salvo-conduto; graças a ele, minha família nunca mais teve nenhum problema, e até meu irmão mais velho conseguiu transferência de volta para a Universidade N. Depois, quando ele decidiu ir para o exterior, foi só por *causa desse documento que conseguiu sair. Meu irmão pesquisava supercondutores, em que lugar deste país teria condições de fazer isso naquele tempo? Só podia ser no exterior. Mas imagine a dificuldade que era ir para fora. Dá para dizer que, naquele período especial, foi Zhendi quem nos proporcionou um ambiente normal — eu diria até ideal — para viver e trabalhar.*

Mas, afinal, que contribuição tão extraordinária foi essa que deu a Zhendi prestígio e poder de mudar radicalmente a nossa situação naquela época, como que por mágica? Isso continuava sendo um enigma para nós. Não muito tempo depois de ele me socorrer, andaram dizendo no Departamento de Química que ele teve um papel importante na criação da bomba atômica chinesa. Achei que fazia sentido. Era bem provável mesmo, primeiro porque as datas batiam, a China conseguiu a primeira bomba atômica em 1964, quando Zhendi estava fora de casa; segundo, a especialidade dele também era condizente, decerto houve a necessidade de matemáticos no projeto. Para mim, só esse trabalho podia ser tão misterioso, tão importante, tão prestigiado. Mas, na década de 1980, quando vi a lista dos cientistas condecorados pelo governo pela participação no programa nuclear, não achei o nome de Zhendi. Fiquei em dúvida se ele tinha mudado de nome ou se tudo não passava de boato... [CONTINUA]

4.

Assim como a mestra Rong, Zheng Coxo é fundamental para eu poder terminar esta história. Entrevistei-o antes de falar com ela, e, desde então, passamos a ter uma relação amistosa. Estava na casa dos sessenta anos, a frouxidão das carnes tinha, inevitavelmente, chegado até os ossos; com isso, a perna manca agora mancava ainda mais. Como já era impossível disfarçar com uma sola mais grossa, só lhe restava confiar na bengala. Muitos diziam que isso lhe conferia um ar de autoridade. Para mim, essa autoridade não vinha da bengala, mas do cargo que ocupava. Quando o conheci, ele era o chefe da Unidade Especial 701. Em respeito a sua posição, naturalmente ninguém mais ousava chamá-lo de manco; mesmo que ele pedisse para ser chamado assim, ninguém se atrevia. Ao ocupar um cargo como esse, a pessoa já tem certa hierarquia, certa idade, e as possíveis formas de tratamento se multiplicam.

Diretor.

Chefe.

Patrão.

Lao Zheng.

Agora é assim que o chamam, de uma infinidade de formas, a depender do interlocutor. Só ele mesmo, rindo, se refere frequentemente a si próprio como "Diretor-Bengala". Na verdade, até hoje me escapa seu nome completo, justamente por causa dessa fartura de títulos que lhe davam, ora vulgares, ora respeitosos, ora elegantes, ora irreverentes, uma variedade imensa! Tanto que o próprio nome se tornou supérfluo e caiu em desuso, como se descartado automaticamente. É claro que, por causa da minha posição, só podia me dirigir a ele com a maior deferência: diretor Zheng.

Diretor Zheng.

Diretor Zheng...

Agora vou contar um segredo do diretor Zheng: tinha sete aparelhos de telefone. Quase tantos quanto suas formas de tratamento! Ele me havia passado apenas dois números, mas isso já era mais do que suficiente, porque um era o da secretária, que sempre atendia à ligação. Ou seja, eu conseguiria fazer o meu recado chegar ao venerável diretor, mas ter êxito ou não em falar com ele, isso dependia da sorte.

Depois de entrevistar a mestra Rong, telefonei para os dois números que o diretor Zheng me dera. No primeiro, ninguém atendeu, no segundo, pediram-me que aguardasse um pouco, era hora de testar minha sorte. E ela estava do meu lado naquele dia, pois ouvi a voz do diretor Zheng me perguntando o que eu desejava. Contei-lhe que andavam dizendo na Universidade N que Rong Jinzhen havia contribuído para a construção da bomba atômica. Ele me perguntou o que eu queria dizer com isso. Falei que, por mais notáveis que fossem as contribuições de Rong, como tudo que fazia era secreto, ele não passava de um herói desconhecido. Agora, justamente por serem secretas, essas suas contribuições estavam sendo artificialmente exageradas —

passaram a dizer que ele tinha ajudado a construir a bomba atômica. Para minha surpresa, ouvi do outro lado da linha uma voz furiosa que, num fôlego só, me disse: "Nada disso! Será que você acha possível ganhar uma guerra com uma bomba atômica? Com Rong Jinzhen, poderíamos vencer praticamente qualquer guerra. A bomba atômica é só um símbolo do poderio nacional, uma flor para mostrar aos outros. Mas o que Rong fazia era olhar para as pessoas, ouvir no ar as batidas do coração delas e descobrir seus segredos mais bem guardados. Só conhecendo o inimigo e a si mesmo é que se pode sair ileso de uma centena de batalhas. Por isso, do ponto de vista militar, o trabalho de Rong teve um significado prático muito maior do que construir uma arma nuclear".

Rong Jinzhen trabalhava com criptografia...

[Transcrição da entrevista com o diretor Zheng]

A criptografia é um trabalho no qual um gênio se esforça para entender o pensamento de outro gênio, é o embate supremo entre dois homens. Esse negócio misterioso e obscuro reúne os maiores intelectos da humanidade exclusivamente para decifrar o segredo oculto em simples algarismos. Pode soar divertido, pode parecer um jogo, mas esse jogo causa um tormento que beira o insuportável.

É aí que está a grandeza da criptografia!

E também é aí que está a tragédia de quem trabalha com isso. Quantos gênios já acabaram no túmulo por causa desse trabalho. A única coisa neste mundo capaz de acabar com gerações e gerações de gênios é a maldita criptografia! Ela cativa as mentes mais brilhantes não para aproveitar o intelecto, mas para sufocar e enterrar em silêncio. Por isso, há quem diga que essa é a profissão mais cruel do mundo... [CONTINUA]

Naquela madrugada de 1956, quando deixou a Universidade N ainda no lusco-fusco, Rong Jinzhen não fazia ideia de que, por causa daquele homem um tanto presunçoso sentado ao seu lado no carro, sua vida estaria irreversivelmente ligada à criptografia, essa tarefa misteriosa e cruel. Também não sabia que esse manco, ridicularizado pelos colegas da universidade quando dançou na chuva, tinha, na verdade, um título que era o segredo dos segredos: chefe da seção de criptografia da Unidade Especial 701. Ou seja, dali em diante, ele seria o superior imediato de Rong Jinzhen. Assim que iniciaram a viagem, o chefe tentou entabular uma conversa com o novo subordinado, mas este, talvez deprimido com a partida, não disse uma palavra. O carro avançava em silêncio sob a luz branca dos postes, e havia nele uma aura de mistério e fatalidade.

O céu começava a clarear quando saíram do perímetro urbano e aceleraram na Rodovia Nacional xxx. Rong Jinzhen, em alerta, olhava para um lado e para outro pensando: então não era na mesma cidade? Caixa Postal nº 36 — Nesta. Para que pegar a estrada? Na tarde anterior, Coxo o havia levado a esse mesmo lugar para os trâmites de transferência; o carro deu muitas voltas e, por uns dez minutos, Jinzhen foi obrigado a usar óculos "blackout", como se estivesse de olhos vendados. Ainda assim, a sensação que teve é que ainda estavam na cidade. Agora o carro voava pela estrada desimpedida e ele percebia que estava sendo levado a algum lugar muito distante. Intrigado, começou a perguntar: "Para onde estamos indo?".

"Para a unidade."

"Onde fica?"

"Não sei."

"É muito longe?"

"Não sei."

"Não é o lugar aonde fomos ontem?"

"Você sabe aonde foi ontem?"

"Com certeza, algum lugar na cidade."

"Veja só, você está quebrando seu juramento."

"Mas é que..."

"Nada de 'mas'. Repita o primeiro item do seu juramento."

"Todos os lugares aonde vou, tudo o que vejo ou ouço, são informações confidenciais que não devo comentar com ninguém."

"Memorize bem essa frase. De agora em diante, tudo o que você vê e ouve é confidencial..."

Caiu a noite, e o carro continuava rodando. Adiante, luzes esparsas despontaram, sugerindo talvez uma cidade, nem grande, nem pequena. Rong Jinzhen examinou com atenção, queria saber onde se encontravam. Mas Coxo pediu que ele pusesse os óculos "blackout" novamente. Quando foi autorizado a tirá-los, o carro já seguia por uma estrada sinuosa na montanha. Nos dois lados, havia bosques e rochas como na maioria das estradas de montanha, e nenhuma placa ou referência evidente. O caminho era estreito, escuro como breu, cheio de curvas. A luz que os faróis lançavam ora iluminava bem o caminho, ora se comprimia num feixe claro e compacto como o de um holofote. Era como se o que puxava o carro não fosse o motor, mas aquele fio de luz. E, assim, seguiram por mais de uma hora até que Rong Jinzhen conseguiu distinguir, ao longe, uma luminosidade difusa na encosta negra; era o seu local de desembarque.

O lugar tinha um portão sem placa. O vigia, um velho sem um braço, tinha o rosto atravessado por uma cicatriz medonha que começava embaixo da orelha esquerda, passava por cima do nariz e alcançava a bochecha direita. A visão trouxe a Jinzhen imagens da literatura ocidental: o vigia era um pirata de livro, e o pátio, abandonado a um silêncio lúgubre, um castelo medieval. Duas figuras se moviam na escuridão como almas penadas. Quando chegaram mais perto, percebeu que se tratava de um casal. A mulher veio cumprimentar Coxo, o homem se dirigiu ao veículo para buscar as bagagens de Rong Jinzhen.

Coxo apresentou Rong a ela. Ainda perturbado, Jinzhen não ouviu direito o sobrenome, diretora alguma coisa, a chefe do lugar. Coxo disse: "Esta é a base de treinamento da Unidade 701. Todos os camaradas recém-admitidos à 701 têm de passar por aqui primeiro para o curso de formação profissional e educação política".

E continuou: "Quando você terminar o treinamento, mandarei alguém te buscar. Espero que termine logo e se torne um integrante plenamente qualificado da nossa equipe". Dito isso, entrou no carro e foi embora. Parecia um traficante de pessoas: trouxera o produto de longe, entregou-o ao comprador e partiu sem olhar para trás.

Três meses depois, Rong Jinzhen fazia os exercícios abdominais matutinos em seu quarto quando ouviu a aproximação de uma moto, que estacionou em frente ao alojamento. Bateram à porta com força. Jinzhen foi abrir. Do lado de fora, estava um homem jovem, que lhe disse: "O chefe Zheng me mandou te buscar. Pegue suas coisas e venha comigo".

Em vez de ir em direção ao portão principal, a moto se dirigiu para os fundos do complexo e entrou numa caverna oculta na montanha. Dentro dessa caverna havia mais cavernas em todas as direções, como um labirinto. O veículo seguiu por uns dez minutos e parou diante de uma porta de ferro arqueada. O motoqueiro desceu, entrou pela porta, saiu logo em seguida e continuou a viagem. Depois de mais algum tempo, a motocicleta saiu da caverna, e um pátio bem mais amplo que o da base de treinamento se abriu diante dos olhos de Jinzhen. Era a sede da Unidade Especial 701, seu novo lar dali em diante. O local de trabalho ficava atrás da porta de ferro arqueada diante da qual a moto havia parado momentos antes. Costumava-se chamar esse conjunto de Setor Norte, enquanto o centro de formação era conhecido como Setor Sul. O Setor Sul era a porta de entrada para o Setor Norte, um posto de controle — equivalia a um fosso com ponte levadiça. Quem fosse barrado no Setor Sul jamais teria a chance de ver o Setor Norte, a ponte levadiça permaneceria fechada para ele.

A moto prosseguiu até a porta de um edifício de tijolos vermelhos cobertos de hera. Pelo cheiro de comida que emanava do prédio, Rong Jinzhen julgou ser o refeitório. Coxo, que tomava o café da manhã ali, espiou pela janela, levantou-se e saiu segurando um pedaço de pão. Convidou Rong Jinzhen a entrar.

Ele ainda não tinha comido.

O salão estava cheio, havia gente de todo tipo: homens e mulheres; velhos e jovens; fardados e à paisana, e até alguns de uniforme policial. Durante todo o tempo que passou no centro de treinamento, Rong Jinzhen tentou adivinhar que espécie de unidade era essa. A que sistema pertencia? Era militar ou civil? A cena que via agora o deixava ainda mais confuso. Pensou consigo: "Vai ver esse é o segredo de uma unidade especial. Na verdade, cada unidade especial, cada organização secreta, tem lá suas características próprias, mas o sigilo é o que as torna semelhantes, é sua essência comum".

Coxo o conduziu até uma sala separada do outro lado do salão. O café da manhã estava servido: tinha leite, ovos, pães e alguns acompanhamentos.

"Sente-se e coma", disse Coxo.

Ele se sentou e começou a comer.

"Olhe lá fora", disse Coxo, "o pessoal ali não tem toda essa variedade de comida. Só aquela canja rala."

Ele levantou a cabeça para olhar e percebeu que as pessoas

no salão seguravam uma tigela, mas ele tinha um copo na mão, um copo de leite.

"Sabe por quê?"

"Para me dar as boas-vindas?"

"Não, é porque o seu trabalho é mais importante."

Assim que terminasse aquela refeição, Rong Jinzhen começaria a se ocupar da criptografia, que seria seu trabalho pelo resto da vida. Até aquele momento, no entanto, ele não desconfiava de que o incumbiriam dessa tarefa misteriosa e cruel. Na base de formação, recebeu treinamentos bastante específicos. Os instrutores o obrigaram, por exemplo, a memorizar todo tipo de informações sobre o País X: história, geografia, diplomacia, principais autoridades políticas, poderio bélico, posicionamento estratégico, capacidade defensiva, e até mesmo perfis do alto escalão do governo e das Forças Armadas. Isso aguçou sua curiosidade sobre a futura ocupação. A primeira coisa que imaginou foi a criação de uma arma secreta para atacar um alvo militar específico no País X. Depois, pensou que integraria o estado-maior, como assessor de um alto oficial, ou algo assim. Também podia ser um observador militar. E havia ainda outras possibilidades que nem queria cogitar por não ter vocação para aquilo. Por exemplo: lecionar sobre assuntos militares ou realizar missões no exterior como adido militar em uma embaixada, atuar como espião e coisas do gênero. Pensou, enfim, em todas as ocupações importantes e incomuns de que era capaz de se lembrar, mas nunca imaginou que se tornaria um especialista em criptografia.

Isso, na prática, não é uma profissão, é uma conspiração, uma conspiração sem fim.

5.

Na verdade, os colegas da Unidade 701, então entrincheirada em um vale nos arredores da Cidade A, inicialmente não viram grande futuro para Rong Jinzhen, ao menos não naquele trabalho. Essa ocupação solitária e obscura chamada criptografia requer conhecimento, experiência e gênio, mas, ainda mais que isso, exige uma sorte transcendente. O pessoal da Unidade 701 dizia que era até possível captar essa sorte transcendente — só era preciso erguer as mãos dia e noite enquanto a fumaça do incenso subia da tumba dos ancestrais. O recém-chegado Rong Jinzhen não entendia dessas coisas, ou não dava a mínima. Vivia agarrado a livros que não tinham nada a ver com nada — como a edição inglesa do *Livro completo dos jogos matemáticos*, seu favorito. Essa e outras velharias sem título, de costura exposta e folhas amareladas, lhe faziam silenciosa companhia ao longo dos dias e noites. Ele era arredio, distante (embora não arrogante), não primava pela eloquência (na verdade, falava muito pouco) nem mostrava sinais de genialidade ou ambição. Com tudo isso, era natural que duvidassem de sua sorte e capacidade. A ponto de questionarem — uns mais, outros menos — seu comprometimento com o trabalho, já que, como dissemos, ele gastava o tempo com leituras alheias ao seu ofício. Mas isso foi só o começo. Era um primeiro sinal de que ele não fazia muito caso da função, e logo haveria outro. Certo dia, depois do almoço, Rong Jinzhen deixou o refeitório com um livro na mão, como de costume, e foi para o bosque. Não tinha o hábito da sesta, mas nunca fazia hora extra. Geralmente escolhia um lugar tranquilo para fazer suas leituras. O Setor Norte, construído na encosta da montanha, tinha vários trechos de mata nativa. Seu preferido era o pinhal bem ao lado da principal entrada da caverna onde trabalhava. Outro motivo para escolher aquele bosque era o cheiro de pinho, que lembrava sabão antisséptico. Muita gente não suporta aquele cheiro, mas ele adorava; inalar o aroma resinoso produzia nele o mesmo prazer de tragar um cigarro e até o fazia fumar menos.

Naquele dia, logo que entrou no bosque, ouviu alguém se aproximar. Era um homem de cinquenta e tantos anos. De aparência acanhada e sorrindo mais que o necessário, perguntou ao outro se sabia jogar xadrez chinês. Rong Jinzhen balançou a cabeça afirmativamente. Empolgado, o homem sacou um tabuleiro e propôs que disputassem uma partida. Rong Jinzhen não estava interessado em jogar, só queria ler, mas, para não ferir os sentimentos dele — não ficava bem recusar —, balançou a cabeça novamente. Apesar de tantos anos sem tocar numa peça de xadrez, o treino que recebera de Lisiewicz lhe dera a capacidade de derrotar praticamente qualquer jogador. A técnica daquele homem, no entanto, deixava claro que não se tratava de um adversário qualquer. Os dois logo perceberam que tinham encontrado um oponente à altura, e a batalha foi se acirrando num cenário difícil de desempatar. A partir daí, o homem de tabuleiro na mão passou a procurá-lo com frequência: à tarde, à noite, na entrada da caverna, à saída do refeitório. E, nessa perseguição, todo mundo ficou sabendo que Jinzhen se tornara parceiro de jogo do Enxadrista.

Não havia na Unidade 701 quem não conhecesse a história do Enxadrista. Aluno brilhante da Faculdade de Matemática da Universidade Nacional Central antes da Libertação, foi recrutado pelo exército do KMT depois de se formar e enviado para a unidade de criptografia na Indochina. Conseguiu decifrar um código de alto nível do Exército japonês e se tornou uma figura prestigiada em seu meio. Mais tarde, descontente com a decisão de Chiang Kai-shek de iniciar uma nova guerra civil, ele desertou e foi trabalhar como engenheiro em uma empresa de eletricidade de Xangai com uma identidade falsa. Depois da Libertação, após muita procura, a Unidade 701 o localizou e o convidou a integrar a equipe. Ele decifrou vários códigos de nível médio do País X e se tornou um dos criptógrafos mais bem-sucedidos da 701. Mas ele acabou, infelizmente, desenvolvendo esquizofrenia. Já estava assim havia dois anos. Da noite para o dia, passou de herói admirado a louco temido. Insultava, gritava e, às vezes, batia em quem chegasse perto. Em circunstâncias normais, casos agudos de esquizofrenia como esse — particularmente quando acompanhados de comportamentos violentos — têm um índice de cura bastante alto. Mas, como ele guardava muitos segredos importantes, ninguém ousava autorizar que fosse enviado para tratamento externo. Em vez disso, foi internado no centro de saúde da Unidade 701, onde havia, sobretudo, clínicos gerais. Eles recebiam orientação de especialistas de fora, mas o resultado do tratamento não foi satisfatório. O paciente ficou mais calmo, na verdade, calmo demais: não pensava em nada além do xadrez, nem conseguia fazer outra coisa. De paranoico passou a catatônico.

Ele, que nem sabia jogar antes de adoecer, saiu do hospital

jogando melhor do que qualquer um. Aprendera com o médico encarregado de seu caso. Segundo especialistas, o quadro piorou justamente porque esse médico ensinara o jogo cedo demais. Da mesma forma que não se dá um prato cheio a quem passou dias sem comer, também não se propõem atividades intelectuais a pacientes como ele no início de um processo de recuperação: há um risco muito grande de o intelecto se prender a essa atividade e não conseguir mais se desconectar dela. Mas o clínico geral que o tratava desconhecia essas contraindicações. Era um entusiasta do xadrez chinês e gostava de jogar com seus pacientes. Certo dia, quando percebeu que aquele paciente estava entendendo as estratégias, julgou que fosse um sinal de recuperação. Passou a jogar com ele mais vezes. A intenção era consolidar esses progressos, mas o resultado foi desastroso — fez de um grande criptógrafo, com todas as chances de cura, um lunático obcecado pelo jogo. De certo modo, foi um erro médico, mas o que se podia esperar? Estavam exigindo algo muito além de sua capacidade profissional. Se desse certo, seria sorte; se desse errado, teria mesmo sido culpa dele? Não. A culpa só poderia ser atribuída ao antigo trabalho do Enxadrista — e aos segredos que ele guardava. Justamente por causa do grau de confidencialidade, ele estaria condenado a passar o resto da vida como deficiente (mental) naquele vale perdido nas montanhas. Muitos diziam que sua inteligência de outrora só se mostrava no tabuleiro, nas demais situações seu QI não parecia muito mais alto do que o de um cachorro: um grito o espantava; um afago o amansava. Sem nada para fazer, passava os dias vagando pela Unidade 701 como uma alma penada. Agora, essa alma penada tinha encontrado Rong Jinzhen.

Rong Jinzhen não tentou se livrar dele como as outras pessoas.

E era muito simples se livrar dele, bastava fechar a cara e

gritar. Mas Rong Jinzhen jamais fez isso. Jamais o evitou, nem gritou com ele, nem mesmo lhe lançou um olhar atravessado. Tratava-o com a mesma neutralidade que dispensava a outras pessoas, como se indiferente à sua condição. Assim, o Enxadrista o rondava sem descanso, seguia-o para lá e para cá até conseguir trazê-lo para o tabuleiro.

Uma partida.

Outra partida.

Ninguém sabia se Rong Jinzhen se comportava assim por compaixão ou porque realmente admirava a técnica do outro. Qualquer que fosse o motivo, um criptógrafo não tem tempo para brincar disso. De certa forma, foi a obsessão com os códigos que o levou à loucura, como um balão que estoura quando se infla demais. Quando viram Rong Jinzhen gastando tempo com o jogo, acharam que ou ele não estava interessado em seu trabalho, ou era mais um louco que se achava capaz de extrair grandes insights daquela brincadeira.

De fato, ele não estava interessado em seu trabalho. A prova cabal disso logo chegaria, na forma de uma carta de Lisiewicz.

6.

Sete anos antes, quando Lisiewicz partiu às pressas para o País X levando mulher, sogros e parentes, certamente não fazia ideia de que, um dia, teria de trazer de volta algumas dessas pessoas. Não teve escolha — esse era um ponto inegociável. A sogra tinha uma saúde de ferro, mas a terra estrangeira e a crescente nostalgia do país natal acabaram acelerando seu declínio físico. Quando pressentiu que poderia morrer longe de suas raízes, ela exigiu, com veemência maior que a de qualquer outro idoso chinês, que a levassem para morrer em casa.

E essa casa onde era?

Na China.

O lugar para onde o País X apontava metade de suas armas.

Óbvio que não seria nada fácil atender ao pedido da sogra, e foi essa a justificativa que Lisiewicz deu para recusá-lo. Mas, quando o honrado sogro mostrou seu lado abjeto ameaçando suicídio com uma lâmina reluzente na jugular, o polonês percebeu que se encontrava num beco sem saída. O velho agira de forma tão extrema, sem dar brecha para negociação por saber que, em algum momento, seria a sua vez de pedir a mesma coisa que a esposa pedia agora. Com a faca apoiada no pescoço, ele deixou claro que, se fosse para viver com a certeza de que terminaria seus dias no estrangeiro, preferiria morrer já, junto com a mulher.

Para Lisiewicz, era difícil entender esses conceitos obscuros sobre a terra natal arraigados nos sogros, mas o que importava entendê-los ou não? A lâmina reluzente, o sangue prestes a jorrar, que diferença isso fazia? Só lhe restava cumprir — sem entender, a contragosto e, sobretudo, pessoalmente. Por causa da propaganda exagerada que circulava no País X, todos os familiares, incluindo a esposa, receavam que essa haveria de ser para ele uma jornada sem volta. Ainda assim, na primavera daquele ano, Lisiewicz levou a sogra, já muito debilitada, de volta à China, em um longo percurso que combinava trechos de avião, trem e, finalmente, automóvel. Segundo contam, assim que a ajudaram a embarcar no carro alugado que a levaria à sua cidade, ela ouviu o sotaque familiar do motorista, arregalou os olhos de felicidade e, então, os fechou. Em paz e para sempre. Qual o significado da expressão "a vida estar por um fio"? Pois a dela esteve mesmo pendurada por um fio. O sotaque do motorista foi a faca que rompeu esse fio, e a vida dela se dissipou com o vento.

A Cidade C era uma parada obrigatória na viagem de Lisiewicz, mas isso não significava que ele poderia visitar a Universidade N. Permaneceu lá o tempo todo sob rígidas restrições, não se sabe se da parte chinesa ou do País X. De qualquer forma, duas pessoas o seguiam como se fossem sua sombra: um chinês e um cidadão de X. Os dois eram como cordas que o puxavam para a frente e para trás, controlavam seu itinerário e a velocidade de seu deslocamento como se ele fosse uma marionete — ou algum tipo de patrimônio nacional. Mesmo não passando de um matemático de prestígio, pelo menos assim constava em seu passaporte. A mestra Rong achava que tudo isso era resultado de circunstâncias históricas...

[Transcrição da entrevista com a mestra Rong]
Naquela época, não existia confiança na nossa relação com o País X, só hostilidade. O menor movimento de qualquer um dos lados podia gerar um alerta máximo. Nunca imaginei que Lisiewicz fosse ter chance de voltar. Muito menos que eu deveria visitá--lo no hotel, porque ele estava proibido de pôr os pés na Universidade N. Seria como visitar um criminoso na prisão. Nossa conversa era monitorada, ouvida e gravada por duas pessoas de cada lado. Cada frase tinha de ser claramente compreendida por todos. Ainda bem que esses quatro supervisores eram bilíngues, senão só nos restaria ficar de boca fechada. Qualquer coisa incompreensível que disséssemos podia render uma acusação de espionagem. Naqueles anos tensos, quando se encontravam frente a frente, os cidadãos dos dois países não se viam como pessoas, mas como demônios, inimigos traiçoeiros, capazes de lançar um dardo letal ao menor descuido.

Na verdade, Lisiewicz queria se encontrar com Zhendi, e não comigo. Como você sabe, naquela altura, Zhendi já tinha deixado a Universidade N, e ninguém conhecia seu paradeiro. Nem eu mesma podia vê-lo, Lisiewicz muito menos. Por isso, Lisiewicz decidiu me encontrar para saber do meu irmão. Depois de pedir permissão ao supervisor do nosso lado, contei a ele o que tinha acontecido com Jinzhen em linhas bem gerais: que ele parou o projeto de inteligência artificial e estava fazendo outras coisas. A reação de Lisiewicz me surpreendeu: parecia ter levado uma paulada na cabeça, atônito, me olhando sem dizer nada. Depois de um bom tempo, deixou escapar um "absurdo!", indignado. Ficou vermelho de raiva. Começou a andar pela sala agitado, murmurando os resultados notáveis que Zhendi havia alcançado nesse campo, os enormes avanços que ele acabaria conquistando e tal.

Disse que já tinha lido artigos de Zhendi em coautoria com meu pai e estava convencido de que, nesse campo, suas pesquisas eram as mais avançadas do mundo. Era uma lástima o projeto morrer assim, no meio do caminho.

Respondi que as coisas nem sempre funcionam do jeito que queremos.

"Será que Jinzhen foi recrutado por algum órgão importante do governo?"

"Algo assim."

"Que tipo de trabalho ele está fazendo?"

"Não sei."

Ele insistia em perguntar, e eu insistia em dizer que não sabia. No final, ele adivinhou: "Se o meu palpite estiver certo, Jinzhen está trabalhando em alguma unidade secreta".

Eu me limitei a repetir: "Não sei".

O que não deixava de ser verdade, porque, de fato, eu não sabia de nada.

Até hoje, ignoro em que órgão Zhendi trabalhava, onde ele se encontrava e o que fazia. Talvez você saiba, mas não acho que vá me contar. Acredito que seja um segredo dele e, sobretudo, um segredo de Estado. Cada país, cada Exército, tem suas instituições secretas, armas secretas, agentes secretos... deve ser uma lista sem fim. É difícil imaginar como uma nação seria capaz de sobreviver sem esses segredos. Talvez ela simplesmente deixasse de existir. Pode o iceberg sobreviver sem a parte oculta debaixo d'água?

Às vezes, penso como é injusto alguém guardar um segredo por décadas, ou por uma vida inteira, sem o revelar nem mesmo para a família. Mas, sem isso, o país deixaria de existir, ou, no mínimo, correria esse risco. Só resta deixar tudo como está, por mais injusto que seja. É assim que eu venho pensando nos últimos tempos, e só desse modo consigo entender Zhendi. De outro modo, ele não passaria de um sonho, um sonho à luz do dia, um sonho de olhos abertos, um sonho dentro de outro sonho. Pode ser que nem ele mesmo, tão bom em interpretar sonhos, conseguisse entender um sonho tão estranho e tão longo... [FIM]

Lisiewicz pediu diversas vezes à mestra Rong para dizer a Jinzhen que, se pudesse, deveria ignorar todas as outras tentações e retomar as pesquisas sobre inteligência artificial. Depois que se despediram, enquanto via a mestra se afastar, Lisiewicz decidiu, de repente, escrever uma carta a Jinzhen. Só nesse momento percebeu que não sabia para onde enviá-la. Chamou a mestra Rong e lhe pediu o endereço. Após a devida autorização, ela lhe passou o que pedia. Na mesma noite, Lisiewicz escreveu uma mensagem breve a Jinzhen. A carta foi examinada pelos supervisores de ambos os lados e deixada na caixa postal.

A correspondência foi entregue normalmente na Unidade 701, mas o seu conteúdo é que determinaria se ela chegaria às mãos de Jinzhen. Por se tratar de uma unidade especial, a revisão das correspondências pessoais era praxe. Quando funcionários da equipe de revisão abriram a carta de Lisiewicz, ficaram sem saber como proceder, porque fora inteiramente escrita em inglês. Isso bastou para deixá-los em alerta. Reportaram imediatamente ao superior, que, por sua vez, mandou chamar os tradutores. O texto original cobria quase uma folha inteira e dizia o seguinte:

Caro Jinzhen,

Como vai?

Voltei para tratar de um assunto familiar e aproveitei para fazer uma breve parada na Cidade C. Só então soube que você deixou a Universidade N e vem exercendo outra ocupação. Não sei exatamente qual, mas, a julgar pelo mistério a seu respeito (incluindo seu endereço de correspondência), posso imaginar que esteja envolvido em algum trabalho importante para alguma unidade ultrassecreta de seu país, tal como eu vinte anos atrás. Há duas décadas, a compaixão e o amor pelo meu povo me fizeram aceitar, equivocadamente, uma missão confiada por um país [sendo Lisiewicz judeu, talvez se refira a Israel], o que só me proporcionou uma vida lamentável. Com base nessa minha experiência e no que conheço a seu respeito, estou muitíssimo preocupado com sua atual situação. Você tem uma natureza sensível e vulnerável. Não lhe convém, em hipótese alguma, trabalhar sob pressão ou em confinamento. Na realidade, você já havia alcançado resultados impressionantes em suas pesquisas sobre inteligência artificial. Se continuar, pode conseguir toda fama e reconhecimento que desejar. Esse é seu caminho. Portanto, se possível, aceite meu conselho e volte a seus trabalhos originais!

Lisiewicz
13 de março de 1957
Hotel da Amizade, Cidade C

A informação contida na carta era condizente com o comportamento de Rong Jinzhen no dia a dia. Depois de lê-la, os diretores não tiveram mais dificuldade de entender o mau desempenho dele. Agora um professor estrangeiro tentava convencê-lo a retomar seus estudos originais.

7.

Devido a seu "conteúdo insalubre", a carta nunca chegou a Rong Jinzhen. A Unidade 701 tinha um código de conduta fundamental: não perguntar, não comentar e não procurar saber o que não lhe cabia. Confiscar a carta, portanto, longe de ser uma violação, estava em total conformidade com a disciplina interna. Na opinião da diretoria, quanto menos cartas dessa natureza chegassem, melhor; do contrário, segredos demais acabariam se acumulando entre a entidade e o indivíduo. Mas, no caso de Rong Jinzhen, era praticamente impossível se livrar de um segredo desses. Um mês depois, a equipe de revisão recebeu outra carta endereçada a ele, enviada do País X: só pela origem, já se via que era assunto demasiado sensível. Abriram o envelope e, mais uma vez, encontraram uma carta de Lisiewicz em inglês. Agora, o texto mais longo evidenciava a intenção de persuadir Rong Jinzhen a retomar sua pesquisa original. Lisiewicz começava citando alguns progressos recentes no campo da inteligência artificial, sobre os quais tinha lido em alguma revista acadêmica. Em seguida, como se voltasse ao assunto principal, escreveu o seguinte:

Foi um sonho que me fez decidir escrever esta carta. Confesso que, ultimamente, não paro de me perguntar de que, afinal, você se ocupa agora. Que tipo de tentação ou pressão o levou a uma escolha tão inesperada? No sonho de ontem, você me contava que sua ocupação é no Departamento de Criptografia da Agência de Inteligência do seu país. Não sei por que sonhei isso, nem tenho seu dom de interpretar sonhos. Talvez seja só um sonho mesmo, sem nenhum significado particular. Tomara! Mas acredito que o sonho em si expresse minha preocupação e esperança em relação a você: com seu talento, é muito provável que seja recrutado para esse trabalho, mas evite-o a todo custo. Por que digo isso? Duas razões me vêm à mente agora:

I. A NATUREZA DA CRIPTOGRAFIA

A criptografia reúne hoje inúmeros cientistas, alguns já a consideram uma ciência, e um bom número de estudiosos brilhantes dedica a ela seus talentos e até suas vidas, mas nada disso consegue mudar sua natureza. Com base em minha experiência, posso dizer que a criptografia — tanto ao criar códigos quanto ao decifrá-los — é contrária à ciência e à civilização, é uma conspiração, uma armadilha para envenenar a ciência e os cientistas. Requer inteligência, mas uma inteligência demoníaca que só tornará a humanidade mais traiçoeira e malévola. É repleta de desafios, mas desafios inúteis, que em nada contribuem para o progresso da humanidade.

II. SUA PERSONALIDADE

Como disse, você é extremamente perspicaz, mas vulnerável; inteligente, mas teimoso. É o caráter típico de um cientista e o mais inadequado para a criptografia. Porque segredos significam opressão e abandono de si mesmo. Você é capaz disso? Ouso dizer que não, você é frágil e apegado demais, tem pouca resiliência e pode sucumbir por qualquer motivo! Já deve ter aprendido, por experiência própria, em que circunstâncias as pessoas conseguem desenvolver melhor suas ideias. Sem dúvida, em um ambiente relaxado, livre de grandes restrições ou pressões. Mas, a partir do momento em que começa a trabalhar na criptografia, você está amarrado. Amarrado aos segredos e interesses do Estado, oprimido. Qual é o seu país? — essa é a pergunta crucial que, muitas vezes, faço a mim mesmo. Seria a Polônia? Israel? Inglaterra? Suíça? China? Ou o País X?

Hoje compreendo, enfim, que o que se chama de país é sua família, seus amigos, sua língua, aquela pequena ponte, o córrego, os bosques, as estradas, a brisa da tarde, o canto das cigarras, o brilho dos vaga-lumes etc. etc., e não um território delimitado, muito menos o poder de uma autoridade ou a ideologia de um partido. Admiro sinceramente o país no qual você se encontra. Foi aí que vivi a melhor década da minha vida. Sei falar chinês. É a terra natal das pessoas que mais amo, umas vivas, outras mortas. É a terra de que guardo um sem-número de lembranças. Nesse sentido, o seu país é também o meu, mas isso não significa que eu vá querer me iludir e, consequentemente, iludir você. Se não lhe dissesse essas coisas, se não lhe apontasse as complicações em que vive e os riscos que pode enfrentar, então eu estaria tentando enganá-lo...

As cartas de Lisiewicz pareciam sem controle. Em menos de um mês, chegou a terceira. Desta vez, ele começou despejando a irritação que sentia com a falta de respostas de Jinzhen. Mas dava mostras de ter entendido o motivo:

Se você não responder, significa que está envolvido naquele trabalho!

Seguia um raciocínio bastante simples: calar-se = não se opor = consentir. Depois, fazendo o possível para controlar suas emoções, adotou um tom mais afável para dizer o seguinte:

Não sei por quê, mas, toda vez que penso em você, sinto uma mão de sangue agarrar meu coração e comprimi-lo até me deixar completamente sem forças. Cada qual tem seu destino, talvez você seja o meu. Jinzhen, meu caro Jinzhen, diga-me que você não está trabalhando com criptografia, como naquele sonho que tanta preocupação me causou. Com seu talento, seu objeto de pesquisa e seu longo silêncio, creio, cada vez mais, que aquele sonho infeliz é uma realidade. Ah, criptografia, maldita criptografia! Que faro você tem para encontrar quem quiser, emboscá-lo em sua armadilha, mantê-lo em sua prisão. Ah, Jinzhen, meu caro Jinzhen, se minha suspeita estiver correta, você deve fazer de tudo para voltar atrás. Na menor oportunidade, não hesite, volte atrás de imediato! Se realmente não tiver mais chance, então, Jinzhen, meu caro Jinzhen, você deve se lembrar disto: escolha qualquer código para decifrar, menos o código PURPLE do País X!

O PURPLE era o maior desafio que a Unidade 701 enfrentava na época. Diziam que uma organização religiosa investira uma fortuna nesse projeto e recorrera a métodos dignos da máfia para forçar um cientista a desenvolvê-lo. O resultado foi um código de altíssima complexidade que se revelou um labirinto sem fim. Sem saberem como usá-lo, os proprietários o venderam para o governo de X. Desde então, era o código de mais alto nível das Forças Armadas daquele país e, portanto, aquele que a Unidade

701 mais ansiava decifrar. Havia anos torturava os melhores cérebros da Divisão de Criptografia. Quanto mais se batiam contra ele, mais o temiam e menos se dispunham a desafiá-lo. A loucura do Enxadrista fora causada por ele — ou pelo cientista anônimo que o criara. Os demais escaparam da insanidade não por ter um intelecto mais sólido, mas porque, por covardia ou astúcia, cuidaram de manter distância. Eram inteligentes o bastante para prever o resultado, evitá-lo era prova de bom senso. Tratava-se de uma armadilha, um buraco negro: os espertos recuaram, o corajoso perdeu o juízo, e sua queda fez crescer o respeito pelo PURPLE. Era nesse atoleiro de ansiedade e frustração que se encontrava o código na 701.

Agora, Lisiewicz fazia um alerta muito específico a Rong Jinzhen para não tocar no PURPLE. Por um lado, era um indício de que se tratava de uma empreitada, de fato, muito difícil — tentar decifrá-lo não daria em nada —, mas, por outro, também sugeria que ele tinha algum conhecimento do assunto. Como ficara evidente nas cartas anteriores, ele nutria uma afeição extraordinária por Rong Jinzhen. Se soubessem tirar proveito dessa afeição, quem sabe não teriam conseguido uma pista para decifrá-lo. Assim, uma carta assinada por Jinzhen foi discretamente enviada a Lisiewicz.

A carta era datilografada, só a assinatura e a data estavam escritas à mão, com letra idêntica à de Rong Jinzhen. Verdade seja dita: Jinzhen, nesse caso, estava isento de culpa. Fora usado pelos superiores. O objetivo da carta era conseguir a chave do código, e isso, sem dúvida, nada tinha a ver com alguém que passava os dias lendo para se distrair ou jogando xadrez com um lunático. Sendo assim, de que adiantaria deixá-lo a par de toda a estratégia? Além disso, se o mandassem escrever de próprio punho, o efeito não seria necessariamente o mesmo. Na carta, rascunhada por cinco especialistas e revisada por três diretores, o

Rong Jinzhen fictício utilizou um estilo elegante para pedir, de forma muito engenhosa, que o ilustre Lisiewicz lhe contasse a verdade: "Por que não devo tentar decifrar o PURPLE?".

O palavreado engenhoso surtiu efeito. Lisiewicz respondeu rápido, em tom desarmado e espontâneo. Lamentou que seu sonho estivesse certo no que dizia respeito à vida atual de Rong Jinzhen — nas entrelinhas, repreendia a ingenuidade do pupilo e protestava contra a injustiça de sua sina. Em seguida, escreveu:

> Sinto o impulso irrefreável de lhe contar o meu segredo, realmente não sei que força é essa. Talvez eu me arrependa depois de escrever e enviar esta carta. Jurei nunca revelar esse segredo a ninguém, mas, se é para o seu bem, não tenho alternativa...

Que segredo?

Na carta, Lisiewicz explicou que, naquele inverno em que retornara à Universidade N com dois baús cheios de livros, ele se preparava para desenvolver sua pesquisa no campo de inteligência artificial. No entanto, na primavera seguinte, uma personalidade importante do Estado de Israel veio visitá-lo. Essa pessoa lhe disse: "Ter o nosso próprio país é o sonho comum de todos os judeus. Mas estamos enfrentando grandes dificuldades. Você quer ver seu povo continuar sofrendo?". "Claro que não", respondeu Lisiewicz. "Então espero que você faça uma coisa por todos os seus patrícios", continuou o visitante.

Que coisa?

O polonês prosseguiu: "Queriam que eu decifrasse códigos militares de países vizinhos, e passei anos nessa missão". Provavelmente, era a esse fato que se referia na carta que deixara para *Xiao* Lillie quando partiu para o País X levando toda a família: **"Nos últimos anos, venho trabalhando em algo extremamente urgente e sigiloso para meus patrícios; seus problemas e** anseios me comoveram tão profundamente que me fizeram renunciar a meus projetos". E continuou: "Tive muita sorte. Depois de ser contratado por eles, consegui decifrar uma boa quantidade de códigos de médio e alto níveis. Em pouco tempo, conquistei, no círculo da criptografia, um prestígio semelhante ao que ostentei entre os matemáticos".

O que vinha a seguir era algo mais previsível: o País X o ajudava a todo custo e o escoltava como um tesouro simplesmente porque precisava de suas habilidades. Mas, depois de chegar a X, aconteceu algo que nem o próprio Lisiewicz imaginara. Ele relatou:

> Jamais pensei que seria chamado não para decodificar as mensagens inimigas, mas para quebrar o PURPLE, do próprio país ao qual servia. Sem dúvida, se eu, um dia, tiver êxito, ou chegar próximo disso, esse código será descartado. Meu trabalho é decidir se ele vive ou morre. Eu me tornei uma espécie de indicador das possibilidades de decodificação pelos inimigos. Talvez eu devesse me sentir honrado, já que pensam que se eu não descobrir sua chave, ninguém mais descobrirá. Talvez por não gostar nem um pouco do papel que me coube, ou por detestar sua fama de indecifrável, quero muito conseguir. Mas, até agora, não cheguei nem perto. É por isso que o aconselho a não tocar no PURPLE ...

Notaram que o endereço do remetente e a letra eram diferentes das cartas anteriores, o que significava que Lisiewicz tinha ciência do perigo que corria ao tocar naquele assunto. O fato de ele assumir o risco de ser acusado de traidor era mais uma mostra de sua afeição profunda pelo ex-aluno. Esse sentimento poderia ser muito útil. Então, mais uma carta assinada por ele foi enviada a Lisiewicz em X. Agora, o falso Jinzhen tentava tirar proveito do afeto do professor para fazê-lo ir além:

Já não tenho uma vida independente, o único jeito de recuperar minha liberdade seria decodificar o PURPLE ... Quem sabe o senhor, que lidou com ele todos esses anos, possa me dar alguma pista... Como não tenho experiência, preciso de orientação, e qualquer uma será bem-vinda... Caro Lisiewicz, pode me bater, me insultar, me humilhar... acho que me tornei um judas...

Como era impossível enviar uma carta dessas diretamente a Lisiewicz, acabaram decidindo que a correspondência seria entregue a ele por nossos agentes em X. Era certo que chegaria às mãos do professor com segurança, mas, se ele iria ou não dar alguma resposta, isso ninguém da Unidade 701 era capaz de dizer. Afinal, Rong Jinzhen, o falso, agia, de fato, como um verdadeiro judas. Em circunstâncias normais, a maioria dos mestres desprezaria um aluno desses. Era um Jinzhen que oscilava entre o coitado e o torpe, e fazer Lisiewicz optar pela compaixão no lugar da repulsa podia ser mais difícil do que decifrar o PURPLE. A carta foi enviada puramente para testar a sorte. Sem outro recurso, a Unidade 701 estava disposta a tentar toda e qualquer possibilidade.

Mas operou-se o milagre: Lisiewicz respondeu.

Nos seis meses que se seguiram, o polaco arriscou a vida diversas vezes para contatar nossos camaradas e, sem juízo algum, fornecer a seu "caro Jinzhen" todos os materiais confidenciais relativos ao PURPLE e os conceitos para o seu deciframento. A sede criou um grupo de trabalho especial e designou a maioria de seus integrantes para trabalhar nele. Queriam aproveitar a oportunidade para quebrar de uma vez o código. Mas a ninguém ocorreu que essa chance deveria ser dada a Rong Jinzhen. Nenhuma das cartas que Lisiewicz enviara ao longo daquele ano havia chegado às mãos de Jinzhen, ou mesmo ao seu conhecimento. Não tiveram, portanto, nenhum significado para ele

— seu único sentido, se é que se pode dizer assim, foi fazer Rong Jinzhen de isca. Mais tarde, enquanto os chefes achavam que ele ia de mal a pior — parecendo cada vez menos interessado em fazer progressos — e até o qualificavam como relapso, a diretoria se mostrava condescendente, fazia vista grossa para tudo. Afinal, ele era o chamariz que levaria a decifrar o PURPLE.

"De mal a pior" significava que, além dos delitos da leitura e do xadrez, ele agora dera para interpretar sonhos dos colegas. Depois que descobriram essa sua habilidade, cada vez mais curiosos vinham procurá-lo para saber o significado do que andavam sonhando. Como acontecia com o xadrez, Rong Jinzhen não era um apaixonado pelo assunto, mas, por ser incapaz de dizer não, atendia a todos os pedidos, destrinchava o emaranhado dos pensamentos noturnos, organizando-os em algo que parecia fazer sentido.

As tardes de quinta-feira eram reservadas para a reunião política com todos os funcionários da unidade. As pautas variavam desde o estudo de novas diretrizes à leitura de notícias, passando por debates livres. Neste último caso, os colegas levavam Rong Jinzhen para um canto discreto e lhe pediam que interpretasse seus sonhos. Certa vez, numa dessas sessões de interpretação, foi flagrado pelo vice-diretor-geral, encarregado da conscientização política dos funcionários, que viera inspecionar as reuniões. Ele era radical, gostava de aumentar os problemas, exagerava nas análises. A seu ver, Rong Jinzhen perpetuava superstições da velha sociedade. Repreendeu-o duramente e mandou-o escrever uma autocrítica.

O vice-diretor-geral não era muito popular entre os subordinados — os da criptografia não gostavam dele e incentivaram Rong Jinzhen a não o levar muito a sério, bastaria escrever qualquer coisa para encerrar o assunto rapidamente. Rong Jinzhen tentou seguir esse conselho, mas sua noção de como encerrar um assunto diferia em muito do senso comum. A autocrítica que apresentou continha apenas uma frase: "**Todos os segredos do mundo estão ocultos nos sonhos, até os códigos**".

Isso lá era encerrar o assunto? Tratava-se claramente de uma justificativa, como se interpretar sonhos tivesse algo a ver com o trabalho de criptografia. Havia até um tom de arrogância, sugerindo que ele era a única autoridade no tema. O vice-diretor-geral não entendia nada de criptografia, mas abominava aquela conversa de sonhos. Olhava incrédulo para a carta de autocrítica e via cada letra mostrando-lhe a língua, zombando dele, humilhando, provocando... Onde já se viu? Aquilo já era demais! Pulou da cadeira, agarrou a carta e saiu da sala furioso. Montou na motocicleta e foi direto para a caverna. Abriu com um chute a grossa porta de ferro e, diante de toda a Divisão de Criptografia, no tom típico das autoridades quando ralham com os subordinados, soltou uma frase tão impulsiva quanto deselegante. Apontou para Rong Jinzhen dizendo: "Você me mandou seu recado, agora te mando o meu: 'Todo burro acha que um dia vira cavalo!'".

O vice-diretor-geral não fazia ideia de como essa afirmação lhe custaria caro. A vergonha seria tanta que o impediria de continuar na Unidade 701. Dissera aquilo num impulso, mas, no contexto daquela seção, não se tratava de nenhum tabu, talvez até estivesse certo. Como já disse antes, esse trabalho solitário, cruel e obscuro exigia não só conhecimento, experiência e talento, mas também uma sorte transcendente. Rong Jinzhen, de mais a mais, normalmente não dava mostras de ter nascido com uma inteligência expressiva, nem de possuir talento ou ambição alguma. Tudo indicava que o vice-diretor-geral tinha razão.

Mas os chineses têm um provérbio que pode rebater esses preconceitos: "Não se mede o oceano com um balde, nem se julga uma pessoa pela aparência".

A resposta mais veemente, no entanto, viria um ano depois, com uma façanha de Rong Jinzhen: o deciframento do PURPLE. Em apenas um ano. Ele quebrou o código PURPLE.

Quem poderia imaginar que, enquanto todos fugiam do PURPLE como quem foge de um fantasma, o tal burro encarava às escondidas, mas cheio de coragem, a tarefa de caçar um cisne. Se soubessem o que ele andava fazendo, teriam rido dele. E, quem sabe, apontado para ele como um exemplo de que os ignorantes nada temem. Agora os fatos comprovavam que o burro cabeçudo era dotado de um talento genial e uma sorte do outro mundo. Uma sorte transcendente. Uma sorte com a bênção dos ancestrais.

De fato, Jinzhen tinha uma sorte pela qual não se pode esperar. Nem pedir. Uns diziam que ele conseguira decifrar o PURPLE nos sonhos, dele próprio ou dos colegas. Outros, que a inspiração viera das partidas com o Enxadrista. Para outros ainda, ele teria encontrado a chave em suas leituras de lazer. Qualquer que fosse a resposta, ele conseguiu a proeza sem alarde, quase de forma despercebida. Isso causou surpresa geral, alguma inveja e muita euforia. A euforia se via em todos; a inveja coube aos especialistas enviados pela sede, que acreditavam que haveria de ser deles a sorte de quebrar o PURPLE, com as dicas de um Lisiewicz distante e fanático.

Era o inverno de 1957, pouco mais de um ano depois de Rong Jinzhen chegar à Unidade 701.

8.

Vinte e cinco anos mais tarde, o diretor Zheng me contaria, em uma sala de visitas muito espartana, que enquanto todos, incluindo o vice-diretor-geral, usavam um balde para medir o mar profundo que era Rong Jinzhen, ele estava entre os poucos que ainda depositavam grande esperança no rapaz, como se fosse a única pessoa sóbria em meio a uma multidão inebriada. Não sei se é sua reinterpretação do passado ou se ele realmente sentia isso na época, mas foi o que me disse:

[Transcrição da entrevista com o diretor Zheng]
Vou ser sincero, trabalhei a vida inteira com criptografia e nunca vi ninguém com uma sensibilidade tão extraordinária como a dele (Rong Jinzhen). A conexão dele com os códigos parecia sobrenatural, como entre mãe e filho; muitas coisas se conectam naturalmente, são vínculos orgânicos. O jeito com que ele abordava um código era uma coisa impressionante. O que também impressionava era o raro poder de concentração e a frieza intelectual. Quanto mais desesperadora a situação, mais obcecado, mais

*imperturbável ele se mostrava. Tinha uma impetuosidade propor-
cional a sua inteligência, e duas vezes maior que a das pessoas
comuns. Examinar seu brilhantismo fazia qualquer um se sentir
ao mesmo tempo inspirado e incapaz.*

Lembro muito bem que, pouco tempo depois de sua chegada
à Divisão de Criptografia, participei de um intercâmbio profissional de três meses no País Y, cujo tema era o código PURPLE.
*Na época, o País Y também trabalhava nisso e tinha feito mais
avanços, de modo que a sede nos enviou para aprender com eles.
Éramos três pessoas: eu, um criptógrafo da minha seção e o vice-
-diretor-geral da sede, responsável por nossos trabalhos.*

Quando voltei de viagem, ouvi uma série de reclamações sobre
Jinzhen da diretoria da unidade e dos colegas; diziam que ele não
se dedicava ao trabalho, que não tinha espírito pesquisador, que
não dava o máximo de si. Isso me incomodou demais, porque eu
o havia recrutado, e ficou parecendo que se tratava de um funcionário inútil. Na outra noite, fui procurá-lo no dormitório. A porta
estava entreaberta, bati e não ouvi resposta, então entrei. Não
tinha ninguém na sala, fui olhar no quarto e vi, no escuro, alguém
dormindo encolhido na cama. Fiz um barulho, entrei no quarto e
tateei o caminho até o interruptor. Para minha surpresa, quando
acendi a luz, descobri uma infinidade de diagramas pendurados
nas quatro paredes: uns pareciam tabelas logarítmicas forradas
de linhas retas e curvas; outros pareciam tabelas de estatísticas
com números de todas as cores tremulando feito bolhas de sabão
em um raio de sol; aquilo tudo fazia o quarto parecer uma visão
surreal, uma miragem.

Pelas anotações feitas em cada diagrama, entendi que se
tratava de uma transcrição da História da criptografia, mas, se
não fossem essas legendas, eu não teria como compreender o que
era tudo aquilo. A História da criptografia é uma obra monu-
mental, com nada menos que 3 milhões de palavras. O que mais

me chocou foi o fato de ele conseguir condensar o livro de forma tão simples e apresentá-lo em sequências numéricas. Já seria um feito de gênio conseguir representar a estrutura óssea debaixo da pele simplesmente olhando para um corpo humano. Mas ele não precisou sequer do esqueleto inteiro, bastou um ossinho da mão. Já pensou, ser capaz de recriar todo um organismo vivo a partir de um osso do dedo? Que habilidade é essa?

Falando sério, Rong Jinzhen era mesmo um gênio, tinha várias qualidades inimagináveis. Ele podia ficar meses ou até anos sem pronunciar uma única palavra e não via nenhum problema nisso; mas, quando decidia abrir a boca, uma frase dele era capaz de expressar tudo aquilo que você diria numa vida inteira. Em qualquer coisa que fazia, era como se não visse o processo, só o resultado, e esse resultado normalmente se mostrava certeiro e surpreendente! Ele tinha a habilidade de pegar a essência das coisas, e sempre de um jeito fora do comum. Transpor a História da criptografia para as paredes do seu quarto de forma tão magnífica, quem imaginaria isso? Ninguém. Me permita fazer uma metáfora: se um código fosse uma montanha, a decriptação seria achar os segredos escondidos nessa montanha. A primeira coisa que a maioria das pessoas faria seria procurar os caminhos para escalar a montanha, e só começar a buscar os segredos depois de chegar ao topo. Mas ele, não. Ele escalaria outra montanha nas proximidades, e lá de cima jogaria a luz de um holofote sobre a montanha em questão e investigaria os seus segredos com a ajuda de um telescópio. Era uma figura tão estranha quanto extraordinária!

Sem dúvida, desde que ele transpusera a História da criptografia para o quarto, cada movimento seu, na vigília ou no sono, passou a ser feito em um espaço conectado com o passado da criptografia. Com o tempo, cada cifra registrada naquele livro seria inalada até os pulmões, como oxigênio, e correria em seu sangue até chegar ao coração.

[...]

Acabei de falar da surpresa que tive com o que vi, mas logo tive outra surpresa com o que ouvi. Perguntei por que tinha despendido tanta energia com a história. A meu ver, criptógrafos não são historiadores. É absurdo e perigoso um criptógrafo se envolver com a história. Mas sabe o que ele me disse?

Foi o seguinte: "Acredito que todos os códigos são como organismos vivos. E como estão vivos existe uma conexão intangível entre os códigos de uma geração e os de outra, e um relacionamento intrínseco entre os contemporâneos. Para decriptar qualquer código de hoje, a resposta pode estar em algum código do passado".

Repliquei que um dos princípios adotados ao criar códigos é apagar os rastros de sua história para impedir que, decifrando um, todos sejam decifrados.

E ele respondeu que justamente nessa vontade universal de se livrar da história é que está a conexão.

A afirmação dele me abriu os olhos.

Ele continuou dizendo que os códigos evoluem como o rosto humano, que a tendência geral é a evolução. A diferença é que a mudança de um rosto sempre acontece sobre uma base, ou seja, por mais que mude, vai ser sempre um rosto, ou um rosto mais perfeito. Já na evolução dos códigos ocorre justamente o contrário, hoje é um rosto humano, mas amanhã você pode fazer com que abandone a forma humana e assuma uma cara de cavalo, de cachorro, de qualquer coisa, é uma mudança sem base específica. Mas, qualquer que seja a transformação, as feições vão ficando cada vez mais bem definidas, delicadas, desenvolvidas, perfeitas. Essa tendência evolutiva não muda. A busca da transformação é uma constante, a busca do aprimoramento é outra constante. Essas constantes são como duas linhas. No ponto onde se cruzam é que está o coração de uma nova geração de códigos. Achar essas duas linhas no emaranhado da história da criptografia seria de grande ajuda para os trabalhos atuais de decodificação.

Enquanto explicava, ele apontava para os números que corriam as paredes como fileiras de formigas. O dedo ora parava, ora pulava, em uma cadência ritmada, como que passando por um enxame de corações pulsantes.

Aquela sua teoria das duas linhas me surpreendeu bastante. Sei que, em tese, essas linhas existem, mas, na prática, é como se não existissem, porque ninguém as vê. Quem tentar puxar as duas linhas vai acabar se enrolando nelas e morrendo estrangulado.

[...]

Muito bem, vou explicar o que quero dizer. Que sensação você tem quando se aproxima de um fogão?

Exato, vai sentir que está quente, que arde, e não vai querer chegar mais perto, e sim manter uma distância para evitar se queimar para valer, não é? Quando você se aproxima de uma pessoa, acontece a mesma coisa: sente a influência dela em maior ou menor grau, a intensidade depende do carisma, do caráter, da energia dessa pessoa. Além do mais — e isso eu posso afirmar com certeza —, as pessoas que trabalham com criptografia, seja criando os códigos, seja decifrando-os, fazem parte de uma elite, são infinitamente carismáticas, a mente delas parece buracos negros. Qualquer pessoa dessas é capaz de exercer uma influência enorme sobre os outros. Mas penetrar na história da criptografia é como se embrenhar em uma selva cheia de armadilhas: a cada passo, você pode cair em uma delas e não sair nunca mais. Quem trabalha com códigos evita se aproximar da história da criptografia porque, nessa selva, cada coração, cada pensamento te atrai como um ímã, e te digere. A partir do momento em que você é atraído e digerido por um desses pensamentos, você se torna inútil no mundo da criptografia, porque os códigos não podem ter nenhuma semelhança entre si para que não sejam quebrados tão *facilmente. Qualquer semelhança faz os códigos virarem lixo. A criptografia é desumana e cheia de mistérios.*

Pois então, agora você deve estar entendendo o porquê do meu susto: ao seguir aquelas duas linhas, Rong Jinzhen quebrava um tabu da criptografia. Não sei se fazia isso por ignorância ou de caso pensado. A julgar pelo primeiro susto que me deu, quero acreditar que era uma transgressão intencional. O mero fato de pregar na parede a História da criptografia *dava mostras de que ele passava longe de ser uma pessoa comum. E a transgressão de uma pessoa dessas não se dá por ignorância nem por impulso, mas por coragem e capacidade.*

Por isso, quando ouvi a teoria das duas linhas, em vez de criticá-lo como deveria, acabei desenvolvendo um misto de admiração silenciosa com uma ponta de ciúme, porque ele, é óbvio, já estava muito à minha frente.

Naquele momento, não haviam decorrido nem seis meses que ele trabalhava conosco.

Ao mesmo tempo, fiquei preocupado com ele, parecia à beira de um abismo. Na verdade, hoje todo mundo sabe, todo mundo, inclusive você, que puxar as duas linhas significava que Rong Jinzhen almejava entrar em cada mente da história da criptografia, partir ao meio cada um dos pontos que formavam aquelas linhas e examiná-los minuciosamente, tocá-los. Mas cada uma dessas mentes, cada um desses pontos, é dotado de um poder sem limites: aquilo pode virar uma mão de força descomunal, a agarrá-lo e espremê-lo até o transformar em uma pilha de lixo. Por isso, ao longo dos anos, criou-se no mundo da criptografia uma regra tácita: livre-se da história! Todo mundo sabe que a história guarda todo tipo de pistas capazes de elucidar muitas coisas, mas o medo de entrar e não sair nunca mais barrou qualquer vontade de tentar, e assim encobriu tudo o que está lá dentro.

Posso dizer sem medo de errar que, de todas as histórias, a da criptografia deve ser a mais opaca, a mais árida. Ninguém se importa com o que tem ali, ninguém ousa se importar! Essa é uma das tragédias do criptógrafo: perdeu o espelho da história, perdeu o direito de seguir a lei natural de se nutrir dos frutos da pesquisa de seus pares. Enfrenta o trabalho mais árduo e obscuro com a alma em completo desamparo. Os seus veteranos raramente servem de degrau, pelo contrário, no mais das vezes, são portas fechadas, armadilhas vorazes que levam a desviar do caminho e buscar novas saídas. A meu ver, não há nada que renegue mais a história como a criptografia. A história virou um fardo, um estorvo para quem chegou depois, é uma coisa desumana, perversa mesmo. É por isso que a criptografia enterra muito mais gênios que qualquer outro campo da ciência.

[...]

Agora eu preciso explicar uma coisa. Em geral, o método com que a criptografia costuma trabalhar é o de eliminação: primeiro os agentes de inteligência coletam os dados relevantes; depois, com base nesses dados, você constrói diversas hipóteses, como se usasse muitas chaves para abrir uma série de portas. Quem projeta e fabrica todas essas chaves e portas é você mesmo. A quantidade delas vai depender do volume de matéria-prima de que você dispõe e também do seu grau de sensibilidade com relação aos códigos. É um método bem rudimentar, admito, mas é o mais seguro e eficaz, sobretudo com os códigos de alta complexidade. É por causa da alta taxa de sucesso que ele continua sendo usado até hoje.

Só que Rong Jinzhen, como você sabe, já abandonou esse método ancestral e entrou, com toda a coragem do mundo, em um território proibido, estendendo a mão de criptógrafo até o domínio da história e subindo nos ombros das gerações anteriores. O resultado disso, como acabei de falar, pode ser perigoso, assustador. É claro que, se ele tiver sucesso, se não for devorado *pelos predecessores, alcançará uma grande façanha. Ele, no mínimo, poderá reduzir significativamente o escopo de sua busca. Digamos, por exemplo, que de dez mil bifurcações ele consiga eliminar metade, ou até mais. A quantidade dependeria da amplitude do seu sucesso e da profundidade do seu entendimento das duas linhas. Acontece que a taxa de sucesso é extremamente baixa, tanto que poucas pessoas tentaram, e os casos de sucesso são mais raros que estrelas na alvorada. No mundo da criptografia, só dois tipos de gente ousam correr esse risco: os gênios — os grandes gênios — e os loucos. O louco não tem medo de nada porque não sabe o que é medo. O gênio também não tem medo de nada porque possui uma mente com dentes e garras, pronta para enfrentar qualquer ameaça.*

Para falar a verdade, eu, naquela época, não sabia dizer se Rong Jinzhen era gênio ou louco, mas de uma coisa eu tinha absoluta certeza: dali em diante, ele poderia encontrar a glória ou o fracasso, aturdir o mundo com uma proeza ou uma tragédia, nada mais me surpreenderia. Por isso, não me surpreendi mesmo quando ele, discreto como de praxe, decifrou o PURPLE. Só senti um grande alívio por ele e, por dentro, me ajoelhei a seus pés...

Por outro lado, depois de ele decifrar o código, descobrimos que as dicas de Lisiewicz eram totalmente equivocadas. Ainda bem que a equipe dera um jeito de excluir Rong Jinzhen do trabalho, do contrário, quem garante que ele não optaria por um caminho que não daria em lugar nenhum? As coisas da vida são assim mesmo, difíceis de explicar: de fato, foi injusto excluí-lo da força-tarefa, mas isso acabou sendo uma vantagem para ele. Há males que vêm para o bem. Para as sugestões erradas de Lisiewicz, há duas explicações possíveis: ou foram intencionais, porque o que ele queria era arruinar o nosso trabalho; ou foram só fruto de uma série de equívocos que ele cometeu enquanto tentava encontrar a chave do código. Dadas as circunstâncias da época, a opção mais provável é a segunda, já que, desde o início, ele tinha afirmado que aquela era uma tarefa impossível..." [CONTINUA]

O PURPLE foi decifrado.

E foi decifrado por Rong Jinzhen.

Nem preciso dizer que, nos dias que se seguiram, aquele jovem misterioso naturalmente começaria a receber enormes recompensas, apesar de continuar retraído como sempre, vivendo e trabalhando em sua bolha; continuou lendo seus livros, jogando seu xadrez, interpretando sonhos dos outros; calado, distante, imperturbável, como de praxe. Não havia mudado nada. Mas as pessoas começaram a olhá-lo de forma totalmente diferente, acreditando que tudo era parte do seu mistério, seu carisma, sua sorte. Na Unidade 701, não havia homem ou mulher que não o conhecesse e o respeitasse. Como sempre andava sozinho para lá e para cá, até os cachorros sabiam quem ele era. Todo mundo sabia que as estrelas do céu até podiam cair, mas não ele — uma estrela que brilharia para sempre, porque a glória que obtivera era para a vida toda. Ano após ano, as pessoas o viam ser promovido: chefe da equipe, subchefe do grupo, chefe do grupo, subchefe da divisão... Aceitava tudo sem demonstrar orgulho ou modéstia, com a serenidade de um lago que recebe mais uma gota d'água. Os outros reagiam da mesma maneira: o admiravam sem inveja, suspiravam sem tristeza. Porque todos, espontaneamente, já o julgavam único, reconhecendo-o como especial, inalcançável. Dez anos mais tarde (em 1966), quando foi promovido a chefe da Divisão de Criptografia em metade — ou menos da metade — do tempo que os demais levavam para chegar a esse cargo, ninguém achou que fosse um exagero. Parecia até que isso já estava previsto havia muito tempo. Tinham convicção de que, um dia, ainda seria dele a chefia de toda a Unidade 701: o título de diretor-geral estava à espera daquele jovem calado.

Essa expectativa tinha tudo para se tornar realidade porque, na ultrassecreta Unidade 701, os cargos de diretoria eram quase invariavelmente ocupados por funcionários de destaque. E Rong Jinzhen, com sua sisudez de rocha, parecia ter nascido para chefiar uma organização secreta.

No entanto, nos últimos dias de 1969, deu-se um fato de que muita gente se lembra até hoje. Para contar todo o ocorrido, entramos na Parte IV deste livro.

PARTE IV
Reviravolta

1.

Tudo começou com o simpósio sobre o código BLACK.

O BLACK, como o nome indica, era irmão do PURPLE, mas mais sofisticado que este, assim como a cor preta é mais cerrada que a roxa. Três anos antes — e Rong Jinzhen se lembraria para sempre daquele dia terrível, 1º de setembro de 1966 (não muito antes de ele voltar à Universidade N para salvar a mestra Rong) —, as primeiras pegadas do BLACK foram detectadas no território do PURPLE. E já naquele momento, como um pássaro que fareja no vento a proximidade da nevasca, Rong Jinzhen pressentiu que sua conquista anterior corria o risco de ser aniquilada.

E aconteceu exatamente isso: a sombra do novo código foi se estendendo sobre o antigo como a noite que avança sobre os últimos raios do sol até devorá-los por completo. A Unidade 701 voltou a viver dias sombrios, e todos, sem pestanejar, depositaram sobre Rong Jinzhen, a maior estrela da criptografia, a esperança de encontrar uma luz. Durante três anos, ele buscou essa luz sem descanso, mas ela continuava perdida na escuridão, do outro lado da cordilheira. Foi nessas circunstâncias que a

Unidade 701 e o quartel-general decidiram realizar um discreto simpósio sobre o BLACK.

A reunião aconteceria na sede do quartel-general.

O quartel-general da Unidade 701, como tantos outros, também se localizava em Pequim. A viagem de trem até a capital levava três dias e duas noites. A viagem de avião, apesar de possível, estava descartada por medo de sequestro. As chances de um sequestro costumam ser baixíssimas, mas bastaria um criptógrafo da Unidade 701 embarcar para a probabilidade aumentar em dez ou mesmo cem vezes. E sendo Rong Jinzhen o criptógrafo em questão, responsável pelo deciframento do PURPLE e agora empenhado em quebrar o BLACK, as chances cresceriam infinitamente. Se o serviço secreto do País X ficasse sabendo que Rong Jinzhen tomaria um avião, muito provavelmente seus agentes já estariam infiltrados na aeronave, ansiando pela decolagem para poder pôr em prática alguma tramoia. Não se brincava com isso, já haviam aprendido a lição. Ninguém na Unidade 701 ignorava o que se passara na primavera de 1958, pouco depois de Rong Jinzhen decifrar o PURPLE, quando um criptógrafo de baixa patente do País Y foi sequestrado por agentes do País X em uma viagem de avião. Zheng Coxo o conhecera durante um período de intercâmbio em Y e até havia jantado com ele duas vezes. Agora ninguém fazia ideia de seu paradeiro, nem mesmo se estava vivo ou morto. Esse é mais um dos aspectos cruéis do ofício de criptógrafo.

A viagem por terra, por outro lado, é muito mais confiável e segura. Mesmo no caso de um evento inesperado, sempre há uma saída, uma rota de escape, não se corre o risco de assistir, de mãos atadas, a alguém sendo sequestrado. A uma distância daquelas, contudo, a viagem de carro seria demasiado desconfortável. A única alternativa que restava era mandar Rong Jinzhen de trem. Como tinha um status especial e levaria documentos confidenciais, teria direito a uma cabine na primeira classe. No entanto, todas as cabines dessa classe haviam sido reservadas por um grupo de oficiais da polícia desde a estação de partida. O fato de essa situação rara acontecer justamente no dia da viagem de Rong Jinzhen não parecia um bom presságio.

Sua escolta era feita por um homem carrancudo, alto, de rosto moreno, boca grande e olhos pequenos. Os pelos no queixo, de uma polegada de comprimento e duros como arames, se voltavam teimosamente para cima, à maneira de uma barba de porco. E tantos arames tão densamente plantados lhe davam um aspecto bruto. Não era exagero dizer que tinha um olhar feroz, de carrasco. Se Rong Jinzhen era o modelo da inteligência, aquela carranca era o modelo da força na Unidade 701. Ele usufruía ainda de uma honra única: quando viajavam, os altos funcionários da Unidade 701 gostavam de levá-lo consigo. Daí ser conhecido como Vassíli, nome do guarda-costas de Lênin no filme *Lênin em 1918*. Ele era o Vassíli da 701.

Na memória das pessoas, Vassíli andava com as mãos enfiadas nos bolsos de um sobretudo muito alinhado. Caminhava a passos largos, enérgico, intimidador, exatamente a postura esperada de um guarda-costas. Dentre os jovens da unidade, não havia um que não nutrisse por ele um sentimento de inveja e respeito. Quando se reuniam, gostavam de falar dele, de seu vigor, de seus possíveis atos de bravura. Chegaram a inventar histórias sobre os bolsos de seu sobretudo. Diziam que, no direito, carregava uma pistola B7 de fabricação alemã, que podia sacar a qualquer momento e acertar qualquer alvo. E que, no esquerdo, levava um passe especial, assinado por alguém do alto comando. Isso lhe garantiria acesso a qualquer lugar, sem que ninguém pudesse barrá-lo.

Outros diziam que carregava uma pistola adicional sob o braço esquerdo. Ninguém jamais tinha visto. Mas isso não significava que a arma não estivesse ali, dado que não era possível enxergar o que ele levava sob a axila. E ainda que alguém tivesse constatado com os próprios olhos que não havia arma nenhuma, os jovens não iriam se convencer e afirmariam, cheios de certeza, que ele só carregava aquela arma quando estava em missão.

E era bem possível.

Uma arma extra na mão de um guarda-costas é algo tão trivial como uma caneta ou um livro a mais na pasta de Rong Jinzhen.

Mesmo escoltado por aquele homem fora do comum, Rong Jinzhen não se sentia seguro. Quando o trem começou a se mover, foi tomado por uma ansiedade indescritível. Teve a sensação incômoda de estar sendo vigiado, como se todos olhassem para ele, como se estivesse nu (daí a atenção de todos). Sentia-se exposto e, portanto, aflito, inquieto, inseguro e desconfortável. Não sabia de onde vinha essa sensação nem o que fazer para se acalmar. Na verdade, esse mau presságio aparecera por estar muito preocupado com sua situação e ter real dimensão da importância daquela viagem...

[Transcrição da entrevista com o diretor Zheng]

Como eu já disse, o criptógrafo do País Y sequestrado por agentes do País X era de baixa patente, a diferença entre ele e Rong Jinzhen não podia ser maior. Não estávamos paranoicos, nem Rong Jinzhen se preocupava à toa. Os riscos eram reais durante aquela viagem. O que estranhamos desde o início foi como o País X ficou sabendo que Rong Jinzhen havia decifrado o PURPLE, apesar de todo o sigilo em torno do processo. Claro que, mais cedo ou mais tarde, iriam descobrir, porque isso se refletiria em nossas reações, a menos que não tivéssemos utilizado as informações que constavam nesse código. Mas, mesmo assim, eles não deviam saber quem exatamente tinha sido o responsável. Na verdade, não só estavam a par de que se tratava de Rong Jinzhen, como também tinham todos os seus dados pessoais. Nossos agentes investigaram o assunto e identificaram alguns suspeitos. Lisiewicz era um deles. Foi também um dos motivos iniciais para começarmos a desconfiar de sua real identidade. Mas, naquele momento, eram só suspeitas, não existia uma prova concreta. Só um ano depois recebemos, por acaso, a confirmação de que Lisiewicz era, de fato, o cientista Georg Weinacht, um conhecido anticomunista. Foi então que descobrimos a verdadeira face de Lisiewicz.

Como Lisiewicz tinha virado um anticomunista virulento e por que tinha feito tantos malabarismos, chegando a mudar de nome para agir contra o nosso governo, eram segredos que só ele sabia. Mas, quando a máscara caiu, suas tentativas de conspirar contra nós ficaram mais claras. Talvez ninguém conhecesse melhor os talentos de Rong Jinzhen do que Lisiewicz. Ele também trabalhou com criptografia e simulou a decifração do PURPLE. Ele naturalmente sabia que, uma vez nessa carreira, Rong Jinzhen se tornaria um grande especialista e que a quebra daquele código seria questão de tempo. Por isso, fez de tudo para impedir que Rong entrasse na carreira. Quando descobriu que ele já estava trabalhando na área, tentou afastá-lo do PURPLE. Por fim, quando soube que Rong vinha se dedicando a esse código, fez de tudo para criar uma cortina de fumaça. Acho que ele tinha motivações políticas, mas também pessoais. Se Rong Jinzhen decifrasse o PURPLE, isso seria, em primeiro lugar, uma vergonha para Lisiewicz, como um alarme que falha na função de evitar o roubo. Porque, naquela altura, sua função era praticamente essa: dar o alarme sobre o PURPLE. E como o outro lado soube que era Rong Jinzhen o responsável pela decodificação? Com certeza foi Lisiewicz quem ligou os pontos e descobriu. Mas há uma coisa que ele jamais imaginou: o esquema armado para enganar Rong Jinzhen não surtiu efeito! Nisso, Deus parecia estar do lado de Rong Jinzhen.

Além do mais, a estação de rádio JOG, que fazia propaganda para incitar a deserção, noticiava quase todos os dias a oferta de um bom dinheiro para comprar os nossos criptógrafos, cada um a um preço diferente, como itens tabelados. Eu me lembro muito bem de que o valor de Rong Jinzhen era dez vezes maior do que o de um piloto: 1 milhão.

Um milhão, veja só.

Esse valor lançou Rong Jinzhen aos céus, mas, ao mesmo tempo, o deixou a um passo do inferno. Ele concluiu que, por ser tão valioso, quem quisesse prejudicá-lo teria motivos para isso, muitos motivos... O suficiente para atrair muita gente, e ele não via como se defender. Era paranoia, porque nossas medidas de segurança se estendiam muito além dos riscos que Rong podia correr. Por exemplo, naquela viagem, além de Vassíli, que era seu guarda-costas pessoal, havia no trem vários agentes à paisana, e o exército ao longo do trajeto estava em alerta para reagir a qualquer imprevisto. Ele não tinha conhecimento de nada disso. A movimentação de passageiros no vagão comum o deixou ainda mais nervoso.

Rong Jinzhen tinha, por natureza, uma tendência a procurar pelo em ovo. Talvez esse espírito obstinado é que tenha dado a ele o conhecimento extraordinário e a sorte incrível que o acompanhava. Mas essa mesma obstinação produziu nele uma absoluta falta de traquejo para com o mundo. Apesar dos inúmeros livros que leu, apesar dos extensos conhecimentos, apesar da impressionante capacidade de produção de ideias, nos assuntos da vida cotidiana o talentoso Rong Jinzhen era ignorante, desorientado e, por isso mesmo, inseguro, atrapalhado, irracional até. Durante todos aqueles anos, a única vez que viajou foi para resgatar a irmã, a mestra Rong. Voltou no dia seguinte. Na verdade, por vários anos depois de decifrar o PURPLE, seu trabalho não era particularmente estressante, e ele poderia ter visitado a família outras vezes

se assim o tivesse desejado. E teria todo o apoio da unidade, com carro e guardas, sem problema algum. Mas ele sempre recusou a oferta alegando que ficaria sob vigilância constante, como um prisioneiro, e que não tinha graça nenhuma não poder falar o que quisesse nem ir aos lugares que desejasse. No fundo, tinha medo de que acontecesse alguma coisa. Tem gente que não suporta ficar trancada em casa, não suporta a solidão, mas ele, pelo contrário, detestava sair e encontrar desconhecidos. Sua reputação e seu trabalho o deixaram transparente e frágil como uma vidraça, e não havia o que fazer quanto a isso. Só que ele potencializou essa sensação ao extremo, tanto que não tínhamos o que fazer...
[CONTINUA]

Assim, a profissão, a índole exageradamente cautelosa e o temor de que algo de ruim pudesse lhe acontecer aprisionaram Rong Jinzhen em um vale remoto. O tempo passava, mas ele invariavelmente preferia a vida previsível e sufocante de um animal confinado. Contentava-se em preencher seu mundo e seus dias com a imaginação ociosa. Agora precisava ir à reunião na sede. Seria sua segunda viagem desde que entrara para a Unidade 701, e também a última.

Como de costume, Vassíli usava um sobretudo cáqui, perfeitamente engomado, elegante. Deixava a gola levantada, o que aumentava o ar de mistério. Não podia pôr a mão esquerda no bolso como sempre fazia porque carregava uma mala rígida de couro marrom, que não era grande nem pequena. Era uma caixa-preta de viagem onde guardava os arquivos sobre o BLACK e uma bomba incendiária que poderia ser acionada a qualquer tempo. Já a mão direita, Rong Jinzhen notou, se mantinha sempre no bolso, como que para disfarçar algum problema. Ele sabia muito bem que não havia problema nenhum com aquela mão, a questão é que segurava uma pistola. Vira a arma por acaso e já tinha ouvido o que diziam de Vassíli — tudo isso o deixava apavorado. Mais que necessidade, empunhar uma arma já era um hábito para o guarda-costas. Essa ideia foi se enraizando em Rong, criando nele um sentimento de inimizade e terror, principalmente depois que esta frase lhe veio à mente: **"Uma pistola no bolso é como dinheiro, pode ser usada a qualquer momento"**.

Arrepiava-se só de pensar que havia, ao seu lado, uma ou talvez duas armas daquelas. "Se essa arma for usada", pensava ele, "significa que temos algum problema. A arma pode eliminar o problema, como a água que apaga o fogo. Só que nem sempre a água consegue extinguir o fogo. E aí...", e um estampido distante ressoou em seus ouvidos, impedindo-o de continuar a pensar.

Rong Jinzhen tinha plena consciência de que, em uma situação dessas, havia o risco de estarem em grande desvantagem. Depois de acionar a bomba incendiária, Vassíli não hesitaria em atirar nele também.

"Um morto não revela segredos."

Enquanto murmurava essa frase, o som do disparo que acabara de sumir voltou a ecoar nos ouvidos de Rong.

A sensação de derrota, a apreensão ante uma catástrofe iminente e o temor de um contratempo qualquer acompanharam Rong Jinzhen por todo o caminho. Ele tentava aguentar firme, resistir a essa sensação, mas a viagem lhe parecia demasiado longa, o trem andava tão devagar... Só depois de chegar à sede em segurança é que sentiu algum alívio. Nesse momento, tomou coragem de pensar que, mais tarde (pelo menos na viagem de volta), não precisaria se apavorar dessa forma.

"O que é que pode acontecer? Nada. Afinal de contas, ninguém te conhece e ninguém sabe que você carrega informações confidenciais."

Dizia isso a si mesmo, zombando do próprio medo ao longo da viagem.

2.

A conferência começou na manhã no dia seguinte. Foi uma ocasião bastante solene. Um ministro e três vice-ministros estavam presentes na sessão de abertura. Um homem de cabelos brancos presidia a reunião. Foi apresentado como diretor do I Departamento de Pesquisa; mas havia rumores de que se tratava do primeiro secretário e assessor estratégico de xxx. Rong Jinzhen não se importava com nada disso, mas uma frase que o homem repetiu várias vezes na conferência chamou sua atenção: **"Precisamos decifrar o BLACK, é uma questão de segurança nacional"**.

E disse mais: "O processo de decodificação em si é sempre o mesmo, mas códigos diferentes devem ser decifrados por motivos diferentes. Uns devem ser decifrados para se ganhar determinada batalha, outros, por causa da corrida armamentista; uns são importantes para a segurança dos chefes de Estado, outros, para assuntos diplomáticos. Há ainda códigos que precisam ser quebrados por mera questão de trabalho, de profissão. Existem muitos outros motivos, mas nem mesmo todos eles juntos têm a importância de uma questão de segurança nacional. Posso afirmar com toda a sinceridade que desconhecer os segredos do País X constitui a maior ameaça para a segurança do nosso país. Só há uma maneira de nos livrarmos dessa ameaça: decifrar o BLACK o quanto antes. Como já disseram: 'Dê-me um ponto de apoio e eu moverei o mundo'. Pois, ao decifrarmos esse código, teremos o ponto de apoio que nos permitirá mover o planeta. Se, hoje, a segurança do nosso país se encontra em situação crítica, sob imensa pressão, decifrar o BLACK será a chave para rompermos o cerco e tomarmos a dianteira!".

Com o apelo veemente daquele veterano, a cerimônia de abertura chegou a um clímax silencioso. Cada vez que ele se empolgava, seus cabelos prateados tremeluziam, como se também discursassem.

À tarde, foi a vez de os especialistas palestrarem. Rong Jinzhen foi encarregado de abrir o programa com um relatório de mais de uma hora sobre os progressos em relação ao BLACK — em suma: nenhum avanço significativo. Falou também de suas inspirações e ideias, algumas tão valiosas que, mais tarde, ele se arrependeria de ter mencionado em público. Nos dias que se seguiram, foram horas a fio ouvindo as ideias de nove colegas e os discursos de encerramento de dois diretores. A reunião toda lhe pareceu mais um debate superficial do que uma conferência. As palestras eram um punhado de adulações e frases feitas. O falatório não incluía discussões acirradas, nem reflexões desapaixonadas. A reunião flutuava em um plácido espelho d'água, onde só vez ou outra estouravam algumas bolhas, todas produzidas por Rong Jinzhen quando não conseguia mais prender o fôlego: a tranquilidade e a monotonia o asfixiavam.

Talvez, no fundo, ele detestasse a reunião e todos os seus participantes, ou pelo menos quem estava nos bastidores. Mais tarde, achou desnecessário esse sentimento. Não fazia sentido.

Se ele mesmo, após anos de pesquisa, continuava perdido, sem a menor pista, sentindo o bafo da morte como se o BLACK fosse um câncer que se espalhava por seu corpo, como podia esperar que, em meio a um bando de gente medíocre e alheia ao assunto, só superficialmente familiarizada com o código, alguém pudesse ter algo a dizer e virar salvador da pátria? Era **um absurdo, um disparate saído de algum sonho**...

[Transcrição da entrevista com o diretor Zheng]

Rong Jinzhen estava isolado, esgotado, passava os dias divagando, mergulhado em seus pensamentos, e de noite sonhava muito. Até onde sei, durante um tempo ele se obrigava a sonhar toda noite, isso porque, por um lado, já sabia que os sonhos o ajudavam (dizem que o influenciaram a decifrar o PURPLE); por outro, ele suspeitava que o sujeito que havia criado o BLACK era um monstro dono de um raciocínio totalmente diferente do das pessoas comuns e, para uma pessoa comum como ele, o único jeito de se aproximar de um monstro desses era em sonho.

Esse estalo o encorajou bastante no início, como se o fizesse vislumbrar a saída do labirinto. Dizem que induzia a si próprio a sonhar toda noite, e, por algum tempo, essa foi sua prioridade. Esse excesso deliberado o deixou à beira de um colapso. Bastava fechar os olhos e já começava a sonhar com um monte de coisas. Sonhos muitos confusos, sem coerência nenhuma, que só serviam para perturbar o sono. Para ter algum descanso, ele precisava acabar com aqueles sonhos incômodos. Por isso, adotou o hábito de ler um livro ou fazer uma caminhada antes de se deitar. A primeira atividade afastava a mente da tensão do dia, e com a outra vinha o cansaço físico. Combinadas, faziam bem para o sono. Ele considerava a literatura e as caminhadas como sendo suas pílulas para dormir.

Dizem que, depois de tanto sonhar, parecia que ele tinha

experimentado, vivenciado, provado tudo o que existia no mundo real, de forma que passou a viver em dois mundos: o da realidade e o dos sonhos. Falam por aí que tudo o que tem na terra tem no mar, mas nem tudo o que há no mar se encontra na terra. Isso descreve bem a sua situação: o que sonhava podia não existir no mundo real, mas tudo o que acontecia no mundo real decerto acabava aparecendo nos sonhos. Melhor dizendo, na cabeça de Rong Jinzhen, cada coisa tinha duas versões: a realista, concreta e viva; e a sonhada, impalpável, embaralhada. A palavra "disparate", por exemplo, para nós é uma coisa, mas para Rong Jinzhen eram duas: havia o disparate corriqueiro, mas havia também o dos sonhos, que só ele conhecia, e este, nem preciso dizer, devia ser algo muito mais absurdo, delirante... [CONTINUA]

Mais calmo agora, Rong Jinzhen percebeu que esperar que essas pessoas fossem capazes de distribuir opiniões fundamentadas e pérolas de sabedoria que o levariam a decifrar o BLACK era **um disparate saído de algum sonho**, o absurdo dentro do absurdo, um disparate mais disparatado que os disparates comuns. Então, procurou se consolar pensando o seguinte: "Não conte com eles, não conte com eles. Essas pessoas não são capazes de indicar a você a saída desse labirinto, não são, não são...".

Ficou repetindo aquilo para si mesmo, talvez supondo que o ritmo forte o ajudaria a esquecer a angústia.

Apesar de tudo, a viagem de Rong Jinzhen não foi de todo improdutiva. Rendera pelo menos quatro frutos:

1. Graças à reunião, ele percebeu que o alto comando estava muito preocupado com o andamento e o futuro do processo de decodificação do BLACK. Isso trazia, ao mesmo

tempo, pressão e estímulo. Para Rong Jinzhen, foi como um empurrão que lhe dava mais força.

2. As amabilidades verbais e físicas (apertos de mão calorosos, reverências e sorrisos solícitos — tudo isso se enquadra na categoria das amabilidades físicas) o fizeram perceber que, no mundo secreto da criptografia, ele era um astro de enorme brilho, querido por todos. Esse fato, que até então ignorava, o alegrou um pouco.

3. Em uma recepção depois do evento, aquele senhor de cabelos brancos e pose de autoridade prometeu, quase de improviso, que lhe enviaria um computador com capacidade para 400 mil cálculos por segundo. Era o mesmo que lhe dar um assistente de primeira linha!

4. Antes de partir, comprou em uma livraria dois livros que desejava havia muito tempo. Um deles era *O livro celestial* (também traduzido como *A escrita dos deuses*), de autoria de um criptógrafo famoso chamado Klaus Johannes.

O que faz uma viagem valer a pena?

Coisas como essas fazem uma viagem valer a pena.

Com isso tudo, Rong Jinzhen poderia retornar feliz. E, já que não havia mais um grupo grande de policiais nem de outras instituições no trem de volta, Vassíli conseguiu, com facilidade, duas passagens na primeira classe. Quando entrou no compartimento, Rong Jinzhen relaxou de uma forma que não experimentava havia seis dias.

De fato, deixara a capital muito contente, e havia mais um motivo para esse contentamento: na noite da volta, os primeiros flocos de neve daquele inverno dançaram no céu da cidade — como se encomendados para a despedida daquele sulista. A neve caiu cada vez mais forte e, em pouco tempo, preencheu o solo, produzindo um brilho difuso no breu da noite. Rong Jinzhen esperava a partida do trem em meio à paisagem invernal. A neve caindo em silêncio e o hálito de umidade enchiam seu coração de paz.

O início da viagem de volta não poderia ter sido melhor. Ele teve certeza de que a jornada seria tranquila.

Diferente da viagem de ida.

3.

Diferente da viagem de ida, a de volta duraria dois dias e três noites, e não três dias e duas noites. Um dia e duas noites haviam se passado, o segundo dia já chegava ao fim. Jinzhen passava o tempo dormindo ou lendo os livros recém-adquiridos. Os maus pressentimentos e o pânico da ida tinham ficado para trás. Prova disso eram o bom sono e a leitura. A volta, ademais, tinha a vantagem de ser de primeira classe, em um compartimento privativo, isolado do mundo exterior e, portanto, mais seguro. Viajar em uma caixa de fósforos como aquela era tudo que ele poderia desejar.

Ninguém há de negar que o desejo mais urgente, a maior prioridade de uma pessoa tímida, suscetível e apática, é manter a independência. Com seu jeito calado e esquivo, Rong Jinzhen evitava tanto quanto podia a vida mundana: preferia manter distância de todos, apartar-se da multidão. De certo modo, acolhera o Enxadrista para se afastar dos colegas. Fazer amizade com um maluco era a melhor maneira de evitar a aproximação dos demais. Ele não tinha amigos, ninguém o via como amigo.

Todos o respeitavam e admiravam, mas ninguém se aproximava. Vivia sozinho (até mesmo o Enxadrista deixara a Unidade 701 depois de algum tempo, quando o grau de confidencialidade diminuiu) e todos o achavam excessivamente fechado, antissocial, esquivo, retraído. Mas viver sozinho não era um problema para ele, muito mais sofrido seria aguentar as inúmeras idiossincrasias das pessoas à sua volta. Portanto, não gostou do título de chefe da Divisão de Criptografia, nem do de marido...

[Transcrição da entrevista com o diretor Zheng]

Rong Jinzhen se casou no dia 1º de agosto de 1966. Sua esposa, uma moça de sobrenome Di, era órfã de pai e mãe, e trabalhava no Serviço de Inteligência desde muito cedo. Começara como telefonista na sede e, em 1964, foi promovida e transferida para o nosso departamento como secretária da Seção de Documentos Oficiais. Nortista típica, era bem alta, meia cabeça mais alta que Rong Jinzhen, de olhos grandes. Falava um mandarim castiço, mas quase nunca abria a boca. Sempre que dizia alguma coisa era em voz baixa, talvez por hábito de quem trabalhou muito tempo com assuntos sigilosos.

Sempre achei muito estranho o casamento de Rong Jinzhen, parecia uma piada do destino. E por que digo isso? Sei que muita gente queria achar alguém para ele, que muitas gostariam de se casar com ele para compartilhar da sua glória, mas quem sabe por falta de vontade, indecisão, ou qualquer outro motivo, ele sempre fechava as portas. Achei que ele não tivesse interesse em mulheres ou em casamento. Só que, algum tempo depois, não sei como, de repente, do nada, sem avisar ninguém, ele se casou com Xiao Di! Estava com 34 anos. Claro que isso não era um problema, digo, aos 34, ele podia estar meio velho, mas se a moça queria se casar com ele, qual o problema? Nenhum. O problema veio pouco depois do casamento, quando surgiu o tal código BLACK.

214

Se ele não tivesse se casado com essa moça naquele momento, provavelmente não se casaria com mais ninguém pelo resto da vida, pois o BLACK seria uma barreira insuperável. Muita gente achava seu casamento parecido com um pássaro que entra pela janela um segundo antes de ela ser fechada, uma coisa estranha, uma predestinação, não sei como definir... Assim como não faço ideia se isso era bom ou ruim, certo ou errado...

Falando francamente, o que sei é que ele foi um péssimo marido. Às vezes, passava semanas sem ir para casa. E, quando ia, raramente falava com a mulher: jantava quando a comida estava na mesa e, ao terminar de comer, saía de casa ou ia dormir. Quando acordava, saía de novo. Assim foi a vida matrimonial de Xiao Di — morava com o marido, mas quase não tinha chance de trocar um olhar com ele, do resto, nem se fala. Como chefe de seção e gestor, ele também deixava a desejar. Só aparecia na sala dele uma hora antes do final do expediente, o resto do dia passava enfiado na Divisão de Criptografia, com o telefone fora do gancho. Ele se esquivou dos aborrecimentos da vida de chefe e marido preservando os hábitos e o estilo de vida que sempre buscou: vivendo isolado, trabalhando isolado, sem querer ser incomodado nem ajudado por ninguém, valorizando uma existência solitária. Isso se intensificou depois que o BLACK entrou em cena. Parecia que só escondido ele conseguiria explorar a fundo os segredos desse código... [CONTINUA]

Deitado no conforto da primeira classe, Rong Jinzhen teve aquela mesma sensação: finalmente encontrara um refúgio perfeito. De fato, os dois leitos que Vassíli conseguira reservar eram ideais. Seus companheiros de viagem eram um professor aposentado e a neta de nove anos. O professor, que devia estar na casa dos sessenta anos, era ex-vice-reitor da Universidade G. Deixara o cargo havia pouco tempo por causa de uma doença nos olhos, mas mantinha o ar de autoridade: gostava de beber e fumar cigarros Pegasus. Foi com isso que se entreteve durante a viagem. A netinha, que sonhava ser uma soprano quando crescesse, não parava de cantar, usando o vagão como palco. As duas pessoas, o velho e a criança, tiveram o efeito de uma dose de tranquilizante sobre os nervos sobressaltados de Rong. Em outras palavras, naquele espaço pequenino e cândido, livre de toda e qualquer hostilidade, Rong já se sentia livre de seus medos. Dedicava o tempo às duas atividades que, naquele momento, lhe eram mais úteis e agradáveis: o sono e a leitura. O sono reduzia as noites intermináveis à brevidade de um sonho, a leitura dissipava o tédio do dia. Às vezes, deitado no escuro sem conseguir dormir e sem poder ler, ele soltava a imaginação. E assim, dormindo, lendo e divagando, deixou correr a viagem de volta, aproximando-se, hora após hora, da realização de seu desejo mais premente: terminar o percurso e retornar à Unidade 701.

O segundo dia se aproximava do fim. O trem deslizava sobre um vasto campo aberto enquanto, ao longe, um sol vermelho lançava raios aveludados no poente. O campo banhado pelo aconchego luminoso do entardecer remetia a um sonho, uma pintura em tons quentes.

Durante o jantar, o professor começou a conversar com Vassíli. Rong Jinzhen ouvia distraído, até que o velho professor disse, com uma ponta de inveja: "Ah, o trem já entrou na Província G, amanhã de manhã vocês estarão em casa".

Rong Jinzhen achou muito simpático da parte dele e decidiu entrar na conversa: "E vocês, quando chegam?".

"Amanhã às três da tarde."

Aquele era o horário da parada final. Rong Jinzhen brincou: "Vocês são os dois passageiros mais leais deste trem, vão com ele do começo ao fim."

"Nesse caso, você é um desertor."

O professor deu uma gargalhada.

Estava visivelmente feliz por ter mais um participante na conversa. Mas não durou muito, porque Rong Jinzhen deu um sorriso amarelo, parou de lhe dar atenção e voltou a mergulhar em O *livro celestial*, alheio a tudo e a todos. O professor o observou com estranheza, tentando adivinhar se era meio perturbado.

Não se tratava de perturbação, era o jeito dele mesmo: falava o que queria e encerrava o assunto sem mais, sem rodeios nem sutilezas, sem introito nem remate, dizia o que tinha a dizer e ponto. Expressava-se como em um sonho e invariavelmente deixava seus interlocutores em suspense, também como em um sonho.

A edição que lia havia sido publicada antes da fundação da República Popular, pela editora Chung Hwa, com tradução da sino-britânica Han Suyin. Era um volume tão fino que parecia mais um folheto do que um livro. Trazia a seguinte epígrafe na contracapa:

Os gênios são a alma do mundo, raros e, portanto, seletos; seletos, portanto, preciosos; preciosos, portanto, um tesouro. E, como qualquer outro tesouro neste mundo, têm a delicadeza dos brotos novos, se quebram ao simples toque e, uma vez quebrados, definham por completo.

Essas palavras atingiram Rong Jinzhen como uma bala...

[Transcrição da entrevista com o diretor Zheng]

Os gênios se quebram com facilidade. Isso não era novidade para Rong Jinzhen, nem era um tabu, tanto que chegou a tocar no assunto em várias de nossas conversas. Ele dizia: "O que faz do gênio um gênio é que ele pega uma de suas características e vai esticando até chegar à finura de um fio de seda, até ficar transparente, sem poder resistir ao menor impacto". De certa forma, quanto mais limitado é o escopo do intelecto, mais fácil é para uma faceta desse intelecto atingir o infinito, ou seja, a profundidade é alcançada justamente por sacrificar a amplitude. Por isso os gênios têm, na maioria das vezes, um lado extremamente sensível e inteligente, e outro extremamente teimoso, muito mais que as pessoas comuns. Um exemplo clássico disso é justamente o professor Klaus Johannes, autor de O livro celestial, *lenda na área da criptografia e herói pessoal de Rong Jinzhen.*

Em nosso círculo, não havia quem não o considerasse um ser divino, insuperável. Era um deus, código nenhum o perturbava. Profundo conhecedor dos mistérios da linguagem cifrada. Apesar disso, no dia a dia, ele se mostrava um completo idiota, do tipo que não sabia nem voltar para casa. Quando saía, precisava ser conduzido como um animal na coleira, se fosse sozinho não seria capaz de retornar. Dizem que nunca se casou, e que sua mãe o acompanhou a vida inteira para evitar que se perdesse.

Para qualquer mãe, um filho desses, sem dúvida, significava um trabalho enorme.

No entanto, meio século atrás, na Alemanha, o coração do fascismo, era precisamente aquele homem, que tanto trabalho havia dado para a mãe, que acabou ficando conhecido entre os nazistas como "O Ceifador". A simples menção do seu nome podia fazer Hitler mijar nas calças. Johannes podia ser considerado conterrâneo de Hitler, tinha nascido em uma ilha chamada Tars (conhecida por suas reservas de ouro). Porém, para todos os efeitos, a sua pátria era a Alemanha, e na época o seu comandante em chefe era Hitler. Em vista disso, era natural ele servir à Alemanha e ao Führer. Mas não serviu, ou pelo menos não do início ao fim (só por algum tempo). Seu inimigo não era um país ou uma pessoa, seu inimigo eram os códigos. Ele podia muito bem se tornar inimigo de uma nação ou de uma pessoa em um momento e em outro passar a ser inimigo de outra nação e outra pessoa:

tudo dependia de quem — que país ou que pessoa — é que tinha criado e vinha usando o código mais complexo do mundo. Quem possuísse esse código seria seu adversário.

Na década de 1940, depois que uns documentos criptografados em EAGLE apareceram na mesa de Hitler, Johannes escolheu trair sua pátria, abandonou o Exército alemão e se juntou às forças aliadas. Sua traição não tinha nada a ver com convicções políticas, nem com dinheiro. O único motivo foi o desespero causado pelo EAGLE nos criptógrafos da época.

Diziam que o EAGLE tinha sido criado por um genial matemático irlandês, com ajuda divina em uma sinagoga em Berlim. O alto grau de sofisticação o manteve indecifrado por trinta anos — era de uma complexidade pelo menos dez vezes maior do que a de qualquer outro existente naquele momento. Eram três décadas invicto. E tudo levava a crer que assim permaneceria.

A sina comum a todos os criptógrafos do mundo é sempre buscar algo que se encontra em um lugar inatingível, como que do outro lado da vidraça. Ou seja, a chance de encontrar o que procuram é a mesma de uma colisão entre um grão de areia do mar e outro da praia — uma em centenas de milhões. É de esperar que isso não vá acontecer nunca. Apesar de tudo, é exatamente essa improbabilidade absurda que os atrai. Qualquer falha na criação ou na utilização dos códigos — um espirro que seja — pode fazer aumentar as probabilidades. Mas se as suas esperanças repousam sobre eventuais equívocos de terceiros, você vai sentir que está vivendo uma coisa triste e absurda. Essa sobreposição de absurdo e tristeza sela o destino dos criptógrafos. Muitos deles, parte da fina flor da humanidade, passaram despercebidos por esta vida obscura e trágica.

Seja como for, por gênio ou por sorte, Klaus Johannes levou só sete meses para quebrar o EAGLE. Foi um feito único, que nunca mais se repetiu na história da criptografia; era o mesmo *que o sol nascendo no poente ou uma gota de chuva subindo para o céu...* [CONTINUA]

Cada vez que se lembrava disso, Rong Jinzhen era tomado por um remorso inexplicável, uma sensação de irrealidade. Olhando para a foto e a obra de Johannes, ele costumava dizer a si mesmo: "Cada um tem seu herói, você é o meu. Todo o meu conhecimento, toda a minha força vêm da sua orientação, do seu incentivo. Você é o meu sol, o meu brilho não pode existir sem a sua luz...".

Esse pensamento um tanto autodepreciativo não decorria de uma frustração, e sim de um extremo respeito. Na verdade, com exceção de Klaus Johannes, Rong Jinzhen não admirava mais ninguém senão a si próprio, e não acreditava que mais alguém na Unidade 701 seria capaz de decifrar o BLACK. Não confiava nos colegas por um motivo simples: faltava a eles aquele sentimento puro e sincero por Johannes, a gratidão vinda da admiração. Enquanto as rodas do trem ressoavam nos trilhos, Rong Jinzhen ouviu claramente sua voz dizendo a seu herói: "Eles não conseguem ver o halo que te rodeia. E, se vissem, teriam medo, não se sentiriam honrados, teriam vergonha. É por isso que não consigo confiar neles. Apreciar algo belo de verdade requer coragem e talento; sem isso, a beleza extrema só aterroriza".

Sendo assim, Rong Jinzhen acreditava que a genialidade só se mostra aos olhos de outros gênios. Aos olhos do homem comum, um gênio pode parecer uma aberração, um tolo, porque se afastou demais dos outros. E afastou-se mesmo: está muito à frente. Mas o homem comum acaba por perdê-lo de vista e conclui que o gênio ficou para trás. É assim que pensam as pessoas ordinárias. Quando você fica em silêncio, acham que você não tem valor, ou que sucumbiu ao medo. Pensam que seu silêncio vem do medo e não do desprezo.

Rong Jinzhen achava que a diferença entre ele e os colegas residia aí: sabia apreciar Johannes e, por isso, o respeitava. Com isso, conseguia brilhar sob a luz desse gigante, como um pedaço de vidro. Já os colegas que não tinham essa capacidade eram como pedras que não deixavam a luz penetrar.

Seguindo essa linha de pensamento, Rong Jinzhen achava apropriado equiparar o gênio ao vidro e o homem comum à pedra. Um gênio tem efetivamente muitas das qualidades do vidro: transparência, delicadeza, fragilidade, propensão a se quebrar ao mínimo impacto, diferente da pedra. Mesmo ao quebrar-se, a pedra não se estilhaça como o vidro; pode perder uma lasca, mas continua pedra, sendo usada como pedra. Já o vidro não apresenta essa resiliência — sua qualidade inata é a vulnerabilidade: uma vez quebrado, fragmenta-se em mil pedaços inúteis. Um gênio é exatamente assim, cortar sua cabeça proeminente é como partir uma alavanca — de que vale o ponto de apoio sem ela? Voltou a pensar em Johannes, seu herói: se não existissem mensagens cifradas, de que serviria esse herói? De nada!

Lá fora, a noite avançava lentamente.

4.

O que aconteceu depois foi irreal justamente por ser real demais.

Uma coisa real demais pode, muitas vezes, parecer irreal, a ponto de as pessoas custarem a acreditar. Como ninguém acredita, por exemplo, que nas montanhas de Guangxi se troca uma agulha de costura por um boi ou uma adaga de prata pura. Doze anos antes, Rong Jinzhen decifrara os mistérios do PURPLE depois de sonhar com Mendeleev (um sonho em que Mendeleev descobria a tabela periódica). Essa era, sem dúvida, uma história extraordinária. Mas, diante do que viria a seguir, não parecia nada de mais.

No meio da noite, Rong Jinzhen acordou com o barulho seco do trem entrando na estação. Como de costume, a primeira coisa que fez após despertar foi estender a mão para tocar a mala-cofre sob o leito. Estava acorrentada à perna da mesinha.

Continuava ali.

Aliviado, deitou-se novamente, ouvindo passos indistintos na plataforma e os alto-falantes da estação.

Anunciavam que o trem havia chegado à Cidade B. Isso significava que a próxima parada já seria a Cidade A.

"Mais três horas e..."

"Chegamos em casa..."

"Estamos quase lá..."

"Faltam só cento e oitenta minutos..."

"Vou tirar mais uma soneca, estamos quase lá..."

Pensando assim, Rong Jinzhen pegou no sono outra vez. Um instante mais tarde, o barulho do trem deixando a estação o acordou novamente; as rodas tamborilavam, em um compasso cada vez mais rápido, uma música motivadora. Seu sono, que nunca fora dos mais pesados, não resistiria a um estorvo daqueles. As batidas secas dissiparam qualquer traço de sonolência, e ele ficou totalmente desperto. O luar iluminava o seu leito através da janela, as sombras oscilavam para cima e para baixo, atraindo seu olhar letárgico. Foi então que notou que faltava algo ali, diante dele, mas o que era? Arrastou os olhos sem pressa pelo compartimento, matutando, e finalmente descobriu que a pasta de couro que devia estar no gancho da parede — uma pasta preta de professor — havia sumido. Pulou da cama e procurou no local onde se deitava, nada. Olhou no chão, na mesinha, embaixo do travesseiro, e nada!

Chamou Vassíli e, nisso, acabou acordando o professor também. Este lhe contou que, uma hora antes, ao levantar-se para ir ao banheiro (uma hora antes, note-se bem), tinha visto um rapaz de jaqueta militar fumando encostado na porta que dava para o outro vagão. Quando saiu do banheiro, o professor viu o mesmo rapaz indo embora, "carregando uma pasta como a que você descreveu".

"Na hora não dei atenção, achei que a pasta fosse dele, nem tinha reparado se ele estava carregando alguma coisa enquanto fumava. Além do mais, imaginei que ele tinha ficado ali, parado, até terminar o cigarro. Mas, pensando bem... eu devia ter prestado mais atenção."

A explicação do professor era cheia de empatia.

Rong Jinzhen tinha ciência de que, muito provavelmente, aquele rapaz levara sua pasta. Devia estar ali à espreita, esperando o momento de agir. Ao se dirigir ao banheiro, o professor dera a ele uma pista, como um rastro inconfundível na neve — bastava seguir aquelas pegadas para chegar à toca do tigre. O pouco tempo do professor fora do leito havia sido o suficiente para o larápio cometer o furto.

"Isso é que é aproveitar toda e qualquer oportunidade."

Murmurando essa frase, Rong Jinzhen deixou escapar um sorriso amargo...

[Transcrição da entrevista com o diretor Zheng]

Na verdade, para decifrar um código, você tem de aproveitar toda e qualquer oportunidade.

Os códigos são como uma rede imensa sem costuras aparentes, por isso não é possível ter uma visão clara deles. Mas, quando um código começa a ser usado, é como a fala saindo da boca de alguém: é muito difícil evitar um lapso revelador. Esses lapsos são um filete de sangue, uma brecha que se abre, um fio de esperança. Quando um relâmpago rasga o céu, a mente aguçada penetra por essa fresta, percorre sabe-se lá que caminhos e, às vezes, até consegue chegar ao paraíso. Naqueles anos, Rong Jinzhen esperava, com uma paciência enorme, pelo dia em que uma fresta se abriria no seu céu. Esperou dias e noites sem fim, em vão.

Aquilo não era normal. Estava longe de ser normal.

Pensando nas razões para isso, chegamos a dois pontos:

1. Depois que deciframos o PURPLE, o adversário foi obrigado a morder a língua. Cada vez que abriam a boca, era com um cuidado extremo, pensavam em cada detalhe para não deixar escapar nada. Ficamos totalmente no escuro.

*2. Se houve falhas, Rong Jinzhen não conseguiu detectá-las, a gota d'água que vazou fugiu pelo vão dos dedos dele. A chance de isso ter acontecido era bastante alta. Pense só: Lisiewicz conhecia Rong Jinzhen muito bem e, com toda a certeza, seria capaz de dizer para os desenvolvedores como atingir em cheio seus pontos fracos, como criar dispositivos especialmente para ele. Eles tinham uma relação muito próxima, de pai e filho. Mas agora, por conta das posições políticas diferentes, a distância entre os dois não podia ser maior. Até hoje, lembro que, quando ficamos sabendo que Lisiewicz era Weinacht, nossos superiores contaram isso para Rong Jinzhen e, para deixá-lo de sobreaviso, descreveram em detalhes as armadilhas que Lisiewicz tinha armado para nós. E sabe o que ele respondeu? Ele disse: "Ele que vá para o inferno, esse demônio no templo da ciência!".***

Quanto mais cauteloso o adversário ficava, menos falhas cometia, e mais dificuldade tínhamos para detectá-las. Por outro lado, se deixávamos passar alguma coisa, as falhas do outro lado pareciam ainda mais raras. Éramos como a caixa e a espiga em uma peça de carpintaria — os dois lados se uniam em um encaixe tão perfeito que o ponto de junção desaparecia, não se notava a mais tênue brecha. Era essa perfeição desconhecida e assustadora que Rong Jinzhen encarava dia e noite, e isso lhe dava arrepios. Só sua esposa sabia o que ele vinha repetindo enquanto dormia: que não aguentava mais esperar para encontrar a chave, que sua fé e sua tranquilidade estavam a ponto de virar engulho e desespero... [CONTINUA]

Agora, a imagem do ladrão à espreita, a lembrança da pasta roubada, faziam Rong Jinzhen pensar na espera e no desespero

---

* Palavras usadas por *Xiao* Lillie no prefácio à tese de Rong Jinzhen. (N. A.)

que ele mesmo vivia. Zombou de si próprio: "Para mim, é tão difícil tirar algo de gente como os criadores e usuários do BLACK, mas, para levarem algo de mim, basta o tempo de meio cigarro. Ai, ai...", e outro sorriso amargo emergiu em seu rosto frio.

Naquela altura, Rong Jinzhen ainda não tinha se dado conta da gravidade da perda. Tentou se lembrar do conteúdo da pasta: passagens de ida e volta, recibo da hospedagem, duzentos yuans em cupons de alimentação, algumas credenciais. E também o exemplar de O *livro celestial*, que enfiara ali dentro antes de dormir. Essa foi a primeira coisa que lhe doeu no coração. Ainda assim, comparando tudo isso com o que estava no cofre sob o leito, acreditou ter tido sorte, e até sentiu alívio por haver sobrevivido, por pouco, a uma catástrofe.

Se o ladrão tivesse levado o cofre, aí sim seria um desastre e haveria motivo para alarme. Mas, pelo visto, não era nada alarmante, apenas lamentável.

Em dez minutos, a calmaria voltou a reinar no vagão. Consolado por Vassíli e pelo professor, Rong Jinzhen também sossegou. Mas, assim que se acomodou no escuro, sua paz pareceu ser tragada pela noite, moída sob as rodas do trem, e ele mergulhou de novo no remorso ao lembrar-se do objeto perdido.

Se o remorso é um sentimento, a lembrança é um esforço, um exercício mental.

O que mais havia naquela pasta?

Rong Jinzhen cismava.

Já que a pasta, nessa altura, só existia na lembrança, o único meio de abri-la era com a memória. No início, sua mente, invadida pelo sentimento de remorso, se mostrava fraca demais para isso. Tudo o que via era um retângulo escuro, turvo. Só o invólucro, não o interior. Aos poucos, à medida que o remorso cedia, sua mente se aguçava, ganhava força como uma enxurrada que vai se juntando a outras e crescendo gradativamente.

Por fim, a pasta se escancarou como em uma avalanche, e um clarão azul relampejou diante dele. Como se vislumbrasse a mão do assassino, Rong Jinzhen se pôs de pé em um sobressalto gritando: "Vassíli, estou perdido!".

"O que foi?"

Vassíli pulou da cama no escuro, Rong Jinzhen tremia.

"O caderno! O caderno!..."

Ele gritou até perder a voz.

Seu caderno de notas estava na pasta.

[Transcrição da entrevista com o diretor Zheng]

Você pode imaginar que Rong Jinzhen, solitário e ensimesmado como era, vivia ouvindo vozes. Elas pareciam vir dos confins do universo, ou emanar das profundezas da alma. Não adiantava invocá-las nem esperar por elas, porque sempre surgiam sem aviso, sem convite. Às vezes, em sonhos, em sonhos dentro de sonhos; outras vezes, do nada, como que jorradas das entrelinhas de uma leitura qualquer, sempre enigmáticas, inescrutáveis. Quer dizer, apareciam de algum lugar entre o céu e a terra, mas, no fundo, vinham do próprio Rong Jinzhen, brotavam de sua alma, emanavam do seu espírito. Apareciam e sumiam como em um lampejo, daí ele precisar anotar. Quando desapareciam, já era tarde demais, porque não deixavam rastro. Por isso, Rong Jinzhen criou o hábito de andar com um caderno à mão. Era como sua própria sombra, estava sempre com ele, silenciosa, aonde quer que ele fosse.

Sei que era um caderno azul do tamanho de um passaporte. Na primeira página estavam escritos "Ultrassecreto" e o seu código pessoal. Ali dentro, havia ideias e insights que ele tivera sobre o BLACK nos últimos anos. Geralmente, Rong Jinzhen costumava guardá-la no bolso inferior esquerdo do casaco. Durante a viagem, como precisava levar outros documentos, resolveu usar a pasta de couro — foi o que o levou a guardar seu caderno de notas lá. A pasta tinha sido um presente do nosso diretor depois de uma viagem internacional. Era feita da melhor pelica, leve, delicada. A alça era uma tira elástica larga que dava para prender no pulso, de forma que a pasta virava como que uma extensão da roupa. E, enquanto o caderno esteve ali dentro, acho que Rong Jinzhen nunca achou que estaria fora do seu alcance, nem sequer imaginou que podia perdê-lo, porque era como se estivesse em um bolso do seu casaco... [CONTINUA]

Nos últimos dias, Rong Jinzhen havia usado o caderno duas vezes.

A primeira fora quatro dias atrás, à tarde. Tinha acabado de sair de uma reunião, irritado com uma intervenção estúpida; voltou para o quarto furioso e se jogou na cama, a cabeça fervendo, a janela bem diante de seus olhos. Reparou que a noite ia tomando o céu, mas, como seu olhar estava inclinado, o céu também parecia enviesado e girava toda vez que ele piscava. Depois, sentiu a visão cada vez mais embaçada — a janela, o céu, a cidade, o pôr do sol, tudo se dissolvia em silêncio, substituído pelo fluxo do ar e pelo som do poente queimando o céu: chegou mesmo a ver o ar informe e o movimento que fazia, revolvendo como labareda prestes a transbordar das alturas. O fluxo do ar e o som do céu ardendo cresciam e o envolviam, assim como a escuridão. Nisso, sentiu que uma corrente elétrica familiar o atravessava. O corpo todo começou a brilhar, levitar... Agora ele também era feito de ar e flamejava, fluía, evaporava, subia às nuvens, sumia em um céu distante. Naquele momento, veio um som cristalino, delicado como uma borboleta... Era a voz celestial, sua sina, uma canção da natureza, um fulgor, uma chama, um gênio, e ele precisava anotar imediatamente.

Depois dessa primeira anotação, pensou — não sem uma ponta de orgulho — que a raiva tinha deflagrado nele aquela inspiração. A segunda vez fora na madrugada anterior, já balançando no trem, quando sonhou que conversava longamente com o professor Johannes. Logo ao acordar, registrou no escuro o conteúdo do diálogo.

Pode-se dizer que, na longa jornada da criptografia e no caminho estreito para a genialidade, Rong Jinzhen jamais gritou por ajuda nem rezou com fervor, mas sempre caminhou apoiado em duas muletas: a diligência e a solidão. A solidão o fez mais hermético, insondável; a diligência talvez lhe tenha dado aquela sorte do outro mundo. A sorte é uma coisa endiabrada — invisível, impalpável, inexplicável, incompreensível. Quanto mais se espera, menos aparece. É sorrateira, misteriosa, talvez a coisa mais intrigante que existe. Isso mesmo, endiabrada. Mas a sorte de Rong Jinzhen não tinha mistério. Pelo contrário, era algo muito concreto que se escondia nas entrelinhas de suas anotações...

E agora seu caderno desaparecia sem deixar vestígio!

Depois de entender o que havia ocorrido, Vassíli se inflamou e começou a trabalhar nervosamente. Primeiro foi falar com o chefe de segurança do trem, solicitando que todos os agentes a bordo ficassem em alerta para impedir que alguém saltasse do veículo. Depois, por rádio, relatou fielmente toda a situação à Unidade 701 (a mensagem foi retransmitida pela estação ferroviária da Cidade A). A Unidade 701 informou a sede, que, em seguida, reportou a seus superiores. Assim, de escalão em escalão, a notícia chegou ao alto comando, que de imediato emitiu a seguinte instrução: **"O objeto perdido é item de segurança nacional, todos os órgãos competentes devem fazer um esforço conjunto para encontrá-lo com a maior brevidade possível".**

Como Rong Jinzhen pôde perder seu caderno? Era repleto de informações confidenciais da Unidade 701 e de anotações diretamente relacionadas à decifração do código BLACK. Um armazém de ideias: ali ele reunia todos os seus insights para quebrar o código. Como podia perdê-lo?

Não podia mesmo!

O caderno precisava ser encontrado.

Agora o trem acelerava para chegar à próxima estação o quanto antes.

A próxima parada era a Cidade A, ou seja, Rong Jinzhen entrou em apuros bem na porta de casa. Parecia algo arquitetado fazia muito tempo, mas também uma obra do destino. Quem teria imaginado que, depois de tantos dias sem incidentes, algo fosse ocorrer justamente agora, tão perto do destino, ainda mais com a pasta preta (e não com o cofre)? Pelo jeito, o culpado não era um inimigo temido, mas um maldito ladrão. Tudo aquilo parecia um pesadelo. Rong Jinzhen se sentiu exaurido e confuso. A sina que o torturava era um labirinto patético e sem sentido. Quanto mais o trem avançava, mais forte ficava essa sensação, como se corressem não para a Cidade A, mas para o inferno.

Chegando à estação, o trem foi selado. Toda a Cidade B, local da última parada, já havia sido posta sob vigilância uma hora antes.

O bom senso dizia que o ladrão muito provavelmente desembarcara logo depois do furto, ou seja, na Cidade B.

Todo mundo sabe que o melhor lugar para esconder uma folha é a floresta, e o melhor lugar para uma pessoa se esconder é a multidão, a cidade. Por isso, a solução desse caso era dificílima. Mais difícil ainda era reconstituir todos os detalhes. Alguns dados talvez possam ilustrar, em linhas gerais, o processo de investigação do caso.

De acordo com os registros feitos à época pela Equipe Especial de Investigação, os órgãos direta ou indiretamente envolvidos eram os seguintes:

I. Unidade 701 (principal afetada);
II. Polícia da Cidade A;
III. Comando militar na Cidade A;
IV. Autoridades ferroviárias da Cidade A;
V. Batalhão do Exército na Cidade A;
VI. Polícia da Cidade B;
VII. Comando militar na Cidade B;
VIII. Autoridades ferroviárias da Cidade B;
IX. Secretaria de Saneamento Urbano da Cidade B;
X. Secretaria de Gestão Urbana da Cidade B;
XI. Secretaria de Infraestrutura e Obras da Cidade B;
XII. Secretaria de Transporte da Cidade B;
XIII. Jornal da Cidade B;
XIV. Correios da Cidade B;
XV. Regimento do Exército na Cidade B.

Além de uma longa série de outras pequenas unidades de trabalho e departamentos.
Os locais investigados foram:

I. Estação ferroviária da Cidade A;
II. Estação ferroviária da Cidade B;
III. 220 quilômetros de trilhos entre as duas cidades;
IV. 72 hotéis e hospedarias cadastrados na Cidade B;
V. 637 lixeiras na Cidade B;
VI. 56 banheiros públicos na Cidade B;
VII. 43 quilômetros de esgotos da Cidade B;
VIII. 9 postos de reciclagem da Cidade B;
IX. Inúmeras residências na Cidade B.

Mais de três mil e setecentos homens trabalharam diretamente no caso, incluindo Rong Jinzhen e Vassíli.

Todos os 2141 passageiros a bordo, bem como os quarenta e três funcionários do trem e mais de seiscentos jovens de jaqueta militar foram interrogados.

Como resultado, o trem atrasou cinco horas e trinta minutos.

A Cidade B ficou quatrocentos e oitenta e quatro horas — vinte dias e quatro horas — sob controle dos serviços de inteligência.

Dizem que esse foi o maior e mais sigiloso caso na história da Província G: dezenas de milhares de pessoas foram perturbadas, e várias cidades, vasculhadas em uma operação de escala jamais vista.

5.

Voltemos à narrativa principal, a história de Rong Jinzhen, que ainda não acabou — aliás, esse foi só o começo.

Assim que desceu do trem e pisou a plataforma da estação da Cidade A, Rong Jinzhen viu uma comitiva se aproximar dele. Era comandada pelo chefe da Unidade 701, o temido diretor-geral cara de cavalo (o antecessor do antecessor do diretor Zheng Coxo). Rong Jinzhen se sentiu intimidado naquele momento. O diretor, furioso, perdeu seu respeito habitual pelo jovem e cravou nele um olhar ameaçador.

Atemorizado, Rong Jinzhen desviou o olhar, mas não conseguiu fugir da voz do outro: "**Por que largou material confidencial fora do cofre?**".

Quem estava perto viu, nesse instante, os olhos de Rong Jinzhen faiscarem e se apagarem como um filamento de tungstênio que se queima. Seu corpo enrijeceu e desabou no chão.

Quando a primeira luz do dia atravessou a janela, Rong Jinzhen recobrou a consciência e, com a visão ainda turva, distinguiu o rosto da esposa. Por um instante, ficou tão feliz que

233

se esqueceu de tudo — achou que estava em casa, deitado em sua cama, e a mulher, acordada por seus gritos de pesadelo, olhava para ele inquieta (talvez ela sempre o velasse enquanto ele dormia). Mas o quarto inteiramente branco e o cheiro de remédio o trouxeram à realidade, fazendo-o se dar conta de que se encontrava em um hospital. Com isso, voltou a memória do choque, e ele ouviu novamente a voz do diretor: "Por que largou material confidencial fora do cofre?".

"Por quê?"

"Por quê?"

"Por quê..."

[Transcrição da entrevista com o diretor Zheng]

Pode acreditar, Rong Jinzhen estava muito contrariado com essa viagem, e isso o deixava alerta. Não seria justo dizer que ele baixou a guarda, que não levou a missão a sério ou que foi negligente. Em todo caso, não guardar o caderno de notas no cofre foi, de fato, um descuido, uma imprudência.

Ainda lembro claramente que, antes de partir, Vassíli e eu pedimos a ele, várias vezes, que guardasse no cofre tudo que fosse documento confidencial, incluindo qualquer coisa que pudesse identificá-lo. Foi exatamente o que ele fez. Vassíli contou que, na volta, Rong Jinzhen tomou todos os cuidados e pôs os materiais sensíveis no cofre, até um livro de poemas que havia ganhado de presente do autor, que era um diretor da sede. Era um livro comum, vendido em livrarias, sem qualquer segredo. Mas ele se lembrou da assinatura do diretor na folha de rosto e teve receio de que isso pudesse dar uma pista sobre a sua identidade. Então considerou o documento confidencial e o guardou no cofre. Guardou praticamente tudo lá dentro, deixando fora só o caderno de notas. Pensando nisso agora, até hoje é um enigma... por que aconteceu de justamente esse objeto ter esca-

pado à sua atenção. Acredito firmemente que não foi por preten-
der usá-lo. Ele não correria esse risco, não teria nem coragem,
nem ousadia para tal. Não havia motivo algum para ele o deixar
de fora. Depois do incidente, ele até tentou encontrar uma jus-
tificativa, mas não conseguiu. O mais estranho é que, antes do
furto, ele parecia nem lembrar que o caderno existia (e não deu
por sua falta logo depois). Era como a agulha que a costureira
esquece na manga, você só lembra quando precisa dela, ou
quando se espeta.

Mas, para Rong Jinzhen, aquele caderno estava muito longe
de ser uma agulha esquecida, sem valor. Sua intenção original,
com certeza, era se lembrar dele, tê-lo sempre em mente, gravado
na memória. Porque era seu bem mais precioso, ou, como ele dizia,
o recipiente de sua alma.

Como pôde deixar para trás esse seu tesouro?

Era realmente um mistério... [CONTINUA]

Sentindo um arrependimento profundo, Rong Jinzhen tentava adentrar aquele labirinto para descobrir que razão misteriosa o fizera deixar o caderno fora do cofre. Aos poucos, superou a vertigem do breu infinito que encontrou naquele labirinto mental, até que viu na escuridão um meio de descobrir a luz. Foi quando lhe ocorreu um pensamento importante: "Acho que valorizava demais aquele caderno e, por isso, o escondi no fundo da alma, tão fundo que, no fim, nem eu mesmo o enxergava mais... Quem sabe, no meu subconsciente, o caderno nem tinha mais existência independente, deixou de ser um objeto concreto, como meus óculos... Como essas coisas que, de tão imprescindíveis, já nem consigo viver sem, são parte de mim, uma gota de sangue, um órgão do corpo... Não as sinto mais, como ninguém sente o próprio sangue... Só sentimos nosso corpo quando caímos doentes, só nos lembramos dos óculos quando estamos sem eles; e, do caderno, só dei falta do caderno depois que o perdi...".

Ao pensar no caderno perdido, Rong Jinzhen pulou da cama como se tivesse tomado um choque. Saiu vestindo as roupas enquanto apertava os passos para deixar a enfermaria, como que fugindo de alguém. Talvez porque nunca tivesse visto o marido daquele jeito, *Xiao* Di levou um susto. Mas, em vez de ficar parada, foi logo atrás dele.

A pouca luz do corredor e a pressa para descer a escada o fizeram tropeçar e derrubar os óculos. As lentes não se quebraram, mas o percalço deu tempo para que a esposa o alcançasse. Ela tinha acabado de chegar da Unidade 701. Alguém lhe contou que a viagem havia sido tão desgastante que o marido adoecera logo na chegada, estava internado e precisava de cuidados. Por isso, ela veio sem saber o que havia acontecido de fato. Falou para o marido voltar ao quarto para descansar, ele se recusou, ríspido.

Quando alcançou o térreo, teve a agradável surpresa de ver seu jipe estacionado no pátio. Aproximou-se e viu o motorista tirando uma soneca debruçado no volante. O jipe que trouxera a esposa parecia muito oportuno para Rong Jinzhen. Antes de entrar no carro, contou a ela uma mentira branca: tinha perdido a carteira na estação. "Volto já."

Em vez de retornar à estação, foi direto para a Cidade B.

Rong Jinzhen sabia que o ladrão só tinha dois paradeiros possíveis: ou ficara no trem, ou desembarcara na Cidade B. Se tivesse ficado no trem, não teria como fugir, porque o veículo estava sob vigilância. Por isso, Rong correu para a Cidade B, já que a Cidade A não precisava dele, mas B... B podia precisar de sua população inteira!

Três horas mais tarde, o jipe entrou no quartel-general do batalhão de segurança da Cidade B. Ali, Rong Jinzhen obteve a informação sobre o lugar aonde deveria ir: a Força-Tarefa de Incidentes Especiais, instalada na hospedaria do batalhão. O grupo era chefiado por um vice-ministro do Serviço de Inteligência (que ainda não havia chegado) e outros cinco chefes adjuntos, titulares dos departamentos militares e civis das cidades A e B que cuidavam do caso. Um dos subchefes era Zheng Coxo, então diretor adjunto da Unidade 701, e estava na hospedaria. Quando Rong Jinzhen chegou, Zheng lhe deu a má notícia: apesar de o trem ter sido vasculhado na Cidade A, o ladrão não foi localizado.

Isso só podia significar que ele já havia desembarcado na Cidade B.

Sem demora, agentes que trabalhavam no caso convergiram para o município. Na mesma tarde, Vassíli também chegou, com ordens de seu superior para levar Rong Jinzhen de volta ao hospital. Mas, prevendo que Rong se recusaria, o diretor-geral lhe deu uma instrução complementar: "Se ele teimar em ficar, você, Vassíli, terá de garantir sua segurança. Não poderá sair de perto dele".

Com isso, Vassíli acabou não cumprindo a ordem original, mas a instrução complementar.

Ninguém imaginava que essa pequena transigência de Vassíli ainda traria uma calamidade para a Unidade 701.

6.

Nos dias que se seguiram, Rong Jinzhen passou as tardes vagando como alma penada por todas as ruas, vielas e becos da Cidade B, e as noites, enlouquecedoras de tão longas, ele passava em meio a saudades vagas. Por ter esperança demais, sentia um desespero imenso. As noites se tornaram um tormento. Era nessas horas que remoía a sina infeliz. A lucidez insuportável da insônia o abrasava. Vasculhava a mente para relembrar cada dia e cada noite na tentativa de julgar a si mesmo e detectar onde havia falhado. Pensava que errara em tudo e em nada, como em um sonho, em um devaneio. Em meio a essa perplexidade sem fim, o remorso lhe queimava os olhos. Ele era uma flor que se desfaz, perdendo as pétalas cada vez mais rápido. Ou uma ovelha desgarrada, cujo desamparo cresce a cada balido.

Já era o sexto dia depois do incidente. Essa noite preciosa e triste começou com uma chuva torrencial. O aguaceiro encharcou Vassíli e Rong Jinzhen, que começou a tossir sem parar. Por isso, retornaram mais cedo ao hotel. Deitaram-se, mas o cansaço era menos insuportável que o barulho incessante da chuva que vinha lá de fora.

A enxurrada fez Rong Jinzhen se lembrar de uma questão terrível...

[Transcrição da entrevista com o diretor Zheng]

Por estar diretamente envolvido, Rong Jinzhen trouxe excelentes ideias para a investigação. Ele observou, por exemplo, que o motivo do furto tinha sido dinheiro e que o ladrão, muito provavelmente, se livraria de tudo o que considerasse sem valor. O precioso caderno, portanto, devia ter sido descartado como papelada inútil. Como essa visão fazia bastante sentido, a força-tarefa a priorizou. Dia após dia, um batalhão de pessoas se dedicava a revirar todas as lixeiras e depósitos de lixo da cidade. Rong Jinzhen, claro, era um dos membros mais proativos, esforçados e meticulosos desse contingente. Muitas vezes, não satisfeito com as buscas feitas pelos companheiros, ele próprio se ocupava de vasculhar tudo de novo.

O dilúvio que caiu naquele fim de tarde não dava sinal de parar: a água desabava incessante. Não demorou para as ruas virarem rios. Rong Jinzhen, assim como todo o pessoal da Unidade 701, já aceitava o fato de que, com aquele aguaceiro, as anotações do caderno virariam borrões ilegíveis. Isso se fosse encontrado algum dia; sabe-se lá aonde iria parar depois da enxurrada. A chuvarada nos deixava a todos aflitos, e Rong Jinzhen mais ainda. A bem da verdade, aquela chuva não diferia em nada de uma chuva qualquer, não caía de má-fé nem tinha nenhuma conexão com o furto. Mas, por outro lado, parecia agir como cúmplice, em conluio com o ladrão. E esse lado tornava ainda mais palpável a catástrofe que nos aguardava.

Aquela chuva encharcou até o último fio de esperança de Rong Jinzhen... [CONTINUA]

Pois é, aquela chuva encharcou até o último fio de esperança de Rong Jinzhen.

Graças àquela chuva, ele conseguiu rever, passo a passo e com extrema nitidez, a calamidade que o atingira: era como se uma misteriosa força externa controlasse a situação e produzisse tudo aquilo que ele temia ou não antevia, em uma sucessão tão precisa quanto detestável.

Também graças àquela chuva, conseguiu rever o mistério e a complexidade de algo que lhe sucedera doze anos antes. Doze anos antes, em um "sonho de Mendeleev", ele penetrara nos segredos do PURPLE e, assim, se tornara uma celebridade da noite para o dia. Acreditava que jamais fosse voltar a experimentar um milagre daqueles, tão extraordinário que não ousava esperar que se repetisse. Agora, sentia que acontecia de novo, o milagre, a mão da providência, mas sob uma forma diferente. Era o outro lado da moeda, a escuridão depois da luz, a nuvem negra depois do arco-íris. E teve a sensação de que, ao longo de todos esses anos, vivera dando voltas em torno dessa força misteriosa. Se um dia viu seu lado brilhante, em algum momento seria inevitável conhecer seu lado escuro.

Mas o que era essa coisa?

Ex-discípulo de Mr. Auslander e cristão convicto, Rong Jinzhen acreditava que essa coisa só podia ser um Deus Todo-Poderoso. Só Deus poderia conter em si tamanha complexidade, só Ele teria um lado bom e um lado mau; um lado benfazejo e um lado aterrador. Só Ele teria a energia e a força capazes de fazer alguém girar eternamente em Sua órbita, e fazê-lo girar e girar, e assim lhe mostrar tudo: todas as felicidades, todas as dores, todas as esperanças, todos os desesperos, todos os paraísos, todos os infernos, todas as glórias, todas as perdições, todas as honras, todas as desonras, todos os júbilos, todas as tristezas, todas as bondades, todas as maldades, todos os dias, todas as noites, todas as luzes, todas as trevas, todas as frentes, todos os versos, tudo o que é yin, tudo o que é yang, tudo o que está em cima, tudo o que está embaixo, tudo o que está dentro, tudo o que está fora, tudo isto, tudo aquilo, tudo de tudo, tudo de todos...

O fulgor da ideia de Deus deixou o coração de Rong Jinzhen surpreendentemente iluminado e em paz. Pensou: "Já que é assim, já que tudo é desígnio divino, para que continuar resistindo? Resistir não leva a nada. A lei de Deus é justa, Ele não vai alterá-la por vontade de ninguém. O objetivo final de Deus é mostrar a todos tudo o que Ele tem. Ele já me mostrou tudo através do PURPLE e do BLACK...

Todas as felicidades.

Todas as dores.

Todas as esperanças.

Todos os desesperos.

Todos os paraísos.

Todos os infernos.

Todas as glórias.

Todas as perdições.

Todas as honras.

Todas as desonras.

Todos os júbilos.

Todas as tristezas.

Todas as bondades.

Todas as maldades.

Todos os dias.

Todas as noites.

Todas as luzes.

Todas as trevas.

Todas as frentes.

Todos os versos.

Tudo o que é yin.

Tudo o que é yang.

Tudo o que está em cima.

Tudo o que está embaixo.

Tudo o que está dentro.

Tudo o que está fora.

Tudo isto.

Tudo aquilo.

Tudo de tudo.

Tudo de todos…

Ao ouvir essas frases ressoando no fundo da alma, Rong Jin-zhen serenamente trouxe o olhar de volta ao quarto; já não lhe importava se a chuva continuava ou não, o barulho deixara de incomodá-lo. Quando se deitou na cama, o som até lhe pareceu acolhedor — tão puro, macio, ritmado. Ficou ouvindo, ouvindo, até ser tragado e dissolvido por ele. Adormeceu e começou a sonhar. No sonho, ouviu uma voz distante: "Não acredite cega-mente em Deus…"

"Acreditar cegamente em Deus é sinal de fraqueza…"

"Deus não deu a Johannes uma vida perfeita…"

"Será que as leis de Deus são mesmo justas?"

"As leis de Deus são injustas…"

A última frase se repetiu várias vezes em um volume crescen-te até se tornar um trovão que o fez acordar em um sobressalto. Mesmo desperto, continuou ouvindo a voz rouca: "Injustas… injustas… injustas…".

Não reconheceu o dono da voz misteriosa, tampouco en-tendeu por que lhe dizia aquelas coisas: "As leis de Deus são in-justas". Pois bem, então onde estaria a injustiça? Pôs-se a analisar detidamente. Talvez pela dor de cabeça, talvez por medo, de início não conseguiu organizar os pensamentos. As ideias sur-giam sem qualquer ordem ou foco, num caos total. Sua cabeça parecia uma panela de água fervendo, borbulhando ruidosa.

Mas quem levantasse a tampa não encontraria nada substancial lá dentro; o pensamento se tornara mera formalidade. Mais tarde, a sensação de borbulhar cessou de repente, como a fervura que arrefece quando se acrescenta mais um ingrediente na panela; com isso, as imagens do trem, do ladrão, da pasta e da chuva voltavam uma depois da outra e faziam Rong Jinzhen rever sua perda. Naquela altura, porém, ainda não entendia o significado daquilo, como se tudo ainda estivesse meio cru. E logo essas imagens começaram a bulir outra vez: e o caldo foi esquentando até levantar nova fervura. Agora já não era aquele rebuliço sem sentido, parecia mais o agito no peito do marinheiro quando, enfim, avista terra firme. Era o momento de acelerar os motores para se aproximar do destino, um pouco mais, um pouco mais. Finalmente Rong Jinzhen ouviu a voz misteriosa lhe dizer: "Acha justo deixar esses imprevistos te derrubarem?".

"NÃO!"

Urrando, Rong Jinzhen escancarou a porta, correu para o meio do aguaceiro e gritou para o céu escuro: "Ah, Deus, como você é injusto comigo!".

"Ah, Deus, que me vença esse código BLACK!"

"Justiça é deixar que me vença o código BLACK!"

"Ah, Deus, só gente ruim é que merece sofrer desse jeito!"

"Ah, Deus, só um deus perverso para me fazer sofrer assim!"

"Ah, Deus perverso! Você não pode fazer isso!"

"Ah, Deus perverso! Vou acabar com você!"

Depois dessa explosão, sentiu a chuva queimar e fazer o sangue correr nas veias como uma enxurrada. Teve a sensação de que começava a flutuar e se conectar com o céu e a terra, fio a fio, gota a gota. Como o ar, a névoa, um pedaço de sonho. Foi então que ouviu, uma vez mais, a voz que vinha não sabia de onde. Parecia ser o seu caderno surrado pela correnteza turva: "Rong Jinzhen... A água da chuva, quando escorre, revira o chão... Se ela me levou, pode me trazer de volta... de volta... Já aconteceu de tudo, por que não pode acontecer isso também?... Se a chuva me levou, pode me trazer de volta... de volta...".

Esse foi o último pensamento incomum que ocorreu a Rong Jinzhen.

Foi uma noite mágica e nefasta.

Lá fora, persistia o barulho da chuva.

7.

Esta parte da história tem um lado animador e um lado triste. Animador porque o caderno finalmente foi encontrado; e triste porque Rong Jinzhen desapareceu. Tudo isso, tudo mesmo, era como o próprio havia dito: "Deus nos dá alegria, mas também sofrimento. Deus nos revela tudo". Rong Jinzhen sumiu naquela noite chuvosa. Ninguém sabia ao certo em que momento ele havia deixado seu quarto — teria sido por volta da meia-noite ou já de madrugada? Durante a chuva ou depois? Mas todos tinham a certeza de que partira para não mais voltar, como o pássaro que abandona o ninho, ou a estrela cadente que foge de sua órbita.

Seu desaparecimento complicou ainda mais o caso, ou talvez aquela fosse a hora mais escura antes do amanhecer: teve quem achasse que podia se tratar da segunda fase da mesma operação que levou à perda do caderno. Se fosse isso mesmo, a identidade do ladrão se tornaria um mistério ainda maior. Mais pessoas acreditavam, no entanto, que o sumiço era fruto do desespero. Todos sabiam que os códigos eram a vida de Rong

Jinzhen, e o caderno, um órgão vital. Como diminuíam as chances de encontrá-lo — e, ainda que o encontrassem, era quase certeza que estaria inutilizado —, não parecia impossível que ele tivesse se desesperado e cometido suicídio.

O que viria a acontecer depois pareceu confirmar esse pressentimento. Uma tarde, encontraram um sapato na margem de um rio dezenas de quilômetros a leste da Cidade B (perto de uma refinaria de petróleo). Vassíli logo o identificou como sendo de Rong Jinzhen, pois o calçado estava aberto na frente, resultado das andanças do seu dono.

A partir daquele momento, o guarda-costas se convencia cada vez mais de que era preciso encarar uma realidade de perda total — já temia que o caderno jamais seria encontrado e que, muito provavelmente, o corpo de Rong é que apareceria boiando no rio barrento. Se fosse mesmo isso, pensou Vassíli, devia ter voltado com ele na primeira hora. Tudo sempre pode piorar, ainda mais com Rong Jinzhen.

"Puta que o pariu... era só o que me faltava!"

Jogou longe o sapato, com raiva. Queria distância daquilo, dava azar.

Isso foi no nono dia depois do incidente. Não havia notícia do caderno. As esperanças de encontrá-lo eram cada vez menores. Por isso, a sede concordou em ampliar e mesmo divulgar a investigação, até então sigilosa.

No dia seguinte, o *Diário de B* publicou, em destaque, um anúncio de perda de objeto, que também foi veiculado pela rádio. O texto dizia que um cientista havia perdido um caderno com informações relativas a uma invenção de interesse nacional.

Não é preciso dizer que foi uma medida muito arriscada, à qual se recorreu apenas por falta de alternativa. Afinal, o ladrão, ao se inteirar daquele anúncio, poderia guardar ou destruir o caderno, levando a investigação a um beco sem saída. Contudo, às 22h03 daquela noite, o telefone verde tocou no escritório da força-tarefa. O número só havia sido publicado aquela vez.

Três mãos se estenderam para atender, mas foi Vassíli, com sua agilidade habitual, quem primeiro o alcançou:

"Alô, aqui é a força-tarefa, prossiga."

"…"

"Alô, aqui é a força-tarefa, prossiga."

"Tu-tu-tu…"

O outro lado havia desligado.

Desapontado, Vassíli pôs o fone no gancho. Sentiu que havia cruzado com uma sombra.

Um minuto depois, o telefone voltou a tocar.

Vassíli agarrou o fone, mal disse "Alô" e uma voz tremeu do outro lado da linha: "O cade… o caderno… está numa caixa de correio…".

"Qual caixa de correio? Alô, qual caixa? Onde?"

"Tu-tu-tu…"

Desligou de novo.

Esse ladrão, esse ladrão detestável, mas que não deixava de ter certo encanto… Como é possível imaginar, seu nervosismo era tamanho que largou o telefone assustado antes de explicar de que caixa se tratava. Ainda assim, o que disse já era suficiente, mais que suficiente. Que importava se havia dezenas ou centenas de caixas de correio na cidade? Os golpes de sorte costumam vir em série, na primeira caixa de correio aberta ao acaso Vassíli o encontrou:

No meio da noite, à luz das estrelas, o caderno refletia um azul sereno. O silêncio, profundo de dar medo, era também perfeito, inspirador. Como a miniatura de um oceano congelado, ou uma safira preciosa.

Estava praticamente intacto, só as duas últimas folhas tinham sido rasgadas. Pelo telefone, um oficial da sede brincou: "O ladrão deve ter usado para limpar a bunda".

Mais tarde, outro oficial fez piada ao comentar o assunto: "Se conseguirem pegar esse sujeito, deem a ele um papel higiênico. Papel é o que não falta lá na 701, não é?".

Mas ninguém foi atrás do ladrão.

Porque, afinal, não se tratava de um traidor da nação.

E porque Rong Jinzhen ainda não tinha sido encontrado.

No dia seguinte, o *Diário de B* publicou, na primeira página, um anúncio de pessoa desaparecida:

Rong Jinzhen, 37 anos, 1,65 m de altura, magro, pele clara. Foi visto pela última vez usando óculos de grau com armação marrom, jaqueta azul-escuro, calça cinza-claro. Tinha no bolso da camisa uma caneta-tinteiro importada e, no pulso, um relógio da marca Zhongshan. Fala mandarim e inglês, gosta de jogar xadrez. Tem movimentos lentos e provavelmente está descalço.

No primeiro dia, não houve resposta.

No segundo, também não.

No terceiro dia, o mesmo anúncio foi publicado no *Diário da Província G* e, como nos dias anteriores, não houve resposta.

Para Vassíli, a falta de respostas parecia perfeitamente normal, era mesmo difícil fazer um cadáver responder. No fundo, ele já pressentia que sua tarefa — levar Rong Jinzhen com vida de volta à 701 — seria excepcionalmente difícil.

No dia seguinte à hora do almoço, a força-tarefa avisou que alguém havia telefonado para informar que um homem **parecido com Rong Jinzhen** fora avistado na Vila M. Pediram que Vassíli fosse até lá.

Um homem **parecido com Rong Jinzhen**? Logo pensou

que seu pressentimento se confirmara. Antes de partir, o duro e implacável Vassíli amoleceu e chorou.

A Vila M ficava cerca de cem quilômetros ao norte da Cidade B. Por que Rong Jinzhen teria ido até lá procurar seu caderno era uma pergunta que ninguém conseguia responder. Durante a viagem, Vassíli repassou um a um os desastres recentes e as dificuldades por vir. O desânimo crescia.

Já na Vila M, antes de se encontrar com a pessoa que havia telefonado, notou alguém numa pilha de descartes no portão da fábrica de papel. E não havia como não notar. Logo se percebia que estava com algum problema. Tinha o corpo coberto de lama, os pés descalços, roxos de frio, as mãos empapadas de sangue. Revirava sôfrego a pilha de papéis. Cada vez que encontrava um livreto ou caderno rasgado, parava para examiná-lo meticulosamente. Murmurava coisas com o olhar vidrado, como um monge buscando escrituras no templo arrasado.

O sol de inverno incidia direto sobre o homem...

Iluminava as mãos sujas de sangue.

Iluminava os joelhos tocando o chão.

Iluminava as costas encurvadas.

Iluminava o rosto contorcido.

A boca.

O nariz.

Os óculos.

Os olhos.

Assim, das mãos que tremiam como garras, o olhar de Vassíli foi subindo e se ampliando pouco a pouco, passo a passo, à medida que se aproximava do homem. Finalmente, conseguiu reconhecê-lo: era Rong Jinzhen.

Era o próprio Rong Jinzhen.

Eram quatro horas da tarde do dia 13 de janeiro de 1970, o décimo sexto dia depois do incidente.

No final da tarde de 14 de janeiro de 1970, sob os cuidados de Vassíli, Rong Jinzhen voltou, com suas feridas físicas e psicológicas, e seus segredos de sempre, para dentro dos muros da Unidade 701. Assim se encerra esta parte da história.

PARTE V
Conclusão

1.

O fim também é um começo. Nesta Parte V, quero fornecer alguns detalhes suplementares sobre a vida de Rong Jinzhen e relatar o que aconteceu depois da história narrada até aqui.

Esta seção funciona como um par de mãos que brotam do corpo das seções precedentes: uma busca o passado, outra se estende ao futuro. Ambas são bastante diligentes, alcançam longe, abarcam. Têm a sorte de tocar algo muito real, muito excitante — como a resposta a um enigma que permaneceu um longo tempo sem solução. De fato, os vários mistérios e segredos contidos nas quatro seções anteriores, e até o brilho que lhes falta, serão revelados a seguir.

Além disso, não tentei, nesta parte, buscar coerência no conteúdo, na linguagem ou no sentimento da narrativa. Por vezes, cometi algum desequilíbrio deliberado. Pode parecer um desafio à literatura tradicional e convencional, mas, na verdade, estou me entregando a Rong Jinzhen e a sua história. O estranho, porém, é que, depois que decidi me render, senti um alívio repentino, uma satisfação intensa, como se tivesse vencido uma batalha.

Mas rendição não significa desistência! Quando chegarem ao fim do texto, vocês vão perceber que me inspirei no criador do BLACK. Já me estendi demais nesta digressão. Esta parte, de fato, será assim, cheia de digressões. Parece que enlouqueci junto com Rong Jinzhen.

Voltemos ao assunto...

Alguns questionaram a veracidade desta história, e esse foi o primeiro dos fatores que me levaram a escrever as páginas seguintes.

Sempre fui da opinião de que fazer os leitores acreditarem na veracidade de sua história não é algo indispensável. Mas esta história em particular precisa ser crível porque, de fato, aconteceu. Para preservar sua forma original, até corri certos riscos. Em um ou outro episódio, por exemplo, eu bem que poderia ter usado minha imaginação para arredondar a narrativa. Mas o afã de manter a originalidade me impediu de fazê-lo. Portanto, se a história sofre de algum problema crônico, as raízes não estão neste narrador, e sim nas personagens ou no mecanismo de suas vidas. Isso não é impossível. Todos temos defeitos como esses, que contrariam a lógica ou a experiência. Não há nada que se possa fazer.

Quero salientar que esta é uma história real, não se trata de ficção. Registrei ecos do passado e, nesse processo, incluí, de maneira compreensível (e, por isso mesmo, perdoável), adornos estilísticos e elementos ficcionais necessários como nomes e locais, e coisas como a cor do céu naquele momento. Pode haver imprecisões quanto a horários e, naturalmente, omissão de dados que ainda hoje são confidenciais. Em certas passagens, posso ter exagerado na descrição do movimento psicológico das personagens. Mas não havia outra saída. Rong Jinzhen vivia completamente imerso em seu mundo de fantasias. Não tinha outra atividade a não ser decifrar códigos, um trabalho que, por ser secreto, não há como mostrar. Fazer o quê.

Não se sabe ao certo se Rong Jinzhen foi localizado na fábrica de papel ou na gráfica da Vila M. E quem o levou de volta não foi Vassíli, mas o número um da Unidade 701, o diretor-geral em pessoa. Naquela altura, Vassíli estava acamado e não tinha condições de ir. O diretor faleceu há uns dez anos. Dizem que evitava falar sobre o ocorrido naquele dia; se tocava no assunto, transparecia haver falhado com Rong Jinzhen. Dizem ainda que a loucura de Rong o deixara com a consciência tão pesada que até no leito de morte ainda se sentia culpado. Não sei se era o caso de realmente se culpar assim, mas acho que essa sua atitude me fez sentir ainda mais pena do desfecho de Rong Jinzhen.

Voltando à nossa história, quando o diretor foi buscar Rong na Vila M, o motorista dele foi junto. Dizem que dirigia muito bem, mas não sabia ler uma palavra, daí a incerteza se era uma "gráfica" ou uma "fábrica de papel". Ambas podem parecer semelhantes ao olhar apressado de um analfabeto, a confusão é compreensível. Quando fui conversar com o motorista, fiz de tudo para que ele entendesse que havia diferenças notórias entre uma fábrica e uma gráfica. Por exemplo, uma fábrica costuma ter uma chaminé bem alta, que a gráfica não tem. Além disso, gráfica cheira a tinta, mas uma fábrica de papel só despeja água residual, não tem um odor característico. Mesmo assim, ele não conseguiu ser categórico, sua fala era sempre evasiva. Às vezes, eu pensava que essa era a diferença entre quem tem instrução e quem não tem. Alguém sem muito estudo encontra mais dificuldade em julgar o que é real e o que é falso, o que é certo e o que é errado. Ademais, décadas se passaram desde então, ele envelheceu, e o abuso de álcool e nicotina fez sua memória regredir de forma assustadora. Ele me garantiu que o incidente acontecera em 1967 e não em 1969. Esse erro me fez perder a confiança em todos os seus depoimentos. Por isso, no final da minha narrativa, para reduzir uma personagem, decidi fazer Vassíli ir à Vila M no lugar do diretor.

Precisava deixar isso claro.

Foi o ponto mais irreal de toda a história.

Às vezes, lamento essa decisão.

Muitas pessoas demonstram grande interesse em saber o que foi feito de Rong Jinzhen depois disso. Esse foi o segundo fator que me encorajou a escrever esta parte.

Isso me leva a ter de contar como tomei conhecimento desta história.

Será um prazer.

Só fiquei sabendo da história por causa de um acidente com meu pai. Na primavera de 1990, meu pai, à época com setenta e cinco anos, sofreu um derrame e foi internado com paralisia. Como o tratamento não deu muito resultado, ele foi transferido para a casa de repouso Lingshan. Era um lugar para onde os moribundos eram enviados com o único intuito de esperar o fim da vida em tranquilidade.

Fui visitá-lo no inverno seguinte e descobri que, depois de um ano convivendo com a doença, ele havia se tornado mais afetuoso, até mais falante. Dava para perceber que, falando sem parar, queria demonstrar seu amor por mim. Na verdade, isso era desnecessário, apesar de nós dois sabermos que, quando mais precisei do amor dele, ele nem sequer imaginava a dificuldade que enfrentaria no futuro ou, por uma razão qualquer, não me amava como deveria. Mas isso não significava que havia necessidade de me compensar dessa forma. Isso não existe. Em todo caso, acredito que não vou ter nenhum tipo de pensamento ou sentimento inadequado sobre o passado do meu pai, nem vou deixar que influencie o amor e o respeito que tenho por ele. Para ser honesto, resisti muito à ideia de transferir meu pai a essa casa de repouso e só concordei porque ele fizera questão de ir. Foi impossível demovê-lo. Eu compreendia o motivo de tanta insistência. Ele achava que minha esposa e eu, um dia, detestaríamos continuar cuidando dele e lhe causaríamos algum tipo de constrangimento. É claro que havia esse risco, não há piedade filial que resista a uma longa doença. Mas avento ainda outra possibilidade: testemunhando seu sofrimento com a moléstia, poderíamos nos apiedar ainda mais e intensificar os cuidados. Sinceramente, já achava difícil vê-lo repetir as histórias sobre seu passado de humilhações e remorsos. Por outro lado, adorava ouvi-lo contar o que acontecia na casa de repouso e os episódios fantásticos de seus colegas de internação. Fiquei especialmente fascinado com a história de Rong Jinzhen. Naquela época, meu pai já conhecia muito bem o caso, porque Rong ficava na enfermaria ao lado, eram vizinhos.

Meu pai me disse que já fazia mais de dez anos que ele vivia ali. Todos o conheciam e sabiam de seu passado. Cada paciente novo que chegava ganhava um presente especial: a história de Rong Jinzhen. Falar de seus talentos, suas glórias e sua infelicidade virou um costume da casa. Falavam dele porque era mesmo uma pessoa especial, e também por respeito. Logo notei que os pacientes tratavam Rong com uma grande deferência. Onde quer que aparecesse, paravam o que estavam fazendo, olhavam para ele e, se necessário, abriam passagem com um sorriso, sem se importar que ele, muito provavelmente, estivesse alheio a tudo. Os médicos e enfermeiras sempre lhe sorriam, falavam com ele em voz baixa, o amparavam nas escadas. Tratavam-no como um idoso ou uma criança da família. Ou alguma alta autoridade. Eu nunca tinha visto, na vida real, tanta deferência para alguém nessas condições. Só vi algo parecido uma vez, na TV. Era o caso de Stephen Hawking, o Einstein em cadeira de rodas.

Fiquei três dias na casa de repouso e descobri que os pacientes passavam o tempo reunidos em pequenos grupos de três ou cinco pessoas, jogando xadrez ou cartas, caminhando ou batendo papo. Quando a enfermeira vinha dar medicação, precisava chamar os pacientes de volta com um apito. Só Rong Jinzhen ficava quieto no quarto. Se ninguém fosse buscá-lo para fazer as refeições e as caminhadas, ele não daria um passo fora do aposento. Por isso, a plantonista ganhou uma função adicional: levar Rong Jinzhen ao refeitório três vezes por dia e depois o acompanhar em meia hora de caminhada. Meu pai conta que, no início, como ninguém sabia do seu passado, algumas enfermeiras achavam aquilo um aborrecimento, não cumpriam a tarefa de maneira adequada, e, por isso, ele, muitas vezes, acabava passando fome. Mais tarde, um alto oficial veio fazer terapia por alguns dias e tomou conhecimento do problema por acaso. Então, chamou toda a equipe médica da casa para dizer o seguinte: "Se vocês têm idosos em casa, devem tratar Rong Jinzhen como tratam seus próprios idosos; se em vez de idosos tiverem só crianças, devem cuidar dele da mesma forma que cuidam de suas crianças; e se não tiverem em casa nem idoso, nem criança, devem tratá-lo como tratam a mim".

A partir de então, as glórias e desventuras da vida de Rong Jinzhen foram, aos poucos, se popularizando, e ele se tornou um tesouro da casa, ninguém se atrevia a tratá-lo de forma leviana, todos lhe dispensavam o máximo cuidado. Meu pai disse que, se não fosse a natureza de seu trabalho, ele seria uma celebridade, e suas façanhas correriam de boca em boca.

"Mas por que não mandam alguém só para cuidar dele? Ele devia ter essa regalia", observei.

"Ele tinha", contou meu pai, "mas, conforme suas proezas

foram sendo reveladas, o respeito por ele cresceu; todo mundo passou a lhe dar atenção. Assim, a pessoa designada se tornou supérflua."

Ainda que todos fizessem o máximo por ele, eu continuava achando que tinha uma vida muito difícil. Muitas vezes, olhando pela janela, eu o via sentado no banco, imóvel como uma estátua, com o olhar vidrado, sem brilho. As mãos não paravam de tremer, como que ativadas por algum estímulo constante. À noite, o martelar incessante de sua tosse chegava até mim através das paredes brancas. E às vezes, de madrugada, soluços agudos perfuravam o silêncio. Era ele chorando enquanto sonhava, explicou meu pai.

Certa noite, encontrei Rong Jinzhen por acaso no refeitório. Estava em uma cadeira à minha frente, encurvado, de cabeça baixa, sem se mexer, parecendo, sei lá, uma pilha de roupas. Tinha uma aparência de dar pena, o rosto mostrando sinais da passagem implacável do tempo. Enquanto o espiava, lembrei-me do que meu pai havia contado e pensei: esse homem já foi jovem, jovem e promissor, um grande herói da Unidade 701, tendo realizado coisas incríveis. Agora está velho, perturbado. Esmagado pelo tempo, reduzido a pele e osso. Como uma pedra carcomida pela água, ou uma palavra roída pelos séculos. À meia-luz, parecia ainda mais envelhecido, decrépito, um centenário pronto para nos deixar a qualquer instante.

Como olhava para baixo, não se deu conta de que eu o espiava. Quando terminou a refeição e se levantou para sair, nossos olhares se encontraram sem querer. Naquele momento, percebi um lampejo em seus olhos, como se, de repente, tivessem voltado à vida. Caminhou em minha direção com passos pesados, robóticos, uma tristeza fazendo sombra em seu rosto, como um mendigo indo ao encontro do benfeitor. Assim que chegou à minha frente, fixou em mim os olhos arregalados e me estendeu as duas mãos, como quem pede esmola. Com muita dificuldade balbuciou:

"Caderno, caderno…"

Como não esperava por essa reação, fiquei sem saber o que fazer. Felizmente, uma enfermeira apareceu para me livrar do cerco. Amparado por ela, que o acalmava, ele ora levantava a cabeça para olhá-la, ora se voltava para mim; parando a cada passo, saíram pela porta e sumiram na escuridão.

Meu pai veio me contar depois que não importava a identidade do interlocutor: se ele percebesse estar sendo observado, aproximava-se e perguntava do caderno como se quisesse encontrar, no fundo dos seus olhos, o objeto perdido havia tanto tempo.

"Ele está procurando o caderno até hoje?", eu quis saber.

"Pois é, está."

"Mas você não disse que o caderno foi encontrado?"

"Foi sim… mas como ele podia saber disso?", respondeu meu pai.

Naquele dia, eu me assustei.

Um homem mentalmente incapacitado, um homem completamente desfeito como ele, pensei, com toda a certeza já teria perdido qualquer memória. Mas o estranho era que se lembrava do desaparecimento do caderno, e essa lembrança, gravada na alma, o perturbava de forma incessante. Nunca soube que encontraram o objeto, assim como jamais se deu conta da passagem impiedosa do tempo. Agora se reduzia a um corpo esquelético e a um fragmento de memória. Inverno após inverno, com a obstinação e a paciência de sempre, ele insistia em procurar pelo caderno. Assim passara os últimos vinte anos.

Era nesse estado que Rong Jinzhen se encontrava.

O que aconteceu depois?

Poderia haver algum milagre?

Pensei melancólico que talvez sim, quem sabe.

Sei que se você, leitor, for afeito a misticismos e metafísicas, certamente há de esperar, ou até exigir, que eu encerre a história por aqui. Mas acontece que muitas pessoas — a maioria — são céticas, gostam das coisas esmiuçadas, bem explicadas, e não vão sossegar enquanto não souberem o que foi feito do BLACK. Esse foi o terceiro motivo que me levou a escrever esta parte.

Por isso, no verão do ano seguinte, fui visitar a Unidade 701.

2.

Não foi só a pintura vermelha do portão que se desgastou na Unidade 701. Com o tempo, o mistério e o sossego da velha agência também desapareceram. Eu achava que o processo de entrada fosse muito mais complexo, mas o guarda se limitou a uma rápida olhada nos meus documentos (carteiras de identidade e de jornalista), mandou preencher um cadastro num caderno velho e me deixou entrar. Foi tão simples que estranhei, parecia negligente com seu trabalho. Uma vez lá dentro, essa preocupação desapareceu: vendedores ambulantes e peões desocupados desfilavam diante de mim com a tranquilidade de quem passeia no quintal de casa.

Não aprecio a imagem da Unidade 701 das lendas, mas também não gosto do que ela se tornou. Senti como se tivesse pisado em falso e caído das alturas. Só mais tarde soube que a parte onde eu estava era apenas uma nova área residencial. Havia ainda outros pátios mais para dentro do complexo, como cavernas dentro de uma caverna, difíceis de achar e impossíveis de entrar. Ali, as sentinelas pareciam espectros que, do nada, se materializavam diante dos olhos, frios como esculturas de gelo. Não deixavam ninguém chegar perto, como se o calor de um corpo humano fosse capaz de derretê-los. Fiquei uns dez dias ali. Como era de esperar, me encontrei com Vassíli, cujo nome, na verdade, é Zhao Qirong. Também me encontrei com a já não tão jovem esposa de Rong Jinzhen, cujo nome completo é Di Li. Permanecia no mesmo trabalho. Sua estatura já cedia ao desgaste do tempo, mas, ainda assim, continuava acima da média. Não tinha filhos nem pais; dizia que Rong Jinzhen é que era seu filho e seu pai. Contou que seu maior aborrecimento era não poder se aposentar mais cedo, por causa da natureza de sua profissão. Assim que o pedido de aposentadoria fosse aceito, iria à casa de repouso Lingshan para ficar ao lado do marido. Enquanto esse dia não chegava, só lhe restava passar as férias com ele, ao todo um ou dois meses por ano. Não sei se por ter trabalhado no serviço de inteligência ou por ter vivido muito tempo sozinha, a impressão que me passou é que era ainda mais reservada e distante do que Rong Jinzhen. Para ser franco, nem Vassíli, nem Di Li me ajudaram muito. Como outras pessoas da Unidade 701, relutavam em falar daquele passado doloroso. E, quando falavam, incorriam em inúmeras contradições, como se a dor tivesse apagado suas memórias. Não queriam falar e também não podiam falar. Usar o veto para encobrir a falta de vontade talvez tenha sido a saída mais eficaz e conveniente.

Fui ver a esposa de Rong Jinzhen à noite. Como a conversa não rendeu, voltei bem cedo à hospedaria. Pouco depois, enquanto fazia minhas anotações (para registrar o que tinha ouvido dela), um homem desconhecido entrou de repente no meu quarto. Estava na casa dos trinta anos. Ele se apresentou como Lin, encarregado de segurança da Unidade 701, e me encheu de perguntas. Na verdade, foi extremamente desagradável, chegou a revistar o quarto e as bagagens sem minha permissão. Eu tinha certeza de que a busca só iria fazê-lo acreditar no que falei: meu intuito era enaltecer o herói deles, Rong Jinzhen. Por isso, não me importei com aquela revista sem sentido. O problema foi que, mesmo com tudo isso, ele não confiou em mim. Voltou a me interrogar, criou dificuldades e, finalmente, disse que iria levar os meus documentos — quatro no total: as carteiras de jornalista, de trabalho, de identidade e da Associação de Escritores — mais o caderno com minhas anotações. A justificativa era de que precisava investigar melhor. Perguntei quando me devolveria, e respondeu que isso dependeria do resultado das investigações.

Passei a noite em claro.

Na manhã seguinte, o mesmo homem, o tal sr. Lin, veio falar comigo. Desta vez, estava visivelmente mais simpático. Começou pedindo desculpas pela impertinência na noite anterior e me devolveu, muito educado, os quatro documentos e o caderno. Era óbvio que estava satisfeito com o resultado das investigações, o que eu já esperava. A surpresa foi a ótima notícia que me trouxe: o diretor-geral queria me ver.

Escoltado por ele, passei despreocupadamente por três pontos de controle e entrei no supervigiado pátio interno do complexo.

O primeiro dos três postos ficava a cargo da polícia armada, montavam guarda dois policiais de pistola e cassetete na cintura. O segundo posto, guardado pelo Exército, tinha dois soldados, armados com rifles semiautomáticos negros como corvos. Havia arame farpado nos muros e uma casamata na entrada. Ali dentro, um telefone e algo parecido com uma metralhadora. Já o terceiro posto tinha um guarda à paisana — apenas uma pessoa —, que ficava andando de um lado para outro. Não carregava arma nenhuma, só um rádio comunicador.

Para dizer a verdade, até hoje não sei quem, afinal, controla a Unidade 701. O Exército? A polícia? Algum órgão civil? Até onde observei, a maioria dos funcionários se veste à paisana, são poucos os fardados. O mesmo vale para os carros estacionados ali: há placas civis e militares, estas em menor número que aquelas. Perguntando a respeito, diferentes pessoas me deram a mesma resposta: primeiro me lembravam de que essa era uma pergunta que eu não deveria fazer, depois diziam não saber. Em todo caso, tratava-se de um órgão de extrema importância para a nação, independentemente de ser militar ou civil — militar ou civil, é tudo do Estado. É óbvio que é tudo do Estado. Nesse ponto, o que mais me resta dizer? Mais nada, não faria diferença nenhuma, trata-se de um órgão importante e ponto. Toda nação precisa de uma agência dessas, como toda casa precisa de suas próprias medidas de segurança. São necessárias, e não há nada de estranho nisso. Estranho seria se elas não existissem.

Depois de passar pelo terceiro posto de controle, vimos uma alameda perfeitamente retilínea, ladeada por árvores altas e copadas. Os pássaros saltitavam nas ramagens, trilavam. Havia muitos ninhos. A sensação era a de adentrar uma área desabitada. Tudo levava a crer que, daquele ponto em diante, não haveria nem sombra de gente. Mas logo surgiu, adiante, um belo prédio de seis andares. A fachada de tijolo aparente lhe imprimia um ar de austeridade e solidez. Na frente, abria-se uma área do tamanho de meio campo de futebol, com um gramado retangular de cada lado e, no centro, uma plataforma quadrada forrada de flores. No meio das flores, erguia-se uma estátua de pedra que lembrava muito, na postura e na cor, O *pensador*, de Rodin. À primeira vista, achei que fosse uma réplica, mas, de perto, percebi que a escultura usava óculos e trazia o título *Alma* gravado em traços vigorosos no pedestal. Então não se tratava de O *pensador*. Examinando-a com mais cuidado, fiquei com a vaga impressão de que havia ali um não sei quê de familiar, mas não soube definir o que era. Perguntei a Lin, que estava do meu lado, e só então soube que era Rong Jinzhen.

Fiquei um bom tempo parado diante da estátua. Sob o sol, Rong Jinzhen apoiava firmemente o queixo em uma das mãos e fixava em mim o olhar penetrante. Ele se parecia — e também não se parecia — com aquele Rong Jinzhen da casa de repouso Lingshan. Era como ver a mesma pessoa na velhice e na juventude.

Depois que me despedi da estátua, o secretário Lin, ao contrário do que eu imaginava, não me encaminhou ao edifício principal. Em vez disso, contornou-o e me conduziu a um prédio menor que ficava nos fundos, de dois andares, tijolos cinza e estilo ocidental — mais precisamente à erma sala de visitas no térreo. Lin me disse para sentar e esperar, e, em seguida, se retirou. Não muito tempo depois, ouvi umas batidas metálicas contra o piso do corredor, e logo apareceu um homem idoso apoiado em uma bengala. Mancava. Assim que me viu, estendeu-me a mão, caloroso: "Ah, camarada jornalista. Venha cá, me dê um aperto de mão".

Levantei-me rápido para cumprimentá-lo e o convidei a sentar-se no sofá.

Enquanto se acomodava, ia dizendo: "Eu é que deveria ir até você, já que fui eu que pedi este encontro. Mas, como vê, tenho dificuldade de locomoção, por isso te chamei para vir até aqui".

"Se não me engano", eu disse, "foi o senhor que buscou Rong Jinzhen na Universidade N, sr. Zheng."

Ele soltou uma gargalhada e apontou com a bengala para o pé manco: "Foi ele que me denunciou, não foi? Não é à toa que você é jornalista. Muito bem, muito bem, sim, fui eu mesmo. Mas me conta, e você, quem é?".

Já viu quatro documentos meus, pensei, e ainda precisa me perguntar?

Por respeito a ele, no entanto, me apresentei de maneira sucinta.

Depois de me ouvir, ele brandiu uma resma de papéis e perguntou: "De onde você tirou tudo isso?".

O que ele tinha na mão era a fotocópia do meu caderno. "Como vocês tiram cópia das minhas anotações sem o meu consentimento?"

"Peço sua compreensão", respondeu, "não tínhamos escolha. Cinco pessoas precisavam examinar essas anotações. Se ficássemos passando o caderno de um para outro, acho que levaríamos de três a cinco dias para devolvê-lo a você. Agora está tudo bem, todos os cinco já leram e não encontraram nenhum problema, nenhuma informação confidencial. Por isso, o caderno continua sendo seu, do contrário, passaria a ser meu."

Ele riu e continuou: "Mas a pergunta que não me sai da cabeça desde a noite passada é como você conseguiu saber tudo isso? Será que o camarada jornalista poderia esclarecer?".

Contei a ele, resumidamente, o que tinha visto com meus próprios olhos na casa de repouso Lingshan.

Enquanto me ouvia, ele pareceu se dar conta de algo e sorriu: "Ah, então seu pai era gente nossa".

"Não é possível", respondi, "meu pai trabalhava com engenharia."

"Como não é possível? Diga-me, quem é seu pai? Talvez eu o conheça."

Disse o nome do meu pai. "Conhece?", perguntei.

"Não, não conheço."

"Não falei?", eu disse. "Sabia que não era possível. Como meu pai poderia trabalhar para vocês?"

"Mas todo mundo que entra na casa de repouso Lingshan já trabalhou para nós", afirmou.

Isso era novidade para mim. Meu pai à beira da morte,

e, de repente, nem sabíamos mais quem ele era de fato. Se eu não tivesse mencionado o assunto por acaso, decerto jamais saberia a verdade sobre ele, como a mestra Rong até hoje não sabe sobre Rong Jinzhen. Agora eu entendia por que meu pai nunca dera atenção suficiente a mim e à minha mãe, tanto que ela pediu o divórcio. Parece que foi injusta com ele. Mas essa não é a questão, a questão é que meu pai preferiu ser tratado com injustiça a dar qualquer esclarecimento. O que é isso? Convicção ou teimosia? Algo digno de admiração ou de pena? De repente, senti um nó no peito que me cortava a respiração. Só uns seis meses mais tarde, depois de a mestra Rong me dizer o que achava disso, foi que comecei a entender que era algo digno de admiração, não de pena.

Disse-me o seguinte: "Esconder um segredo da própria família por várias décadas, ou até mesmo por uma vida inteira, não é justo. Mas, se não fosse assim, nosso país talvez nem existisse mais, ou, pelo menos, teria corrido esse risco. Então, por mais injusto que seja, já não há nada que possamos fazer".

Foi assim que a mestra Rong aumentou meu respeito por meu pai.

Voltando à nossa história. O primeiro comentário que o diretor fez sobre meu caderno foi que "não vazou nenhum segredo". Isso, obviamente, tirou um peso enorme dos meus ombros e me deixou muito feliz porque, do contrário, eu teria perdido minhas anotações. Mas a segunda observação foi um balde de água fria: "Acho que a maior parte do material que você tem é baseada em diz que diz, por isso há muitas imprecisões...".

"Então nada disso é verdade?", perguntei ansioso.

"Não", disse ele balançando a cabeça, "verdade é, mas... bem... como explicar? Acho que você entende muito pouco sobre Rong Jinzhen... é, é isso, entende muito pouco."

Ele acendeu um cigarro e deu uma tragada. Depois de

pensar por alguns segundos, levantou a cabeça e me explicou, com ar sério: "Quando li suas anotações, muitas coisas ali, apesar de fragmentadas e de segunda mão, me trouxeram lembranças sobre o passado de Rong Jinzhen. Sou a pessoa que mais o entendia, ou, pelo menos, uma delas. Você gostaria de ouvir o que tenho a contar sobre ele?".

Era bom demais para ser verdade. Não poderia desejar nada melhor.

Assim, por obra do acaso, aquele punhado de anotações ganhou a chance de florescer.

Nos dias que passei na Unidade 701, sentei-me várias vezes com o diretor para mergulhar um pouco mais na história de Rong Jinzhen. Foi assim que nasceram as transcrições da entrevista com o diretor. É claro que a importância dessas conversas ia além disso. Em certo sentido, antes de conhecer Zheng Coxo, Rong Jinzhen, para mim, não passava de uma lenda de contornos difusos. Mas depois virou uma história real, indiscutível. O principal responsável por essa mudança, aquele que ligou os pontos, foi justamente o diretor. Ele não só fez de tudo para me contar as coisas de que se lembrava como me forneceu uma longa lista com nomes de pessoas que conviveram com Rong em algum momento, pena que muitas já tivessem morrido.

Se há uma coisa que lamento até hoje é que, durante todo esse tempo, sempre o tratei por chefe ou senhor diretor, e jamais me passou pela cabeça lhe perguntar seu nome. Por isso, não sei como se chama. Entre os oficiais do serviço secreto, não se usa o nome pessoal, que geralmente fica soterrado por codinomes ou títulos de todo tipo. No caso dele, por causa da deficiência física, fruto de um passado heroico, o nome verdadeiro ficou ainda mais soterrado. Mas soterrado não significa não existir, só que está oculto sob a superfície. Acredito que, se eu tivesse perguntado, ele teria dito. Mas fiquei tão fascinado com a superfície que me esqueci de perguntar. Como resultado, ficou essa confusão de denominações: Manco, Zheng Coxo, chefe Zheng, diretor de bengala, diretor Zheng, só "chefe", e por aí vai. O pessoal da Universidade N costumava chamá-lo ou de Coxo, ou de chefe Zheng. Já o próprio se referia a si mesmo como diretor de bengala.

3.

O diretor Zheng me contou o que segue.

A ligação com a família Rong começara com seu avô materno. Em 1913, dois anos depois da queda do império, seu avô conheceu *Lao* Lillie em um teatro, e os dois se tornaram grandes amigos. O diretor Zheng cresceu na casa do avô e, por isso, desde pequeno, conhecia *Lao* Lillie. Mais tarde, quando este veio a falecer, Zheng compareceu com o avô ao funeral na Universidade N, onde o apresentaram a *Xiao* Lillie. Na época, tinha catorze anos e cursava o segundo ano ginasial. Ficou impressionado com a beleza do campus. Assim que terminou o ginásio, pegou o histórico escolar e foi procurar *Xiao* Lillie para pedir uma vaga no curso colegial na Universidade N. Conseguiu. Por influência de um professor militante, aderiu ao Partido Comunista ainda no colégio. Quando eclodiu a Guerra de Resistência contra a Invasão Japonesa, ele e o professor deixaram a escola e foram para Yan'an. Ali começou uma longa carreira revolucionária.

No momento em que ele pôs os pés na Universidade N,

todas as engrenagens se ajustaram para que, um dia, viesse a encontrar Rong Jinzhen.

Mas essas engrenagens, como ele mesmo conta, não foram acionadas de pronto, só quinze anos mais tarde, quando foi recrutar talentos na Universidade N para a divisão de criptografia da Unidade 701 e aproveitou para visitar o velho reitor. Comentou de passagem que tipo de pessoa procurava, e o reitor, de brincadeira, recomendou Rong Jinzhen.

"Embora eu não pudesse revelar para que tipo de trabalho era o recrutamento", disse o diretor, "contei em detalhes sobre as habilidades que o candidato precisava ter. Por isso, logo fiquei interessado na recomendação. Eu confiava no discernimento dele, conhecia bem seu caráter; ele não era de brincar. Quando me disse aquilo, apesar do tom de piada, pressenti que se tratava de uma indicação certeira."

De fato, assim que viu Rong Jinzhen, soube que era a pessoa que procurava.

"Imagine", continuou o diretor, "um gênio da matemática que, desde criança, já interpretava sonhos, familiarizado com o Oriente e o Ocidente, e ainda dedicado a explorar os mistérios do cérebro humano. Era a pessoa perfeita para trabalhar com criptografia. Como eu não ficaria interessado?"

Sobre como o velho reitor concordara em autorizar Rong Jinzhen ir com ele, falou que era segredo e que não iria se aprofundar a respeito. Tenho quase certeza de que, na ansiedade de levar a pessoa que queria, o diretor acabou quebrando o sigilo da profissão e entregando a verdade ao reitor. Senão, por que evitaria o assunto até hoje?

Durante a nossa conversa, o diretor reiterou que ter descoberto Rong Jinzhen foi sua maior contribuição para a Unidade 701, mas ninguém imaginava que ele teria um fim tão triste.

Sempre que tocava nesse assunto, balançava a cabeça angustiado e murmurava:

"Rong Jinzhen..."

"Rong Jinzhen..."

"Ah, Rong Jinzhen..."

[Transcrição da entrevista com o diretor Zheng]

A imagem que eu tinha de Rong Jinzhen, antes de ele decifrar o código PURPLE, era nebulosa, oscilava entre o gênio e o louco, mas, depois dessa façanha, ficou muito claro para mim: ele era, ao mesmo tempo, elegante e assustador, como um tigre silencioso. Eu o admirava e o respeitava, mas nunca quis chegar muito perto. Tinha medo de me ferir, de me apavorar, a mesma sensação que se tem diante de um tigre. Acho mesmo que sua alma era felina. Dilacerava seus problemas com gosto, como um tigre roendo os ossos da presa. Quando rangia os dentes preparando um ataque, parecia uma fera prestes a dar o bote.

Um tigre!

O rei dos animais!

O rei do mundo da criptografia!

Eu tinha idade para ser seu irmão mais velho. Na carreira, sou um veterano em nossa seção. Quando ele chegou ao escritório, eu já era o chefe da divisão. Mas, no fundo, eu sentia como se ele fosse meu irmão mais velho, e gostava de ouvir seus conselhos sobre qualquer assunto. Quanto mais o conhecia, quanto mais próximos ficávamos, mais eu me tornava escravo de sua mente e mais o idolatrava.

[...]

Como já disse, o mundo da criptografia não permite o surgimento de duas mentes semelhantes, isso seria um desperdício. Existe uma regra não escrita, praticamente uma lei férrea: uma mesma pessoa só consegue criar ou decifrar um código. Depois disso, seu conhecimento fica preso ao passado e se torna descartável. Assim, em princípio, Rong Jinzhen não deveria se encarregar do BLACK. Sua mente já pertencia ao PURPLE. Para decifrar o BLACK, ele precisaria partir sua mente em pedaços e soldá-la de novo.

Mas, quando se tratava de Rong Jinzhen, deixávamos as regras de lado. Preferíamos acreditar em seu gênio. E acreditávamos que, para ele, partir a mente e juntar os pedaços não seria impossível. Podíamos não acreditar em nós mesmos, nem em regras objetivas, mas tínhamos total confiança nele. Sua própria existência era uma combinação de acontecimentos inimagináveis para o senso comum. Coisas que achávamos impossíveis com ele viravam realidade, uma realidade viva. Por isso, a missão de decifrar o BLACK acabou recaindo em seus ombros.

Isso significava que ele teria de voltar à zona proibida.

Diferente da primeira vez, ele foi jogado dentro dessa zona proibida por outras pessoas — mas também por sua própria reputação. Na primeira vez, ele se embrenhou por vontade própria nesse matagal. Por isso é melhor não se destacar muito da maioria; ao se destacar, você atrai créditos, mas também desastres que não eram para ser seus.

Nunca cheguei a entender o que Rong Jinzhen sentiu quando aceitou decifrar o BLACK, mas, para mim, são muito claros os sofrimentos e as injustiças que essa missão lhe acarretou. Quando trabalhava no PURPLE, ele não estava sob pressão, parecia muito à vontade, o expediente tinha hora para começar e hora para acabar, até diziam que ele parecia se divertir. Mas, na época do BLACK, essa leveza desapareceu por completo. Ele carregava nas costas uma tonelada de olhares, e esses olhares o partiam ao meio! Naqueles anos, vi seu cabelo preto ficar grisalho e seu corpo se encolher, como se quisesse entrar mais fácil no labirinto do BLACK. Como você pode imaginar, ele deu duas vezes mais sangue no BLACK; como se não bastasse precisar roer o código, *ainda tinha de moer a própria mente. A dificuldade e o sofrimento eram duas mãos diabólicas pesando em seus ombros. Alguém que tinha tudo para manter distância do BLACK (por já haver decifrado o PURPLE) acabou assumindo toda a carga dessa missão. Essa foi a enrascada em que Rong Jinzhen se meteu, sua desgraça, e também a desgraça de toda a Unidade 701.*

Para ser franco, nunca duvidei de seu talento e empenho, mas não tinha cem por cento de certeza se ele seria capaz de repetir o milagre, romper o estigma de que uma pessoa só é capaz de decifrar um único código ao longo da vida. Um gênio também é um ser humano, também se confunde, também erra. E, quando um gênio comete um erro, inevitavelmente é algo colossal e perturbador. Na verdade, hoje há um consenso entre os criptógrafos de que o BLACK, a rigor, não era um código de alto nível, porque continha uma coisa surpreendentemente banal na definição de sua chave. Não por acaso, pouco tempo depois acabou decifrado por uma pessoa que, mesmo com um talento notoriamente inferior ao de Rong Jinzhen, cumpriu a missão sem dificuldades, em apenas três meses, como Rong Jinzhen fizera ao decifrar o PURPLE... [FIM]

Então alguém decifrou o BLACK.

Quem era essa pessoa?

Ainda era viva? Ou...?

O diretor Zheng me contou que o autor se chamava Yan Shi e que sim, ainda vivia. Sugeriu que eu fosse entrevistá-lo e que depois viesse conversar com ele de novo — pois ainda tinha algumas coisas para me entregar. Dois dias mais tarde, quando nos reencontramos, o diretor logo quis saber: "E então, gostou daquele sujeito?".

Por "sujeito", ele se referia a Yan Shi. Mas a escolha das palavras e a pergunta em si me deixaram sem saber o que responder.

"Não me leve a mal", continuou ele. "Na verdade, ninguém aqui gosta dele."

"Por quê?", estranhei.

"Porque teve sucesso demais para alguém como ele."

"Mas foi ele que decifrou o BLACK, claro que merece o crédito."

"É que todo mundo acha que Yan só conseguiu o feito por ter se baseado nas anotações de Rong Jinzhen."

"Pois é. Foi o que ele disse", contei.

"O quê? Ele nunca diria isso."

"Como não? Ouvi da boca dele."

"O que ele falou?"

"Que, na verdade, quem decifrou foi Rong Jinzhen, mas que ele, Yan, levou a fama."

"Ah... isso para mim é novidade", comentou, lançando-me um olhar de surpresa. "Ele sempre evitou mencionar Rong Jinzhen, por que mudaria de ideia na sua frente? Deve ser porque você é de fora."

Depois de uma breve pausa, continuou: "Ele não mencionava Rong Jinzhen justamente porque queria ganhar destaque, queria criar nas pessoas a impressão de que havia decifrado o código sozinho. Mas como seria possível? Trabalhamos juntos há décadas, todo mundo se conhece muito bem. De repente, ele virou gênio da noite para o dia? Quem acreditaria nisso? Ninguém. Por isso, ao pegar todos os créditos para si, muita gente aqui ficou indignada. Falaram muita coisa. Era uma injustiça com Rong Jinzhen".

Fiquei pensando se eu deveria ter contado ao diretor o que Yan Shi me contara. Na verdade, ele não tinha pedido sigilo, mas também não me autorizara a divulgar.

O diretor voltou a ficar um momento em silêncio, depois olhou para mim e prosseguiu: "Que ele se baseou no caderno de

Rong Jinzhen para decifrar o BLACK, não há dúvida, todo mundo já sabia. E você acaba de me dizer que ele mesmo admite. Se nunca admitiu para nós, foi pelo motivo que acabei de explicar, para se promover, e isso também era de conhecimento geral. Quanto mais teimava em negar algo tão óbvio, mais antipatia ele ganhava e mais confiança perdia. Na minha opinião, essa não foi lá uma estratégia muito brilhante. Mas isso já é outra história, vamos deixar de lado por enquanto. O que eu queria te perguntar é o seguinte: você consegue imaginar por que ele pôde aproveitar as anotações, mas o próprio Rong Jinzhen não? Pela lógica, tudo o que ele conseguiu Rong Jinzhen também teria conseguido, já que o caderno era dele, com as ideias dele. Vamos fazer uma analogia: imagine o caderno como um quarto, onde está escondida a chave do código. Se o próprio dono do quarto não acha nada, mas outra pessoa chega e logo encontra a chave, você não acha isso muito estranho?".

Sua analogia funcionava perfeitamente, expunha de forma clara sua visão das coisas. Mas cabe a ressalva de que nem tudo era exatamente assim. Melhor dizendo, não havia problema com a analogia, e sim com a versão da história na qual ele acreditava. A certa altura, eu estava decidido a revelar tudo o que Yan Shi havia me contado e que, para mim, devia ser a verdade. Porém, sem me dar chance de falar, ele prosseguiu: "Por isso mesmo, acredito que, na tentativa de decifrar o BLACK, Rong Jinzhen cometeu um erro fatal. Com um erro desses na cabeça, qualquer gênio vira um idiota. E quando esse erro acontece é para reforçar o estigma de que uma pessoa só consegue decifrar um código na vida. São as sequelas da decifração do PURPLE agindo".

Nesse ponto, o diretor parou de falar. O longo silêncio me deu a impressão de que ele havia mergulhado no remorso. Quando enfim voltou a abrir a boca, foi para se despedir de mim. Mesmo que eu ainda quisesse falar o que quer que fosse, não havia mais chance. Mas tudo bem, pensei, eu estava mesmo em dúvida se contava ou não. Melhor não, assim evito o risco de me arrepender depois.

Antes de sair, eu me lembrei de perguntar: "O senhor não disse que tinha algo para me entregar?".

"É verdade!" Ele se dirigiu até um ficheiro de ferro, abriu uma gaveta, tirou uma pasta e me disse: "Rong Jinzhen tinha, na universidade, um professor gringo chamado Lisiewicz. Já ouviu falar dele?".

"Não", respondi.

"Ele tentou impedir Rong Jinzhen de decifrar o PURPLE. Estas cartas são a prova. Pode levar para ler e, se precisar, fazer cópias."

Era a primeira vez que ouvia falar de Lisiewicz.

O diretor admitiu que não sabia muito sobre o sujeito. O pouco que sabia era de ouvir falar. Disse: "Quando Lisiewicz esteve em contato conosco, eu estudava no País Y. Mesmo depois da minha volta, não cuidei do assunto. Quem fez mais contato foi a equipe que trabalhava na decriptação do PURPLE. Na época, a sede assumiu todo o comando. Talvez eles não quisessem dividir o mérito conosco, mantinham absolutamente tudo em sigilo, mesmo para nós. Essas cartas fui eu que recuperei, pedindo a um oficial da sede muito tempo depois. Os originais estão em inglês, mas tudo foi traduzido para o chinês".

De repente, o diretor lembrou que eu deveria deixar com ele os originais em inglês. Abri o envelope na frente dele para separar os papéis. Nesse momento, vi o registro de uma ligação telefônica — **telefonema de Qian Zongnan**. Havia um documento por cima das cartas, parecia um prefácio. O texto, em poucas frases, dizia o seguinte:

Lisiewicz era observador de alto nível a serviço do Exército de X. Eu o vi quatro vezes, a última no verão de 1970. Mais tarde, ouvi dizer que ele e Fan Lili foram postos em prisão domiciliar na base militar PP, cujos motivos desconheço. Em 1978, Lisiewicz faleceu nessa mesma base. Em 1981, o Exército de X revogou a prisão domiciliar de Fan (Lili). Em 1983, Fan (Lili) me procurou em Hong Kong. Queria que eu fizesse os arranjos necessários para seu retorno à China, o que recusei. Em 1986, li no jornal que Fan (Lili) fizera uma doação para a construção de uma escola em Linshui, distrito da Cidade C, sua terra natal. Segundo relatos, atualmente reside em Linshui.

Qian Zongnan, conforme explicou o diretor, era nosso camarada no País X, encarregado de encaminhar as cartas de Lisiewicz. Seria uma ótima fonte para obter mais informações sobre o professor, mas, lamentavelmente, havia falecido pouco antes do Ano-Novo. Fan Lili, mencionada no documento, era a esposa chinesa de Lisiewicz. Sem dúvida, a pessoa ideal para fornecer mais informações sobre o estrangeiro.

O surgimento de Fan Lili produziu em mim uma alegria inesperada.

4.

Como não tinha um endereço específico, achei que seria muito mais complicado localizar a sra. Fan Lili. Mas, ao perguntar por ela na Secretaria de Educação de Linshui, tive a impressão de que todos naquele prédio a conheciam. Isso porque, anos atrás, ela não só bancara a construção de três escolas primárias da zona rural como também doara centenas de milhares de yuans em livros a vários colégios. Entre os profissionais da educação do lugar, não havia quem não a conhecesse e a respeitasse. No entanto, quando a vi no hospital Jinhe, da Cidade C, levei um balde de água fria. A pessoa que encontrei estava com a laringe aberta. Faixas de gaze deixavam seu pescoço tão grosso quanto a cabeça, como se tivesse dois crânios. Era um câncer de garganta. Segundo o médico, mesmo que a cirurgia fosse bem-sucedida, ela não seria mais capaz de falar. Ainda muito debilitada por causa da cirurgia, não tinha condições de me dar uma entrevista. Então, sem dizer nada, fiz como inúmeros pais de alunos de Linshui e deixei flores, votos de boa recuperação e fui embora. Nas duas semanas seguintes, voltei três vezes ao hospital para visitá-la. Em todas essas ocasiões, ela pegou um lápis e me escreveu pouco mais de mil palavras. Cada palavra foi quase um choque.

De fato, sem essas mil e tantas palavras, jamais saberíamos a verdade sobre Lisiewicz: sua verdadeira identidade, sua verdadeira situação, suas verdadeiras intenções, seu verdadeiro impasse, seu verdadeiro sofrimento e sua verdadeira tristeza. A questão é que, ao chegar ao País X, Lisiewicz perdeu tudo o que deveria ter. Sua vida virou uma sucessão de desencontros.

Essas mil e tantas palavras merecem efetivamente ser lidas com atenção e paciência.

Transcrevo a seguir o texto integral:

PRIMEIRA VISITA —

1. Ele [Lisiewicz] não era especialista em criptoanálise.

2. Você já sabe que as cartas eram para confundir. Por que ainda acredita no que ele escreveu? É tudo mentira. Decodificador coisa nenhuma. Ele criava códigos, era o adversário dos decodificadores!

3. O PURPLE foi criação dele!

4. É uma longa história. Na primavera de [19]46, alguém o procurou, um ex-colega de Cambridge. Parece que esse homem tinha um cargo importante na criação do futuro Estado de Israel. Levou meu marido à sinagoga da rua Gulou e lá pediu, em nome de Deus e de dezenas de milhões de compatriotas, que ele criasse um código para I[srael]. Lisiewicz precisou de pouco mais de seis meses para realizar a tarefa, o que os deixou muito satisfeitos. A missão estava cumprida, mas ele ainda achava que seu código poderia ser decifrado. Cresceu acostumado às glórias, tinha um ego muito forte, não admitia derrotas. Pensou que aquele código feito às pressas apresentava uma

série de defeitos e decidiu criar outro por conta própria. Depois que começou, ficou cada vez mais empolgado. Foram quase três anos até ele desenvolver um que o deixasse satisfeito, era o futuro PURPLE. Pediu às autoridades israelenses para usar esse novo código no lugar do anterior. Mas os testes mostraram que era tão difícil que ninguém seria capaz de utilizar. Na época, Klaus Johannes, o criptoanalista, ainda era vivo. Contam que, depois de ler um telegrama criptografado com o PURPLE, ele comentou: "Eu precisaria de três mil telegramas como este para começar a decifrar, mas, na situação atual [i.e. pouco depois do fim da Segunda Guerra Mundial], eu talvez só tivesse cerca de mil para ler [na ausência de grandes conflitos, o volume de mensagens criptografadas diminuíra consideravelmente]". Ele queria dizer que jamais conseguiria decifrar aquele código. Quando soube disso, X quis comprar o PURPLE, mas, como não pretendíamos deixar a Universidade N, e tendo em vista as relações tensas entre X e a China, meu marido recusou a oferta. Depois, foi como você disse, para resgatar meu pai, usamos o PURPLE em uma permuta com X.

5. Sim, ele acreditava que Jinzhen, mais cedo ou mais tarde, decifraria o PURPLE, por isso fez de tudo para impedi-lo.

6. Se havia uma pessoa que ele admirava, ela era Jinzhen. Para ele, Jinzhen era uma alma que reunia os saberes do Oriente e do Ocidente, um caso raro.

7. Estou cansada, [vamos continuar] outro dia.

SEGUNDA VISITA —

1. Isso [de ser observador da inteligência militar] era fachada. Na verdade, ele trabalhava no desenvolvimento de criptografias.

2. Um código de alto nível é como o ator principal de um espetáculo, precisa ter um substituto. Em geral, todo código dessa categoria é feito em duas versões: uma para ser usada, outra para ficar de reserva. Mas o PURPLE foi um projeto pessoal do meu marido, e ele sozinho não era capaz de criar dois códigos ao mesmo tempo. Ele nem imaginava que esse código seria de alto nível. Desenvolveu-o como se fosse uma nova língua, visando precisão. Quando X classificou o PURPLE na categoria mais elevada, decidiram criar logo um código reserva, que viria a ser o BLACK.

3. Sim, logo que chegou a X, ele foi trabalhar no BLACK. Mais precisamente, observou todo o processo de criação.

4. A rigor, uma pessoa só pode fazer um código de alto nível [para evitar (que surja) um padrão]. Ele participou do projeto, mas não da criação diretamente. Ficou encarregado de explicar aos desenvolvedores as particularidades do PURPLE, para evitar semelhanças ou coincidências, atuando como um tipo de guia. Por exemplo, se o PURPLE voava para o céu, dizia que o BLACK tinha de entrar no chão. De que jeito, isso era com os desenvolvedores.

5. Antes de eles saberem que Rong Jinzhen estava trabalhando com o PURPLE, o BLACK já estava praticamente concluído, ambos tinham o mesmo grau de dificuldade. Quanto mais complexo, melhor. Essa é a regra para os códigos de alto nível. Se a criptografia consegue reunir tantos cérebros privilegiados é porque todo mundo quer derrubar o adversário. Quando soube que Jinzhen vinha tentando decifrar o PURPLE, meu marido insistiu em alterar o BLACK. Ele conhecia muito bem aquela personalidade atípica: quanto mais complexo o problema, mais motivado ficava. Então o jeito era tentar despistar com manobras tortuosas, para confundir. Era a única chance de derrubá-lo. As

modificações feitas no BLACK foram absurdas. Era um código muito complexo e, ao mesmo tempo, muito simples, uma coisa sem pé nem cabeça. Meu marido o comparava a uma pessoa aparentemente muito bem-vestida, mas sem roupas de baixo.

6. É isso mesmo,* mas Jinzhen conhecia Lisiewicz muito bem. Decifrar o PURPLE, para ele, era como jogar uma partida de xadrez com seu professor, não seria assim que meu marido conseguiria detê-lo. Tanto que ele ainda seria capaz de quebrar outros códigos. O BLACK não acabou sendo decifrado?

7. Primeiro, não acredito muito nisso.** Segundo, se foi mesmo outra pessoa, acho que só teve êxito por causa das anotações de Rong.

8. Se puder, conte-me o que aconteceu com Jinzhen.

9. Então Lisiewicz estava certo.

10. Ele disse: "Rong arruinou a nossa vida e vai acabar arruinando a si próprio".

11. Uma pessoa como Jinzhen só pode ser destruída por si própria e mais ninguém. Na verdade, os dois [Lisiewicz e Rong Jinzhen] foram vítimas do destino. A diferença é que Jinzhen era parte da sina de Lisiewicz, mas via nele apenas um professor que o admirava muito.

12. [Vamos continuar] outro dia? Da próxima vez, traga as cartas do meu marido a Jinzhen, por favor.

---

* Existe no mundo da criptografia uma regra não escrita: uma mesma pessoa só consegue criar ou decifrar um código! Depois disso, seu conhecimento fica preso ao passado e se torna descartável, porque nunca haverá dois códigos parecidos. (N. A.)

** Contei a ela que não foi Rong Jinzhen quem decifrou o BLACK. (N. A.)

TERCEIRA VISITA —

1. Sim, ele [Lisiewicz] era o próprio Weinacht.

2. É simples. Na época, ele trabalhava para o serviço secreto. Como poderia usar o nome verdadeiro e se passar por cientista? Um cientista é uma figura pública, isso não condizia com a natureza do seu trabalho real. Não cabia na ética profissional receber um alto salário para se dedicar a projetos particulares. Que entidade permitiria isso?

3. Como era mero observador [na criação do BLACK], ele [Lisiewicz] tinha tempo e energia para se dedicar a outras pesquisas. Sonhava em conseguir algum avanço na inteligência artificial. Sua teoria sobre a natureza binária das constantes matemáticas contribuiu muito para o desenvolvimento dos computadores. Por que ele queria tanto que Jinzhen fosse trabalhar no exterior? A verdade é que ele pretendia integrar Jinzhen à sua equipe de pesquisas sobre inteligência artificial.

4. A resposta a essa pergunta* você precisa encontrar sozinho, não sei responder. Lisiewicz era um cientista. Em termos políticos, era muito ingênuo, vulnerável, fácil de ser manipulado. Alguns pontos que acabou de mencionar [sobre seu anticomunismo radical] não têm nenhum fundo de verdade. Não houve nada disso, posso assegurar!

5. Isso é fácil de responder:** dois códigos de alto nível [PURPLE e BLACK] foram decifrados sucessivamente, um criado por ele [Lisiewicz], o outro criado com a participação dele. E quem decifrou foi um ex-aluno. Ele escreveu todas aquelas cartas aparentemente para fazer uma cortina de fumaça, mas quem garante que não escondiam informa-

---

* Como Lisiewicz se envolveu na política extremista? (N. A.)
** Por que o País X pôs o casal Lisiewicz em prisão domiciliar? (N. A.)

ções nas entrelinhas? A probabilidade de quebrar códigos desse nível é baixíssima. De repente, alguém consegue quebrar dois, um depois do outro, e tão rápido. Não era normal. A única explicação seria um vazamento. Mas quem teria vazado? Lisiewicz era o principal suspeito.

6. Fomos postos em prisão domiciliar de fato quando souberam que o BLACK havia sido quebrado. Isso aconteceu no segundo semestre de 1970. Mas antes disso [desde a decodificação do PURPLE] nossa vida já era vigiada. Cartas e telefonemas eram monitorados, e havia muitas restrições, já era um tipo de prisão domiciliar parcial.

7. Lisiewicz morreu em [19]79, de causas naturais.

8. Na prisão domiciliar, passávamos os dias juntos tentando achar assuntos para conversar. Só sei de tudo isso porque ele mesmo me contou naquele período, antes não sabia de nada.

9. Estive pensando: por que Deus me deu esta doença? Talvez porque guarde segredos demais. Porém, mesmo sem minha boca, consigo contar tudo. Quando tinha boca, nunca disse uma palavra.

10. Não quero levar tantos segredos comigo, quero deixar este mundo tranquila. Na próxima vida, espero ser uma pessoa comum, sem glórias, sem segredos. Não quero amigos nem inimigos.

11. Não minta para mim, sei do meu estado. Já há metástase, talvez só me restem poucos meses de vida.

12. Não se despeça de uma pessoa moribunda, dá azar. Vá, te desejo boa sorte!

Meses mais tarde, soube que ela havia passado por uma cirurgia de crânio aberto e, mais alguns meses depois, que havia falecido. Dizem que falou de mim no testamento, pedindo que eu não usasse os nomes verdadeiros do casal no livro — "eu e meu marido queremos paz". Neste livro, Fan Lili e Lisiewicz são nomes fictícios. Isso vai contra meus princípios como escritor, mas que outro remédio eu teria? Se uma idosa, depois de viver tanta coisa, tem como último desejo ser deixada em paz, é porque esse foi um luxo que não teve em vida!

5.

É hora de falar sobre Yan Shi.

Depois que tentou pegar todo o crédito para si, sem deixar nenhum para Rong, Yan Shi acabou angariando a antipatia de toda a Unidade 701. Quando se aposentou, mudou-se com a filha para a capital da Província G. Graças a uma larga rodovia que encurtara as distâncias, gastei menos de três horas no percurso entre a antiga unidade e a nova morada. Não foi difícil encontrar a casa da filha e chegar até o velho Yan.

Como imaginei, usava óculos de lentes grossas e estava na casa dos setenta anos, beirando os oitenta. Tinha os cabelos muito brancos e um olhar ladino que o desprovia daquela nobreza que a idade traz. Encontrei-o debruçado num tabuleiro de go, a mão direita manuseando habilmente um par de reluzentes bolas de metal,* a mão esquerda pinçando uma peça do jogo, concentrado. Na falta de adversário, jogava contra si mesmo. Pois é, jogava

---

* Artefato utilizado para exercitar as mãos e combater o estresse, o mesmo que "bolas baoding". (N. T.)

contra si mesmo como quem conversa com a própria sombra, um cavalo velho abandonado que ainda sonha em galopar de novo. Segundo a neta de quinze anos, desde que se aposentara, o avô criou um laço inexplicável com esse jogo. Passava os dias com a cara enfiada no tabuleiro ou nos livros de estratégia. Sua técnica evoluiu tanto que não havia mais adversários à sua altura na vizinhança. Assim, só lhe restava matar a vontade jogando contra os estratagemas do livro.

Jogar consigo mesmo equivalia, portanto, a jogar com um especialista.

Nossa conversa começou justamente na mesa de go. Ele me contou, orgulhoso, que aquele era um excelente passatempo, que servia para espantar a solidão, exercitar o cérebro, cultivar o espírito e prolongar a vida. Depois de discorrer sobre as vantagens do jogo, sintetizou dizendo que, na verdade, era uma espécie de doença ocupacional.

"O ocaso da vida de quem trabalha com criptoanálise está fatalmente atado a esses jogos de estratégia. Os zés-ninguém, então, sempre acabam fissurados. São como aqueles mafiosos que, depois de velhos, começam a se interessar por caridade."

Foi essa a explicação que me deu.

A analogia me permitiu chegar um pouco mais perto de alguma verdade, mas...

"Por que o senhor dá essa ênfase aos zés-ninguém?", perguntei.

"Os mais geniais conseguem dar vazão a seu entusiasmo e intelecto na própria carreira", respondeu depois de pensar por um instante. "O talento deles sempre é aproveitado de alguma forma — ou pelo próprio indivíduo, ou pelo trabalho. Com isso, a mente tende a se acalmar e a se expandir, sem sofrer pressão nem se preocupar com o esgotamento. Como nunca se sobrecarrega, naturalmente não tem necessidade de desafogar, e como jamais seca, não anseia por renovação. Por isso, a maioria dos gênios passa a velhice relembrando o passado, escutando o belo eco da própria voz. Já os medíocres como eu — chamados, em nosso meio, de semigênios, porque até têm algum talento, mas jamais conseguem realizar nada genial — passam décadas entre a busca e o desalento, sem poder usar efetivamente todo o potencial. Gente assim, na velhice, não tem muito o que relembrar. Então faz o quê? Continua buscando sem descanso, de forma inconsciente, um espaço para mostrar sua capacidade, como um último lampejo antes da morte. A obsessão pelos jogos de estratégia acontece justamente por isso. Esse é o primeiro ponto.

"Já os gênios de fato dedicam todo o seu tempo e energia ao que fazem, seu pensamento segue firme por um caminho muito estreito. Mesmo que tenham outras aspirações, mesmo que sintam vontade de fazer outras coisas, a mente já está tão bitolada que não dá mais para arrancá-la desse percurso (o uso da palavra "arrancar" me deixou arrepiado, como se algo estivesse prestes a arrancar meu espírito). Seu intelecto, que antes era uma espada que brandiam livremente, agora é uma agulha, capaz de espetar e fincar-se em um único ponto definido. Sabe de onde vem a loucura? O gênio excêntrico e o louco têm uma raiz comum, que é a obsessão por algo. Quer chamá-los para jogar xadrez na velhice? Impossível, eles já não são mais capazes!"

Fez uma pequena pausa e continuou: "Sempre acho que o gênio e o louco são dois lados da mesma moeda, a mão direita e a esquerda, duas pontas do tecido da humanidade, só que estendidas em direções opostas. Na matemática, existem os conceitos de infinito positivo e infinito negativo. Pensando bem, o gênio não deixa de ser um infinito positivo, e o louco — ou idiota —, um infinito negativo. Em termos matemáticos, esses dois infinitos são considerados o mesmo ponto, o ponto impróprio. Por isso, sempre penso que, quando a humanidade alcançar certo estágio evolutivo, quem sabe o louco também possa ser aproveitado como gênio e realizar feitos extraordinários... Imagine, para ficar em um exemplo da nossa área, um código criado com base no raciocínio (ou na ausência de raciocínio) de um louco. Quem seria capaz de decifrar? Ninguém! Na verdade, desenvolver um código é beirar a loucura: quanto mais você se aproxima da loucura, mais perto fica da genialidade, e vice-versa. O gênio e o louco têm a mesma composição, isso é que é admirável! É por isso que jamais menosprezo os loucos. Acho que sempre existe algum tesouro escondido ali, nós é que não descobrimos. São jazidas secretas, esperando para ser encontradas".

Sua fala me lavou a alma, cada palavra formava uma torrente que removia a poeira das minhas ideias. Como era bom ouvir aquilo! Eu ouvia, saboreava e me embriagava — quase ia perdendo minha linha de pensamento quando meus olhos depararam com as peças pretas e brancas sobre o tabuleiro e me lembrei de perguntar: "Mas então de onde veio sua paixão pelo go?".

Ele se recostou na cadeira de vime e pareceu estar se divertindo: "Sou um daqueles zés-ninguém", respondeu em tom de autoironia.

"Não", contestei, "como pode a pessoa que decifrou o BLACK ser um zé-ninguém?"

A expressão em seu rosto mudou repentinamente, o corpo se aprumou e a cadeira rangeu sob o aparente peso dos pensamentos. Calou-se por um instante, depois olhou para mim e perguntou, muito sério: "Sabe como decifrei o BLACK?".

Balancei a cabeça negativamente.

"Quer saber?"

"Claro."

"Então vou te contar, foi Rong Jinzhen que me ajudou!", e aqui se corrigiu, quase gritando: "Não, não foi nada disso, na verdade foi Rong Jinzhen que o decifrou. Eu só levei os créditos".

"Rong Jinzhen?", reagi surpreso. "Mas não houve um incidente com ele?"

Não falei que havia enlouquecido.

"Houve sim, ficou louco", respondeu Yan Shi. "O que talvez tenha te escapado é que foi justamente graças a esse incidente, essa tragédia que aconteceu com ele, que consegui enxergar o segredo mais bem guardado do BLACK."

"Como assim?"

Eu me sentia partido ao meio de tanta ansiedade.

"É uma longa história!"

O velho suspirou e, com olhar ausente, mergulhou em antigas lembranças.

6.

[Transcrição da entrevista com Yan Shi]
Não lembro em que ano exatamente aconteceu o incidente com Rong Jinzhen, acho que foi em 1969, 1970... Só sei que era inverno. Por essa época, ele era o chefe da nossa seção, e eu, o subchefe. Éramos uma equipe grande, no auge chegamos a ter x pessoas, agora a seção diminuiu bastante. O chefe anterior se chamava Zheng, ainda está lá, parece que virou diretor-geral. Também é uma pessoa extraordinária. Ficou manco por causa de um tiro que levou na panturrilha, mas isso não o impediu de ficar entre os melhores. Foi ele que descobriu Rong Jinzhen. Os dois estudaram matemática na Universidade N, sempre tiveram boa relação e, pelo que dizem, têm algum tipo de parentesco. O chefe de seção anterior a Zheng tinha sido um aluno brilhante na antiga Universidade Central. Durante a Segunda Guerra, decifrou um código japonês de alto nível. Depois da Libertação, juntou-se à Unidade 701 e fez um trabalho notável, mas infelizmente o PURPLE o enlouqueceu. Graças aos três, nossa seção obteve resultados gloriosos. E quando digo "gloriosos", não é exagero. Se

não fosse o incidente com Rong Jinzhen, com toda certeza teríamos feito muito mais, porém, diante do ocorrido... Ah, nunca sabemos, nunca sabemos realmente o que pode acontecer com uma pessoa.

Mas, continuando, depois do incidente com Rong, fui nomeado chefe da seção e assumi também a missão de decifrar o BLACK. E o caderno, que era um material de referência valiosíssimo, naturalmente chegou às minhas mãos. Aquele caderno, você não faz ideia, era um repositório dos pensamentos dele, como um cérebro adicional que ele usava para analisar o código; toda a sua linha de raciocínio constava nele. À medida que eu passava as páginas e ia lendo palavra por palavra, frase por frase, sentia que cada letra era preciosa, estimulante, o que aguçava o meu faro. Não tenho o dom de descobrir coisas, mas tenho a capacidade de apreciar. O caderno me dizia que, na longa caminhada para decifrar o BLACK, Rong Jinzhen já havia completado noventa e nove passos, só faltava o último.

Esse passo final era também o mais decisivo: encontrar a chave criptográfica.

O conceito de chave é o seguinte: vamos supor que o BLACK seja uma casa que precisamos incendiar. Para isso, a primeira coisa a fazer é juntar uma quantidade suficiente de gravetos secos para alimentar as chamas. Rong Jinzhen já havia juntado um monte de gravetos, o bastante para cobrir a casa. Só restava atear o fogo. Encontrar essa chave era isso, atear o fogo, gerar a primeira faísca.

A julgar pelas anotações no caderno, ele já tinha começado a dar esse último passo um ano antes. Ou seja, havia concluído os primeiros noventa e nove passos em apenas dois anos, mas estava empacado no centésimo. Isso era muito estranho. Quem era capaz de concluir 99% do trabalho em dois anos não devia passar um ano inteiro preso na última etapa, por mais difícil que fosse. Não era normal.

Outra anomalia, que não sei se você vai entender, era a seguinte: em três anos de uso do BLACK, não conseguimos detectar uma falha sequer, era uma cifra de alta complexidade. Parecia alguém simulando a fala de um louco por três anos a fio sem cometer um único erro, sem deixar vazar uma gota que denunciasse a farsa. Isso sim era extremamente raro na história da criptografia. Rong Jinzhen já havia comentado conosco essa singularidade, achava atípica. Ele suspeitava (e isso ele expressou várias vezes) que o BLACK fosse a reformulação de um código mais antigo. Porque só um aprimoramento feito após um tempo de uso explicaria a existência de um código tão perfeito. Senão, o criador era ou uma divindade, ou o gênio mais brilhante de todos os tempos.

Essas duas anomalias eram questões que exigiam respostas. A julgar pelo que se lia no caderno, Rong Jinzhen tinha um raciocínio bastante amplo, profundo e agudo. As anotações, mais uma vez, me puseram em contato com seu intelecto, e era uma coisa tão perfeita que chegava a me assustar. Quando o caderno me foi entregue, eu tinha a intenção de subir nos ombros do meu colega para enxergar o caminho que ele havia percorrido, eu estava determinado a seguir o raciocínio registrado naquelas páginas. Mas, assim que comecei, percebi que me aproximava de uma mente muito poderosa, capaz de me abalar com sua mais leve respiração.

Essa mente iria me engolir.

Essa mente poderia me engolir a qualquer momento.

Aquele caderno era o próprio Rong Jinzhen. Quanto mais eu o encarava, quanto mais me aproximava dele, mais eu via como o colega era forte, profundo, iluminado, e me sentia cada vez mais fraco, insignificante, como se encolhesse. Cada palavra aumentava minha certeza de que esse Rong Jinzhen era mesmo um gênio. Ele tinha muitos pensamentos bizarros, mas, ao mesmo tempo, engenhosamente incisivos, aguçados, avassaladores, impiedosos.

Deixavam entrever que, lá no fundo, escondiam uma ferocidade enorme. Ler o caderno era como ler a humanidade inteira: criação e destruição corriam de mãos dadas, porém o conjunto era de uma beleza incomum, insuperável, o retrato da inteligência humana.

O caderno, na verdade, moldou para mim uma figura que parecia um deus, criador de todas as coisas, mas também um demônio, destruidor de tudo, inclusive da minha sanidade mental. Diante dessa figura, meus sentimentos eram de euforia, respeito, medo, uma veneração total. E, assim, três meses se passaram, e eu não subi nos ombros de Rong Jinzhen, não consegui! Só me apoiei nele, feliz e frágil como uma criança que volta ao colo da mãe depois de muito tempo, ou como um pingo de chuva que some na terra.

Se continuasse assim, na melhor das hipóteses, eu acabaria virando outro Rong Jinzhen, com seus noventa e nove passos... O centésimo ficaria perdido para sempre no escuro. Para ele, dar esse último passo era uma questão de tempo, com certeza venceria essa etapa, mas eu não, eu era só uma criança no colo dele. Se ele caísse, eu, claro, cairia junto. Foi aí que eu percebi que o caderno, na verdade, me trazia desgosto, me inseria em uma posição em que eu conseguia vislumbrar a vitória, mas era evidente que jamais a alcançaria. Era uma situação que me deixava totalmente perdido.

Nesse momento Rong Jinzhen saiu do hospital.

Pois é, teve alta, não que estivesse curado, mas... sabe como é... como não tinha esperança de recuperação, não fazia sentido mantê-lo no hospital, então o mandaram para casa.

Sempre acho que foi providencial eu nunca ter visto Rong Jinzhen logo depois do episódio. Quando tudo aconteceu, eu estava internado. No dia em que recebi alta, ele já tinha sido transferido para cá, foi aqui que continuou o tratamento. Já era bem difícil visitá-lo. Além disso, assim que saí do hospital, fiquei encarregado do BLACK e não tinha como viajar para vê-lo. Eu só tinha *tempo de ler o seu caderno. Por todos esses motivos, só fui ver Rong doente depois que ele saiu do hospital.*

Foi providencial.

Se eu o tivesse visto um mês antes, quem sabe os desdobramentos teriam sido totalmente diferentes. Por quê? Por dois motivos: primeiro, enquanto ele esteve no hospital, a imagem que construí dele, lendo aquele caderno, era a de uma pessoa poderosa, brilhante; segundo, depois de algum tempo refletindo sobre aquela leitura, consegui identificar e isolar as questões específicas daquele código. Foi isso que abriu o caminho para os desdobramentos.

Quando eu soube que Rong Jinzhen estava voltando naquela tarde, decidi ir vê-lo. Fui à casa dele, mas como ele ainda não tinha chegado resolvi esperar diante do prédio. Pouco tempo depois, um jipe entrou no pátio e estacionou. Duas pessoas desceram, eram Huang, funcionário da nossa divisão, e Xiao Di, a mulher de Rong. Fui caminhando em direção a eles, que me cumprimentaram com um aceno vago e entraram no carro de novo para ajudar Rong a desembarcar. Ele parecia não querer sair, como um objeto quebradiço que não podia ser retirado de uma vez, era preciso ajudá-lo com a paciência de quem tem todo o tempo do mundo.

Demorou um pouco até ele finalmente descer do carro, mas o que vi foi um homem...

Encurvado, trêmulo, com a cabeça travada, inclinada para cima, como se fosse uma peça mal instalada; os olhos assustados, esbugalhados, mas sem brilho nenhum; a boca entreaberta, paralisada, deixando escorrer um fio de baba...

Aquele era mesmo Rong Jinzhen?

Senti um aperto no coração, minhas ideias viraram uma bagunça. Aquela visão me deixava fraco e atarantado, tanto quanto a leitura do caderno. Fiquei ali, sem ação, sem coragem de chegar perto, como se ele fosse dar choque. Amparado pela esposa, ele passou por mim como uma imagem terrível, que some dos olhos, mas nunca da cabeça.

Voltei para o escritório e desabei no sofá. Fiquei uma hora ali, sem me mexer, sem pensar em nada, alheio a tudo, parecia um defunto. Nem preciso dizer que foi um baque tremendo, quase tão intenso como o do caderno. Fui me recompondo aos poucos, mas não me saía da cabeça a imagem de Rong Jinzhen fora do carro, e essa imagem cruel estava impregnada na minha mente, nada que eu fizesse conseguia afastá-la. Ela me cercava por todos os lados, um tormento. Quanto mais a revia, mais eu sentia pena dele, que infelicidade, que terror. Eu me perguntava quem teria sido capaz de destruí-lo desse jeito? Então me lembrei do incidente e do principal culpado pelo desastre: o ladrão.

Quem diria que um gênio dessa estatura, poderoso e temido (foi a sensação que seu caderno me deu), brilhante como poucos no mundo, um herói da criptografia, seria arruinado por um ladrãozinho comum. Eu via isso como um completo absurdo, e esse absurdo me perturbava.

Toda emoção perturbadora faz pensar. Às vezes, esse é um processo inconsciente, e é muito provável que não dê em nada, e, mesmo que dê em alguma coisa, talvez não seja percebido de imediato. Muitas vezes, um pensamento ocorre sem motivo aparente. Como se esse pensamento, que veio do nada, sem explicação, tivesse sido inspiração divina. Mas não, era um pensamento que já estava lá, mergulhado no inconsciente, e que agora veio à tona como um peixe que, de súbito, irrompe à superfície.

Mas o meu pensamento naquela hora foi totalmente consciente. Como se o enorme contraste entre a imagem do ladrão ordinário e a do grande Rong Jinzhen tivesse dado algum norte ao meu raciocínio. Se você abstrair essas duas imagens para fazer uma comparação em termos de espírito e qualidade, com toda certeza verá um abismo entre o bom e o mau, o sério e o leviano, o insigne e o insig-

nificante. Rong Jinzhen, o homem que código nenhum conseguiu derrubar, sucumbiu ao mero ataque de um ladrão qualquer. Resistiu tanto tempo aos piores desafios do seu ofício, e desmoronou em poucos dias depois que seu caderno foi roubado.

Por quê?

O ladrão era poderoso demais?

É claro que não.

Rong Jinzhen era frágil?

Exatamente.

Porque o ladrão levou o que Rong Jinzhen tinha de mais sagrado e mais privado: o caderno. Era a coisa mais importante para ele, seu ponto fraco, vulnerável como o próprio coração, um leve golpe bastou para acabar com ele.

Em circunstâncias normais, você guarda o que tem de mais valioso no local mais seguro que houver. O caderno de Rong, por exemplo, deveria estar no cofre. Guardá-lo em uma pasta desprotegida foi um equívoco, uma negligência momentânea. Por outro lado, imagine se o ladrão fosse um inimigo real, um agente do País X com a missão de roubar o caderno. A um agente secreto dificilmente ocorreria que Rong Jinzhen pudesse esquecer algo tão importante em uma pasta qualquer. Por isso, o alvo de sua ação com toda certeza jamais seria a pasta, mas o cofre. Resumindo, se o ladrão fosse mesmo um agente enviado especialmente para levar o caderno, guardá-lo na pasta seria uma forma inteligente de evitar o pior.

*Pois bem, se a ação de Rong Jinzhen (de pôr o caderno na pasta), longe de ser impensada, foi mesmo proposital, e se ele tivesse cruzado não com um ladrão, mas com um agente de verdade, a **artimanha** de enfiar o caderno na pasta, veja só, não poderia ser mais bem pensada, porque faria o agente cair em uma armadilha. Isso me remete ao BLACK. Pensei: será que o sujeito que criou esse código também guardou a chave em uma pasta comum e não em* *um cofre? E Rong Jinzhen teimava em ser o espião que vasculha o cofre?*

Quando essa ideia me passou pela cabeça, fiquei muito animado.

Essa ideia, do ponto de vista racional, era um completo absurdo, reconheço, mas esse absurdo se encaixava perfeitamente nas duas anomalias que mencionei. A primeira delas parecia confirmar que o BLACK era impenetrável, tanto que Rong Jinzhen ficou empacado no último passo depois de vencer noventa e nove por cento do percurso. Mas a segunda sugeria que se tratava de um código extremamente simples e explicava por que, em três anos de seu uso, não foi detectado nenhum erro. Como você sabe, só as coisas mais simples podem ser executadas de maneira tão fluida e perfeita.

A rigor, havia duas explicações para essa simplicidade: ou se tratava de uma simplicidade fabricada — porque quem criou o BLACK era um gênio raro que não tinha a menor dificuldade de produzir um código fácil para si, mas impenetrável para nós —, ou se tratava de uma simplicidade genuína, em que a esperteza substitui a complexidade, e a extrema banalidade te confunde, te engana, te aprisiona.

Pois bem, como você pode imaginar, se fosse uma simplicidade fabricada, não teríamos a menor chance contra o BLACK, porque estaríamos lidando com o maior gênio de todos os tempos. Mais tarde, percebi que Rong Jinzhen devia estar obcecado por essa simplicidade fabricada. Quer dizer, ele caiu nessa armadilha. No caso dele, era previsível, era praticamente inevitável que isso acontecesse, primeiro porque... como é que posso explicar... Veja só, vamos supor que você e eu estamos em uma luta de boxe; você me nocauteia, e logo sobe ao ringue outro lutador da minha equipe para te desafiar. Você muito provavelmente vai supor que se trata de um lutador melhor do que eu, certo? Foi o que aconte-

ceu com Rong Jinzhen, ele decifrou o PURPLE, venceu uma luta e ficou muito confiante, estava psicologicamente preparado para um novo confronto com um adversário mais forte. Além disso, pela lógica, só a tese da simplicidade fabricada podia conciliar as duas anomalias, senão elas seriam contraditórias. Foi nesse ponto que Rong Jinzhen cometeu um erro típico dos gênios: para ele, era impensável um código desse nível de sofisticação apresentar contradições tão óbvias. Ele já havia decifrado o PURPLE, conhecia a fundo a estrutura complexa de um código dessa categoria. Por isso, em vez de separar as duas anomalias, ele fez de tudo para conciliá-las, e, para isso, a tese da simplicidade fabricada era a única saída.

Resumindo, o genial Rong Jinzhen foi traído justamente pela própria genialidade, por causa dela é que persistiu no erro. Mas também era um sinal claro de que tinha a força e a coragem de desafiar um grande gênio. Ele ansiava por um combate desses.

Eu, por outro lado, não sou um Rong Jinzhen. A tal simplicidade fabricada, para mim, seria medonha, desesperadora. Era como um caminho que se fechava. Mas, depois que um caminho se fecha, outro naturalmente se abre. Por isso, quando me ocorreu a ideia da simplicidade natural, de que a chave podia estar em uma pasta comum, senti a alegria de quem acabou de ser salvo da morte. Senti uma mão me levantar e me pôr diante de uma porta, uma porta que eu podia abrir com um simples chute...

É... é... eu me emociono com essa lembrança, me emociono demais. Foi o momento mais mágico da minha vida. Se hoje tenho esta vida tranquila, esta longevidade até, é graças àquele momento. Foi nessa hora que Deus reuniu toda a sorte do mundo para derramar sobre mim. Era como se eu tivesse sido encolhido e posto de volta na barriga da minha mãe, e eu estava ali, entregue e feliz. Era uma felicidade plena, quando te dão tudo sem que você precise pedir nem retribuir.

Nunca consegui reter aquela sensação momentânea, dá um branco toda vez que tento lembrar. Só me recordo de que não corri logo para o computador para testar minha hipótese, acho que tinha receio de expor minhas ideias, mas também acreditava em uma superstição sobre as três da madrugada. Dizem que, depois das três, todo mundo é meio gente, meio fantasma, há uma conexão mais forte entre o mental e o anímico, é a melhor hora para buscar respostas. Fiquei andando de um lado a outro pelo escritório morto, como um bicho enjaulado. Andando e ouvindo meu coração palpitar, e fazendo de tudo para me conter. Contei os minutos até dar três horas, aí sim, corri para o computador (o mesmo que Rong havia ganhado de presente da sede, com capacidade para quarenta mil cálculos) e comecei a testar tudo o que me vinha à cabeça, por mais absurdo que fosse. Não sei quanto tempo fiquei nisso, só sei que, quando consegui decifrar o BLACK, saí correndo da gruta feito louco (na época, o escritório ainda ficava na gruta), me ajoelhei no chão e agradeci ao céu e à terra, o dia nem tinha clareado totalmente.

Achou rápido? E foi mesmo! A chave estava em uma pasta comum!

O BLACK, quem diria, na verdade não precisava de chave! A chave era zero!

Não tinha chave nem nada!

Nem sei como posso te explicar o que aconteceu... Vamos tentar mais um exemplo. Imagine que o BLACK é uma casa escondida nos confins do universo. Essa casa tem uma quantidade incontável de portas, todas idênticas e permanentemente trancadas. Só existe uma que pode ser aberta, mas ela se confunde com uma infinidade de outras portas iguais, que nunca se abrem. Para entrar, você precisa primeiro encontrar a casa no universo infinito e, na sequência, identificar a única porta real entre as inúmeras falsas. Aí sim poderá procurar a chave que abre essa *porta. Rong Jinzhen só não havia encontrado a chave, o resto já tinha solucionado um ano antes. Já havia localizado a casa, já havia identificado a porta, só faltava encontrar a chave.*

E procurar a chave, como eu disse há pouco, significa testar uma depois da outra na fechadura. São chaves forjadas pelo engenho do criptoanalista. Se uma não funciona, tenta-se outra; se a outra também não funcionar, parte-se para a terceira, a quarta, a quinta... Rong passou mais de um ano nessa busca, dá pra imaginar quantas chaves ele testou. A essa altura, você já deve ter notado que, para ser um criptoanalista de sucesso, não basta um intelecto excepcional, é preciso também uma sorte excepcional. Quando um criptoanalista é brilhante de verdade, ele dispõe de um número ilimitado de chaves. Com certeza, uma delas abrirá alguma porta. O problema é que nunca se sabe em que momento essa chave vai aparecer, se no início, no meio ou no fim da busca. É totalmente imprevisível, obra do acaso.

Esse acaso é tão perigoso que pode arruinar tudo.

Esse acaso é tão milagroso que pode construir tudo.

Mas eu não via nem perigo, nem sorte nesse acaso, porque, na minha cabeça, não havia chave nenhuma, não sou capaz de criar chaves e não tenho a menor vocação para ficar procurando por uma entre dezenas de milhões. Se aquela porta estivesse realmente trancada, acho que você já sabe o que aconteceria: eu jamais conseguiria abri-la. No entanto, o absurdo é que, apesar de parecer trancada, a tal porta estava só encostada, para abrir bastava empurrar. A chave do BLACK era tão absurda que ficava difícil acreditar. Eu mesmo custei a crer no que via, mesmo depois que tudo ficou muito claro na minha frente, achei que estivesse sonhando.

Ah, aquilo só podia ser obra do demônio.

Só um demônio teria uma desfaçatez desse quilate.

Só na mente de um demônio caberia essa malícia absurda.

O demônio driblou o gênio, mas deu de cara com um técnico

ordinário. Deus sabe — e eu também sei — que tudo aconteceu graças a Rong, foi seu caderno que me ofereceu uma visão privilegiada, foi seu drama pessoal que me fez ver o segredo por trás do BLACK. Você pode até achar que foi por acaso, mas quem disse que o acaso não ajuda a solucionar os códigos? Todos são solucionados assim. Por isso dizem que a decodificação exige uma sorte de outro mundo e um incenso especial no túmulo dos ancestrais. Todo código precisa do acaso para ser decifrado.

Ha, ha, rapaz, não foi por acaso que você descobriu meu segredo hoje? Tudo o que te contei hoje é meu segredo, meu código, por assim dizer, a que nunca ninguém teve acesso. Você deve estar se perguntando por que resolvi contar justo a você tudo isso, esse meu passado inglório... Acontece que sou um velho com quase oitenta anos, posso morrer qualquer dia desses, não quero mais desfrutar de uma fama que não me pertence... [FIM]

No final, Yan Shi ainda me disse: "Os inimigos criaram um código sem chave porque se viram em uma situação desesperadora depois que o PURPLE foi decifrado. Eles viram do que Rong Jinzhen era capaz. Se continuassem optando por um confronto direto com o gênio, o fracasso seria inevitável. Por isso enlouqueceram e, contra todos os riscos, lançaram mão de um recurso tão incomum quanto traiçoeiro".

Mas não contavam com uma última cartada de Rong Jinzhen. **Sua tragédia — como disse Yan — ainda serviria para revelar aos colegas, da maneira mais impensável, a charada do BLACK. Foi algo sem paralelo na história da criptografia.**

Hoje, quando olho para tudo isso, o passado e o presente de Rong Jinzhen, seu talento assombroso, sinto uma infinita veneração, uma infinita desolação, e vejo um mistério sem fim.

Anexo

O CADERNO DE RONG JINZHEN

As páginas que se seguem, como o título indica, são excertos do caderno de Rong Jinzhen, acrescidas aqui à guisa de referência. São totalmente independentes das cinco partes anteriores e não guardam nenhum vínculo — implícito ou explícito — com elas. Fica a critério do leitor lê-las ou não. Caso leia, talvez encontre alguma informação adicional; se optar por não ler, não haverá problema — tudo o que é preciso para entender Rong Jinzhen já consta no texto principal. Esta parte, portanto, é um mero apêndice, sua existência é acessória. Por isso, faço questão de chamá-la de "anexo" — é um tipo de **posfácio** ou **apêndice**.

Continuando: de acordo com as informações que tenho, Rong Jinzhen escreveu vinte e cinco cadernos no período em que trabalhou na Unidade 701 (de 1956 a 1970). Todos estão sob custódia de *Xiao* Di, a esposa. Ela se valeu de sua posição como esposa de Rong Jinzhen apenas uma vez, para manter um único caderno consigo. Os outros vinte e quatro estão sob sua custódia porque ela é a encarregada da segurança, mas ficam trancados em um robusto armário metálico de fechadura dupla — para abri-lo, é preciso usar duas chaves diferentes ao mesmo tempo. Uma chave fica com ela, a outra, com o chefe da seção. Ou seja, embora esses cadernos estejam sob a guarda de Xiao Di, ela não tem autorização para lê-los, nem para tratá-los como seus.

E quando eu poderia ler esse material?

Xiao Di disse que isso dependia da categoria de sigilo: alguns cadernos poderiam ser liberados em poucos anos, outros continuariam confidenciais por décadas. Portanto, na prática, era como se esses cadernos não existissem para nós. Eram como Rong Jinzhen naquela casa de repouso: ainda que fisicamente estivesse ali, não podia ser acessado. Por isso, tive grande interesse em conhecer o vigésimo quinto, que Di guardava consigo. Nunca o mostrara a ninguém, mas todos sabiam que estava com ela. Isso porque o registro de retirada na unidade tinha sua assinatura. Assim, sem ter como me despistar, ela admitiu que o guardava consigo. Mas, toda vez que eu o pedia emprestado, Di se limitava a rosnar duas palavras: "Vá embora!". Sempre me dispensava assim, sem hesitação, sem explicação, sem conversa. Meses atrás, quando concluí o livro, levei o manuscrito à Unidade 701 para ser avaliado pelo Departamento Político e pelas pessoas mencionadas. Naturalmente, Di fazia parte desse grupo de revisores. Quando veio falar comigo sobre o texto, do nada me perguntou se eu ainda desejava ler o caderno. Respondi que sim, e me pediu que voltasse no dia seguinte. Nem foi preciso: na mesma noite, ela foi pessoalmente à hospedaria para me entregar o caderno, ou melhor, a fotocópia dele.

Preciso esclarecer três pontos:

1. *A cópia que Xiao Di me deu era incompleta.*

Por que digo isso? Até onde sei, Rong Jinzhen e seus colegas usavam exclusivamente os cadernos fornecidos pela própria Unidade 701 em três tamanhos diferentes: pequeno, médio e grande (respectivamente 90 mm por 100 mm; 130 mm por 184 mm; e 142 mm por 210 mm). As capas podiam ser de plástico ou de papel pardo. As de plástico, de cor azul ou verde. Por superstição, Rong Jinzhen só usava cadernos de capa azul e preferia os de tamanho médio. Cheguei a ver um deles (obviamente sem uso). Na folha de rosto, em vermelho, as inscrições "Ultrassecreto" e "Guardar em lugar seguro. Devolver após o uso", respectivamente no cabeçalho e no rodapé. No meio da página, três linhas impressas:

Número de série: _____

Código: _____

Período de uso: _____

Em "número de série", inseria-se a numeração de controle no cadastro geral; em "período de uso", as datas de retirada e devolução; e no campo "código", o codinome do usuário. O código de Rong Jinzhen, por exemplo, era 5603K. Os de fora não entenderiam nada, mas os da casa logo saberiam dizer o ano em que ele se integrara à Unidade 701 (1956), a seção na qual trabalhava (K: criptoanálise) e o que significava aquele 03 (terceira pessoa a entrar no departamento naquele ano). No miolo do caderno, cada página era numerada e trazia novamente a palavra "Ultrassecreto" impressa em vermelho no canto superior.

Examinando a cópia que Di me entregou, notei que haviam sido apagados o "Ultrassecreto" e a numeração das páginas. A remoção do "Ultrassecreto" era compreensível: o material deixara de ter essa classificação, e só por isso ela podia mostrá-lo a mim. Mas por que tinha apagado os números de página? Não entendi no início, mas, depois de contar setenta e duas páginas, tive um estalo. Até onde eu sei, esses cadernos têm ao todo noventa e nove páginas, então faltavam algumas. Ela me deu duas explicações para isso: primeiro, o caderno não tinha sido usado até o fim, havia uma dúzia de páginas em branco; além disso, ela eliminara certos trechos que continham informações cujo conteúdo dizia respeito à privacidade do casal e que não convinha me mostrar. Acho que o que eu mais queria ler estava nessa parte eliminada.

2. As datas e o conteúdo do caderno indicam que se trata meramente de um "diário de convalescença" de Rong Jinzhen.

Em meados de junho de 1966, quando saía do refeitório depois do café da manhã, Rong Jinzhen teve um mal súbito, desmaiou no saguão e bateu a cabeça na quina de um banco. O ferimento sangrou na hora. No hospital, os exames indicaram que seu estômago tinha um sangramento muito mais grave que o da testa, justamente a causa de seu colapso. Seu quadro, segundo os médicos, requeria internação.

O local era o mesmo onde o Enxadrista havia sido internado: o hospital da Unidade 701, ao lado do centro de treinamento do Setor Sul. A qualidade de equipamentos e a capacitação dos médicos eram equiparáveis às de um hospital da cidade, não teriam o menor problema em tratar uma hemorragia gastrointestinal e jamais repetiriam o erro cometido com o Enxadrista. A questão era que, apesar de ser um hospital interno, sua localização no Setor Sul indicava que seu nível de sigilo não se comparava ao do Setor Norte. Em uma analogia não muito apropriada, podemos ver entre os setores Norte e Sul a mesma relação que existe entre o senhor e o servo: o servo está sempre ocupado em cumprir as ordens do senhor, mas não tem o direito de saber o que esse senhor anda fazendo. E, mesmo que venha a saber de algo, não tem permissão para comentar. O regulamento interno determinava que a identidade de Rong Jinzhen não poderia ser revelada. Seria difícil cumprir: ele era famoso, as pessoas o conheciam, por meios formais ou informais, e sabiam de sua importância. A identidade dele, enfim, já era pública, mas, como todos formavam uma grande família, essa revelação não era grande coisa. Ainda assim, assuntos profissionais não deviam ser comentados aqui em hipótese alguma.

Como todos sabemos, Rong Jinzhen andava sempre com seu caderno. Quando o socorreram, sangrando e inconsciente, acabaram levando o caderno junto com ele para o hospital. Isso era expressamente proibido. Apesar de saber quase de imediato sobre a internação (ou seja, ele já estava fora do Setor Norte), a secretária de Segurança não foi sensível o suficiente para requisitar o caderno na mesma hora. Foi o próprio Rong Jinzhen que o entregou a ela naquela noite. Assim que soube da irregularidade, o Departamento de Segurança registrou a falta da secretária, tirou-a da função e designou outra funcionária, Xiao Di. Pelas anotações, isso deve ter ocorrido três ou quatro dias depois que Rong Jinzhen recebeu o caderno, ou seja, no quarto ou quinto dia de internação.

Obviamente não se trata do mesmo caderno!

Na verdade, quando entregou seu caderno, Rong Jinzhen não se esqueceu de solicitar um novo, porque sabia muito bem de seu hábito de sempre tomar notas. Tinha esse costume desde que ganhara a caneta Waterman de Xiao Lillie. Hábito é hábito, e ele não mudaria isso nem no leito hospitalar. Obviamente, dadas as circunstâncias, não poderia registrar nada relativo ao trabalho, e foi justamente por isso que esse caderno específico pôde ficar de fora dos armários da unidade. O conteúdo se resume a pensamentos aleatórios anotados durante sua permanência no hospital.

3. *As referências a pessoas são confusas.*

O pronome mais frequente é "você", seguido de "ele" e "ela". Esses pronomes não têm uma referência clara, não indicam uma pessoa específica. Emprestando um termo da linguística, diria que há uma desordem na função referencial da linguagem. Por exemplo: o "você" às vezes parece designar o próprio Rong, outras vezes Lisiewicz, ou *Xiao* Lillie, ou a sra. Lillie, ou a mestra Rong. Em outros momentos, pode ser sua esposa, ou o Enxadrista, ou o Deus cristão, ou até uma árvore, ou um cachorro. É tão complicado que acho que nem o próprio Rong saberia distinguir com clareza. Para nós, então, a confusão é total. A compreensão depende da interpretação de cada um. Eu havia dito que o leitor pode optar entre ler esta parte ou deixá-la de lado justamente por causa disso: é impossível entender, de maneira clara e precisa, o que ele quis dizer, tudo depende da nossa intuição e interpretação. Sendo assim, pouco importa se isso ficar de fora da leitura. Para quem tiver curiosidade, aí vai a transcrição. Inseri a numeração das páginas e traduzi o que estava escrito em inglês.

1.

Ele sempre quis me ver levar uma vida de cogumelo, crescer com o que vem do chão, morrer com o que cai do céu. Mas não deu. Agora virou um animal de estimação.
<u>A porra de um bicho de estimação!</u>*

2.

O que ele sente é o seguinte: pavor de hospital.
No hospital, até o mais forte se torna um coitado. Um fraco. Uma criança. Um velhote. Depende dos cuidados dos outros para viver… Como um animal de estimação.

---

* Os trechos sublinhados foram escritos originalmente em inglês. (N. A.)

3.

Tudo é aceitável pela razão, mas nem sempre pelo coração...
Foi ele que disse isso, eu ouvi. E estava certo!

4.

No vidro da janela, você vê sua cabeça enfaixada, parece um
ferido de guerra...

5.

Se o sangramento no estômago é A, o sangramento na testa é B
e a enfermidade é X, então existe entre A e B uma relação bidirecio-
nal sob X: A é interno, B é externo, ou seja, A é oculto, B é exposto.
Avançando mais um passo, é possível entender A como superior,
positivo, o "isto", e B como inferior, negativo, o "aquilo". Em todo
caso, trata-se de uma relação homóloga bidirecional. Essa relação
não é construída sobre a base do inevitável, mas do aleatório. Quan-
do essa eventualidade acontece, o aleatório se torna inevitável, ou
seja, sem A não haverá B. B é a contraparte necessária de A. Essa
característica específica é semelhante à teoria binária de Georg
Weinacht... * *Será que Weinacht teve uma experiência semelhante*
à que você teve? Algo que o inspirou a criar a teoria dele?

6.

Lembro-me de uma história sobre testa quebrada:
Paulo disse: "O tempo urge, o que faz aqui sentado, choran-
do, em vez de ir à lavoura?".
O camponês respondeu: "Agora mesmo um burro me deu um
coice, e eu perdi os dois dentes da frente".
Paulo disse: "Você devia estar rindo. Por que prefere chorar?".

---

* Weinacht: a verdadeira identidade de Lisiewicz. Rong Jinzhen não sabia que os dois eram a mesma pessoa. (N. A.)

O camponês justificou: "Choro de dor e de tristeza. Por que deveria estar rindo?".

Paulo respondeu: "Porque Deus disse que, para um homem jovem, perder os dentes e quebrar a testa é bom sinal. Significa que a felicidade logo chegará para ele".

O camponês disse: "Se é assim, peça a Deus que me dê um filho".

E, de fato, o camponês teve um filho naquele ano... *

Agora que sua testa está quebrada, qual será a felicidade que o aguarda?

Que algo vai acontecer, não há dúvida, difícil é afirmar se será bom ou ruim. Porque nem você mesmo sabe o que é bom para você.

7.

Atentei para todas as obras que se fazem debaixo do sol, e eis que tudo era vaidade e correr atrás do vento. Aquilo que é torto não se pode endireitar, e o que falta não se pode calcular. Disse comigo: eis que me engrandeci e sobrepujei em sabedoria a todos os que antes de mim existiram em Jerusalém; com efeito, o meu coração tem tido larga experiência da sabedoria e do conhecimento. Apliquei o coração a conhecer a sabedoria e a saber o que é loucura e o que é estultícia; e vim a saber que também isto é correr atrás do vento. Porque na muita sabedoria há muito enfado; e quem aumenta ciência aumenta tristeza. **

8.

Ele está muito rico, cada vez mais rico.

Ele está muito pobre, cada vez mais pobre.

---

* Episódio bíblico. A caminho de Jerusalém, o apóstolo Paulo encontrou um camponês em prantos e o consolou. (N. A.)

** Eclesiastes 1: 14-18. (N. A.)

Ele é ele mesmo.

E ele também é ele.

9.

O médico disse que um bom estômago é liso por fora e rugoso por dentro. Virado pelo avesso, com o lado rugoso para fora, um bom estômago pareceria um pintinho recém-nascido, coberto de uma penugem muito homogênea. Mas o meu estômago do avesso teria a tal penugem toda chamuscada, como um couro sarnento, cheio de feridas escorrendo sangue e pus. O médico também disse que, em geral, prevalece a crença de que os problemas do estômago sejam causados por maus hábitos alimentares, mas, na verdade, a principal causa é o estresse. Ou seja, uma doença do estômago não vem de uma alimentação desregrada, mas de pensamentos desenfreados.

Pode ser. Quando foi que tive uma alimentação desregrada?

Meu estômago é como um corpo estranho no meu organismo, um inimigo (um espião); nunca sorriu para mim.

10.

Você deveria odiar seu estômago.

Mas não consegue.

Porque ele tem a marca do seu pai.

Foi ele que fez o seu estômago ser assim: frágil, quebradiço como uma flor de pereira.

Tem ideia de quantas flores de pereira você engoliu?

Quando seu estômago dói, você se lembra daquelas flores todas e se lembra dele.

Pai, você não morreu, continua vivo no meu coração. No meu coração e no meu estômago.

11.

Você está sempre empenhado em andar para a frente, não gosta de olhar para trás.

E, por não gostar de olhar para trás, você se empenha ainda mais em andar só para a frente.

12.

Tudo no mundo é vontade de Deus.

Se dependesse da sua própria vontade, você seria ermitão ou prisioneiro. De preferência um prisioneiro inocente, ou um prisioneiro sem chance de salvação; em todo caso, um homem livre do sentimento de culpa.

Agora, a vontade de Deus está de acordo com a sua vontade.

13.

Uma sombra te pegou.
Porque você parou de andar.

14.

Outra sombra te pegou!

15.

Para Klaus Johannes, dormir cansa por causa dos sonhos.

Mas acho que ficar sem trabalhar cansa mais, porque a cabeça fica vazia, e o passado se aproveita desse vazio para entrar na cabeça e fazer sonhar acordado.

Trabalhar é uma maneira de você esquecer o passado. E um motivo para você se livrar dele.

16.

Como um pássaro que deixou o ninho.
Como se tivesse fugido...

17.

"Para onde você foi, seu mal-agradecido?"

"Estou em um vale... quilômetros a oeste de vocês."

"Por que você nunca vem nos visitar?"

"Não dá..."

"Só prisioneiros é que nunca visitam os seus!"

"Sou praticamente um prisioneiro..."

<u>*Ele é prisioneiro de si mesmo!*</u>

18.

Vocês deram muito a ele, deram demais! Tanto que ele nem se atreve a recordar, a simples lembrança o deixa inquieto... Sente-se indigno, culpado... Sente-se um sortudo e um coitado, acha que usou a origem miserável para tirar proveito da benevolência de vocês.

Os antigos diziam: "O muito é pouco, o cheio não basta".

Deus disse: "Não há satisfação sob o céu"...

19.

Alguns, quando são amados, ficam felizes; outros, quando são amados, sofrem.

Porque foi feliz, ele quer voltar.

Porque sofreu, ele quer partir.

Ele não partiu porque descobriu isso, ele só descobriu porque partiu.

20.

O ignorante não teme nada.

O medo é uma corda que o enleia, e puxa, e prende a perna para não voltar, como se lá atrás ficassem os segredos que não podiam ser revelados.

21.

Mãe, está tudo bem com a senhora?
Mãe, mãe, mãezinha querida!

22.

Ontem à noite, antes de dormir, você se programou para sonhar. E sonhou, mas não lembra o quê. Deve ter sido alguma coisa do trabalho, só pode, porque você se programou para sonhar justamente para acabar com o "tédio de não trabalhar".

23.

Levantando o indicador, Klaus Johannes me falou que, na nossa profissão, ele é o número um e eu sou o número dois. No entanto, ele apontou dois erros graves que cometi: o primeiro foi seguir a carreira pública; o segundo, o de sempre tentar decifrar <u>códigos medíocres</u> que qualquer um conseguiria — o segundo erro deriva do primeiro.* Johannes falou que, se eu continuar assim, vou me afastar cada vez mais dele, em vez de me aproximar. Respondi que o inimigo não está usando nenhum código de alto nível, o que mais eu posso fazer? Johannes contou haver terminado um livro que, em si, é o ápice dos códigos de alto nível, difícil de decodificar mesmo por quem já entendeu todos os códigos do mundo, dos mais simples aos mais sofisticados. Porém, quem decifrar esse código e entender do que o livro trata será capaz de decifrar qualquer código sofisticado do mundo nos próximos trinta anos. Ele me sugeriu decodificar o livro. Mostrou-me o polegar e disse que, se eu conseguir decifrar o livro, eu seria esse polegar.
Não deixa de ser uma missão interessante.
Mas onde está esse livro?

---

* Quanto a isso, não há dúvida. Como chefe da seção, ele devia participar da decifração de todos os códigos. (N. A.)

No meu sonho.

Não, está no sonho em que sonhei que Klaus Johannes sonhava.

24.

Se esse livro existir mesmo, só pode ter sido escrito por Klaus Johannes.

Só ele seria capaz!

Na verdade, a cabeça dele era um livro desses.

25.

Em vida, Johannes deixou um livro intitulado A escrita dos deuses.* *Alguém contou ter visto em uma livraria. Isso é pouco provável, já mobilizei a agência atrás desse livro. Não acharam nada.*

E quando a agência não encontra é porque a coisa não existe.

26.

Você é um rato.

Um rato dentro de um celeiro.

Mas não consegue comer grão nenhum.

Porque cada grão tem um revestimento especial que o protege dos seus dentes.

— Criptografia é isso.

27.

A criptografia joga as informações que você quer bem na sua frente, ao alcance da mão, e, ao mesmo tempo, cobre os seus olhos para que você não veja nada.

---

* A tradução de A escrita dos deuses foi publicada pela editora Chung Hwa em 1945 com um título diferente, O livro celestial; talvez por isso os agentes não o tenham encontrado. (N. A.)

28.

Na Coreia, Douglas MacArthur levantou a mão ao céu e a fechou como se agarrasse algo, mostrou para seu criptógrafo o punho fechado e disse: "Aqui está a informação que eu quero. Ela está em toda parte, basta esticar a mão e pegar. Mas não consigo enxergar porque estou cego, quero ver se você é capaz de me reaver a visão".

Anos mais tarde, ele escreveu em suas memórias: "Meus criptógrafos jamais conseguiram abrir meus olhos, nem um olho sequer. Foi sorte eu ter voltado vivo".

29.

Que tal repetir o gesto de MacArthur de estender a mão para o céu e agarrar algo? Desta vez, não para agarrar o ar, mas um pássaro. O céu está cheio de pássaros, mas a probabilidade de pegar um com a mão é extremamente baixa. Extremamente baixa não quer dizer impossível, tem gente que consegue por milagre.

— Decodificar é isso.

A maioria passa a vida tentando, mas só consegue agarrar uma pena ou outra.

30.

Que tipo de pessoa consegue agarrar um pássaro?
John Nash talvez.*

Mas Lisiewicz não, apesar de seu talento não ser necessariamente inferior ao de Nash.

---

* John Nash foi um matemático americano, criador da teoria dos jogos e ganhador do Prêmio Nobel de Economia em 1994. Com realizações igualmente extraordinárias no campo da matemática pura, foi um dos fundadores da moderna geometria diferencial. Infelizmente, sua carreira brilhante teve um fim precoce em decorrência de uma esquizofrenia severa diagnosticada aos trinta e quatro anos. (N. A.)

31.

Nash podia pegar um pássaro em pleno voo, mas não saberia dizer quando. Já Lisiewicz simplesmente observaria a direção do olhar de Nash, o movimento da sua mão, a postura do corpo e a agilidade, a precisão, a força de salto etc. Então, levando em conta o número de pássaros no céu, a velocidade, o percurso, as peculiaridades e variações do seu voo, seria capaz de prever quando Nash conseguiria apanhar um pássaro.

Ambos igualmente brilhantes, Lisiewicz era um gênio de mais rigor, mais beleza, uma beleza angelical, divina. Nash era mais incomum, quase grotesco, quase bárbaro, meio homem, meio demônio. A criptografia transforma o homem em demônio porque reforça até não mais poder sua natureza traiçoeira, sinistra, agressiva, diabólica. Por isso, Nash — meio homem, meio demônio — tinha mais facilidade em se aproximar dessa profissão.

32.

O sono e a morte têm o mesmo nome, mas não o mesmo sobrenome.

O sono é um ensaio para a morte. O reino dos sonhos é o reino das sombras.

Dizem que ter uma alma grande demais para o corpo e uma cabeça grande demais para o tronco é uma característica típica de demônio, de coisa-ruim.

Também dizem que, por mexer com sonhos desde pequeno, você acabou contaminado pelo sobrenatural, pelo inexplicável, e é por isso que tem facilidade de agarrar um pássaro com a mão.

33.

Os sonhos contêm todos os segredos do mundo.

34.

Você só precisa mostrar do que é capaz.
Se você mostra, o oponente te ajuda a se afirmar.
Se você não mostra, ajuda o oponente a se afirmar.

35.

Você quer muito que alguém mais genial venha te fazer calar a boca, mas, para isso, você precisa continuar falando. *

36.

Trocaram minha secretária de Segurança porque ela não recolheu meu caderno quando devia.
Ela não foi a primeira a sair. Nem será a última.

37.

É certo que mandarão outra mulher em seu lugar... **

---

* Como estava em inglês, provavelmente se trata de uma citação, mas não encontrei a fonte. (N. A.)

** Até meados dos anos 1970, havia normas rigorosas para o casamento dos funcionários da Unidade 701. As mulheres, por exemplo, eram proibidas de namorar homens de fora da unidade, e os homens que se interessassem por uma mulher de fora (apesar de buscarem um equilíbrio de gêneros no recrutamento, havia, na prática, sempre mais homens que mulheres) precisavam reportar a situação aos seus superiores, que mandariam investigar o histórico da "candidata". Depois de autorizado, o relacionamento podia passar para a próxima etapa. Se a pessoa não quisesse ou encontrasse dificuldade para resolver o "problema", podia solicitar a intervenção da Organização. A questão do casamento de Rong Jinzhen inquietava os superiores. Sua idade avançava, mas nada acontecia nesse aspecto, ele jamais tomou nenhuma iniciativa, nem pediu ajuda da Organização. Quando passou dos trinta anos de idade, a Organização decidiu agir discretamente para arranjar seu casamento. Primeiro, escolhiam uma "candidata" adequada e, em seguida, a empregavam como sua secretária de Segurança. Além de ser alguém de total confiança da Organização, ela precisava estar determinada a permanecer ao lado dele e se tornar sua esposa. Se não desse certo, essa pessoa

38.

Quem é ela?

Você a conhece?

Você prefere que seja uma pessoa conhecida ou não?

Ela vem porque quer ou porque querem que ela venha?

Será que ela vem me ver amanhã?

Droga! Só de pensar dá dor de cabeça!

39.

O demônio tem filhos sem parar só para comer todos eles.

40.

O médico diz que meu estômago ainda apresenta algum sangramento. Estranha que os melhores remédios não estejam surtindo efeito. Conto a ele que, desde os doze anos, eu praticamente me alimento de remédios para o estômago. Não fazem mais efeito em mim. Ele decide mudar a medicação, tentar algo novo, e eu respondo que medicamento nenhum é novo para mim, o que importa é aumentar a dose. Ele diz que é um risco muito grande, que prefere não correr. Acho melhor me preparar para continuar aqui por um bom tempo.

41.

A porra de um bicho de estimação!

42.

Ela veio.

Elas sempre chegam sem medo de sofrer ao seu lado.

---

era mandada embora para dar chance a outra, quem sabe a próxima teria mais sorte. Assim, as secretárias de Segurança foram sendo substituídas continuamente. Essa era a quarta. (N. A.)

43.

Quando ela está na enfermaria, o quarto de repente parece lotado.

Quando ela sai, vendo-a pelas costas, você quase se esquece de que é uma mulher.

Ela precisa de sete pães para matar a fome.*

44.

Ela não tem a menor vocação para dissimular — seria um péssimo código! Tanto que te faz pensar que, na frente das pessoas, ela não se sente muito mais à vontade do que você. Se é assim, por que veio? Precisa saber que é só o começo. Você mesmo, no fundo, desejou passar seus dias sentindo-se confuso e desamparado. Seja como for, sei que ele jamais iria criar empatia por um desencaminhado.

45.

Querer me ajudar é uma doença. Só se cura com repouso absoluto.

46.

Pensar demais também é uma doença.

47.

Céu azul, nuvem branca, copa de árvore, vento sopra, balança. Na janela, pássaro que passa, breve como um sonho... Novo dia, tempo é vento, vida é água... Lembranças, suspiros, dúvidas, inesquecíveis, imprevistos, ridículos... Você vê dois pontos: um é o espaço, o outro é o tempo, ou ainda: um é o dia, o outro é a noite...

---

* Talvez uma alusão à Bíblia, não sei mais detalhes. (N. A.)

48.

O médico achar que sonhar faz mal para a saúde também é uma doença.

49.

Ela me trouxe o melhor cigarro, a melhor tinta para escrever, o melhor chá, um metrônomo de pêndulo, um bálsamo refrescante, um aparelho de rádio, um leque de plumas, * o Romance dos três reinos. *Parece que está me analisando... Mas errou em um ponto: não ouço rádio. Minha alma é que é o meu rádio, passa os dias a me sussurrar coisas e, como meu metrônomo, estremece com um simples passo e pendula sem parar.*

Sua alma pende no ar, suspensa, como um pêndulo.

50.

Ele só começou a fumar depois de sonhar que fumava.

51.

Fumar cigarros dessa marca que ela trouxe, Daqianmen, foi um hábito criado por Xiao Jiang.** *Ela era de Xangai. Voltou de lá certa vez com um pacote, ele gostou tanto que ela pediu para a família mandar mais pelo correio, todo mês. Ele gostava de ouvi-la falar o dialeto de Xangai, era um canto de passarinho, melodioso, trinado, complexo, dava para imaginar que tinha uma língua pontuda e fina. Ele quase gostou dela, mas não passou pelo teste do tempo. O problema era que fazia muito barulho quando andava, e um barulho ritmado. Depois que passou a usar uma meia-sola de metal, então, ficou insuportável: um som de*

---

* Objeto associado a Zhuge Liang, notável estrategista militar da Antiguidade e personagem do *Romance dos três reinos*. (N. T.)
** *Xiao* Jiang: a primeira secretária de Segurança. (N. A.)

ferradura. Na verdade, nem era pelo som. A questão era mesmo a alma dele, que toda hora revoava, mas, a qualquer momento, podia se enganchar naquilo e despencar no chão.

52.

Entre dia e noite, ele escolheria noite.
Entre montanha e rio, montanha.
Entre grama e flor, grama.
Entre fantasma e gente, fantasma.
Entre defunto e vivente, defunto.
Entre mudo e cego, mudo.
Enfim, ele detesta som, qualquer coisa que tenha som.
Isso também é uma doença, como o daltonismo. Há uma predisposição maior ou menor ao nascer.

53.

Um feiticeiro incapaz de alcançar seu objetivo...

54.

Que bicho mais medonho!
Ela me conta que se chama quíton,* dizem que é um cruzamento de sapo com cobra** e um santo remédio para doenças do estômago. Nisso eu acredito: a medicina popular tem os melhores remédios para as piores doenças. Além do mais, para tratar essa doença do cão que tenho no estômago, só mesmo um remédio feio como ele. Diz que passou o dia na montanha procurando por eles, deve ter dado muito trabalho mesmo. Enquanto não chega a

---

* Quítons são moluscos raros encontrados entre rochas. Assustam pela aparência, mais áspera que a de outros moluscos. Possuem várias propriedades medicinais. (N. A.)
** Diferentemente do que diz a lenda, são simples moluscos. (N. A.)

*aurora e as sombras da noite não fogem, irei à montanha da mirra
e à colina do incenso.* *

55.

À *luz da lua, o bosque parece respirar: ora se encolhe, se em-
bola, diminui, as copas das árvores se eriçam; ora se expande, se
desenrola encosta abaixo em arbustos rasos, e vai formando uma
imagem nebulosa e distante...* **

56.

*De repente, senti meu estômago vazio e leve, como se não
estivesse mais ali — havia quantos anos eu não sentia isso!* Por
*muito tempo, meu estômago era uma fossa em ebulição, cheia de
gases nauseabundos, agora desinflou, murchou, cedeu, afrouxou.
Dizem que os remédios da medicina tradicional demoram vinte
e quatro horas para fazer efeito, mas, até agora, só se passaram
umas dez horas, um milagre!*
    Será mesmo uma panaceia?

57.

É a primeira vez que a vejo sorrir.
    *Um sorriso muito contido, meio forçado, sem som, brevíssimo,
mais breve que um piscar de olhos. É como ver uma pintura sorrir.*
    Esse sorriso prova que ela não gosta de rir.
    Será mesmo? Ou será que...

58.

*Em tudo que faz, ele segue o provérbio do pescador que diz
mais ou menos o seguinte: a carne do peixe esperto é mais firme que*

---

* Cânticos 4:6. (N. A.)
** Fonte desconhecida. (N. A.)

a do peixe estúpido, mas mais nociva. Porque o peixe estúpido come qualquer coisa, enquanto o peixe esperto só come peixe estúpido... *

59.

O médico definiu minha dieta como quem prescreve uma receita: uma tigela de sopa de arroz sem tempero, uma unidade de pão no vapor, um pedaço de tofu. E frisou que eu só posso comer isso, e ninguém pode alterar nem os itens, nem a quantidade. Mas, por experiência própria, o que eu mais preciso agora é de uma tigela de macarrão, de preferência não muito cozido.

60.

As ideias errôneas são tão enraizadas em nossas vidas que, muitas vezes, parecem até mais corretas do que as ideias corretas.

Isso acontece porque as ideias errôneas se apresentam com uma cara de especialista, de autoridade.

Quando se trata de decifrar códigos, você é o médico, eles são os pacientes.

61.

Você os leva pelo mesmo caminho, por esse caminho você pode até chegar ao paraíso, mas eles talvez só cheguem ao inferno. Você não criou muito mais do que destruiu...

62.

Da sorte pode advir o azar.

63.

Pontual como um relógio, sempre chega na hora, sempre sai na hora.

---

* Fonte desconhecida. (N. A.)

Entra muda e sai calada.
Ela faz isso para te agradar ou é o jeito dela?
Acho que... não sei...

64.
De repente, espera que ela não venha hoje, mas, na verdade,
receia que ela não venha.

65.
Ela sempre faz mais do que fala. E tudo que faz é em comple-
to silêncio, como um pêndulo. Assim, aos poucos, ela vai estabele-
cendo alguma autoridade sobre você.
Seu silêncio pode se transformar em ouro.

66.
Porque Deus está nos céus, e tu, na terra; portanto, sejam
poucas as tuas palavras. Porque dos muitos trabalhos vêm os
sonhos, e do muito falar, palavras néscias... Como na multidão
*dos sonhos há vaidade, assim também nas muitas palavras.** *

67.
Será que ela leu a Bíblia?

68.
Ela é órfã!
Ela é mais infeliz do que você!
Ela cresceu vivendo de favor!
Ela é uma órfã de verdade!
Órfão — a palavra que mais te toca!

---

* Eclesiastes 5. (N. A.)

69.

De repente, veio a resposta do enigma.

Ela é órfã, eis a resposta.

O que é um órfão? Um órfão é alguém que tem os dentes todos, mas não tem uma língua inteira. Um órfão sempre fala pelos olhos. Um órfão nasce da terra (as outras pessoas nascem da água). Um órfão tem uma cicatriz no coração...

70.

Diga a ela que você também é órfão... Não, por que diria isso? Você quer se aproximar dela? Quer se aproximar dela por quê? Porque ela é órfã? Ou porque... porque... Como é que, de repente, você tem um monte de perguntas? As perguntas são as sombras do desejo... Gênios e tolos não têm perguntas, só demandas.

71.

A hesitação é também uma forma de poder, mas o poder das pessoas comuns.

As pessoas comuns gostam de complicar as coisas, essa é uma habilidade especial dos criadores de códigos, mas não dos decifradores.

72.

Hoje ela saiu meia hora mais tarde, porque leu para mim um trecho de Assim foi temperado o aço.* Contou que era o seu livro favorito. Sempre o trazia para ler quando ficava ociosa. Hoje eu o peguei para folhear um pouco. Ela perguntou se eu já tinha lido, e eu disse que não, então se ofereceu para ler para mim. Sua pronúncia de mandarim é boa. Disse que já trabalhou como

---

* Romance de Nikolai Ostrovski publicado em 1932 na União Soviética e de grande sucesso na China. (N. T.)

telefonista na sede e tinha ouvido minha voz pelo telefone alguns anos atrás...

73.

A diferença é a seguinte: algumas pessoas estão bastante preparadas para tudo, outras não, mas nem por isso se culpam.

74.

Ele sonhou que andava em um rio com a água pela cintura enquanto lia um livro sem palavras... Veio uma onda grande, ele pôs o livro sobre a cabeça para não molhar. Quando a onda passou, descobriu que suas roupas tinham sido levadas pela água e ele estava nu...

75.

Todo mundo já sonhou os sonhos sonhados por todo mundo!

76/77.

Ele começou a sonhar dois sonhos ao mesmo tempo, um para cima, outro para baixo...*

... Acordou exausto, aquela experiência acabara com ele.

78.

Uma péssima descida pode arruinar uma escalada até o topo. Mas não necessariamente.

79.

Você está pensando coisas que jamais imaginou pensar.

---

* A página estava preenchida até aqui, mas a seguinte não tinha cabeçalho; suspeito que algumas folhas foram removidas. (N. A.)

80.

Só há uma maneira de te mandar embora: te olhar nos olhos.

81.

Ouvindo. . . . . *um* . . . .
você . . . .
. . . . *olhar* . . . .
. . . . *o mais* . . . .
. . . . *em* . . . .
. . . . *você* . . . . *

82.

Duas enfermidades. Uma causa dor, a outra, sonhos. Uma se trata com remédio, a outra também. Mas o remédio está nos sonhos. Uma está quase curada, outra ainda é febre alta.

83.

Ah, é um sonho! Acorde, acorde!
Ah, é um sonho! Não acorde, não!

84/85.

*Escute, desta vez ele não vai apagar o que escreveu, ele...***
*... qual a macieira entre as árvores do bosque, qual o lírio entre os espinhos!****

---

* Ele riscou o que havia escrito, restou apenas um punhado de caracteres legíveis. (N. A.)
** Parece que alguns trechos foram removidos. (N. A.)
*** Cânticos 2. (N. A.)

86.

Um símbolo de sua vida está sumindo, como um inseto sendo engolido por outro.

87.

Uma gaiola à espera de um pássaro... *

88.

É um caminho que todo mundo já percorreu, por isso é fácil reconhecer.

89.

Pássaro... ah!

90.

Será que ele ainda não lutou o suficiente? Uma gaiola está esperando por um pássaro, ainda que... **

O conteúdo do caderno, apesar do texto confuso, sugere um afeto crescente por *Xiao* Di. Esse sentimento se torna mais óbvio sobretudo nos últimos registros. Acredito que os trechos eliminados falavam mais desses sentimentos. A maioria, muito provavelmente, tinha um significado nebuloso. Certa vez perguntei a ela se Rong Jinzhen havia escrito no caderno algum "te amo" direto e sem rodeios, ela negou. Mas disse que **havia uma frase que dava a entender isso**.

Depois de muita insistência, ela me contou, hesitante,

---

* Fonte desconhecida. (N. A.)

** O caderno estava preenchido até aqui, sendo possível notar que as folhas seguintes haviam sido arrancadas. Impossível saber quantas páginas ainda continham alguma coisa. (N. A.)

que não eram palavras dele, mas de uma passagem da Bíblia, Cânticos, 4, último versículo. No exemplar da Bíblia em que pesquisei encontrei o seguinte, e acho que é a isto que ela se referia: *Levanta-te, vento norte, e vem tu, vento sul: assopra no meu jardim, para que se derramem os seus aromas. Ah! Venha o meu amado para o seu jardim e coma os seus frutos excelentes!*

Não posso condená-la por querer proteger sua privacidade, mas, com a supressão de certos trechos, fica mais difícil compreender a evolução emocional do casal. Há uma infinidade de ressalvas, subentendidos e segredos. Por isso, não acho inconcebível entender esse caderno como um diário criptográfico de um relacionamento afetivo.

Conheço bastante sobre o Rong Jinzhen gênio, o criptógrafo brilhante, mas nunca consegui abordar seu lado emocional — o parco material disponível foi arrancado sem a menor sutileza. Tenho a impressão de que escondem esse lado (afetivo) por acreditar que assim preservarão a imagem de Rong. Talvez alguém como ele não devesse mesmo ter vínculos emocionais com mulheres, família ou amigos. Daí ele mesmo já fazer de tudo para encobrir essas emoções; as que deixava escapar, outros se ocupavam de esconder. É isso.

Segundo *Xiao* Di, na tarde do terceiro dia depois de sair do hospital, Rong Jinzhen chegou à sala dela quase no fim do expediente para lhe entregar o caderno, **como era de praxe**. Na posição de secretária de Segurança, cabia a ela inspecionar todos os cadernos entregues em busca de páginas danificadas ou arrancadas: se houvesse, era preciso investigar os responsáveis. Por isso, assim que recebeu o caderno, ela o folheou, também como parte do protocolo. Rong Jinzhen, então, lhe disse o seguinte: "Não há nenhum segredo de trabalho aí, só confidências pessoais. Se estiver curiosa, pode ler. Aliás, até quero que você leia tudo e me diga o que acha".

Xiao Di me contou que já era noite quando terminou de ler o caderno. Voltou para casa andando no escuro e, sem saber como, foi parar no apartamento de Rong Jinzhen. *Xiao* Di morava no Bloco 38, na direção oposta à do prédio de Rong. As duas construções existem até hoje, o primeiro é de tijolos vermelhos e três andares, o outro, de tijolos cinza e dois andares. Tirei uma foto na frente deste último. Olhando essa foto agora, ainda ouço a voz de *Xiao* Di: "Quando entrei, ele ficou me olhando sem falar nada, nem me convidou para sentar. Ali mesmo, em pé, contei que tinha lido o caderno. Ele disse: 'Pode continuar, estou te ouvindo'. Falei: 'Quero me casar com você'. Ele respondeu: 'Está bem'. Três dias depois, nos casamos".

Foi simples assim, como um conto de fadas. Incrivelmente simples!

Ela me contou isso sem nenhuma expressão no rosto, nem tristeza, nem felicidade, nem surpresa, nem curiosidade. Parecia não sentir mais nada com essa memória, limitava-se a repetir um sonho já contado milhares de vezes. Por isso, tive dificuldade de imaginar o que ela sentia naquele momento. Então, tomei coragem e perguntei se amava Rong Jinzhen.

"Amo Jinzhen como amo meu país."

Depois perguntei: "Dizem que o BLACK surgiu pouco depois do seu casamento, é verdade?".

"Sim."

"Então, ele raramente voltava para casa?"

"Sim."

"Ele até se arrependeu de ter se casado com você?"

"Sim."

"E você também se arrependeu?"

Nesse instante, foi como se ela acordasse em um sobressalto. Fixou em mim os olhos arregalados e disse, emocionada: "Me arrepender? Eu amo meu país, acha que me arrependo disso? Claro que não! Nunca!".

E, vendo as lágrimas encherem seus olhos, também senti vontade de chorar.

Iniciado em julho de 1991, em Weigongcun, Pequim
Concluído em agosto de 2002, Luojianian, Chengdu

ESTA OBRA FOI COMPOSTA PELA SPRESS EM ELECTRA E IMPRESSA EM OFSETE
PELA GEOGRÁFICA SOBRE PAPEL PÓLEN SOFT DA SUZANO S.A.
PARA A EDITORA SCHWARCZ EM ABRIL DE 2022

A marca FSC® é a garantia de que a madeira utilizada na fabricação do papel deste livro provém de florestas que foram gerenciadas de maneira ambientalmente correta, socialmente justa e economicamente viável, além de outras fontes de origem controlada.